重庆市脱贫攻坚
优秀文学作品选

龙俊才 / 著

WO BA ZHONGBA
DANG GUXIANG

我把中坝当故乡

驻村扶贫纪实

重庆出版集团 重庆出版社

图书在版编目(CIP)数据

我把中坝当故乡:驻村扶贫纪实/龙俊才著.—重庆:重庆出版社,2021.3(2022.2重印)
(重庆市脱贫攻坚优秀文学作品选)
ISBN 978-7-229-15520-9

Ⅰ.①我… Ⅱ.①龙… Ⅲ.①纪实文学—作品集—中国—当代 Ⅳ.①I25

中国版本图书馆CIP数据核字(2020)第241965号

我把中坝当故乡:驻村扶贫纪实
WO BA ZHONGBA DANG GUXIANG:ZHUCUN FUPIN JISHI
龙俊才 著

丛书主编:魏大学
丛书执行主编:孙小丽
丛书副主编:牛文伟 杨 勇
责任编辑:刘早生
责任校对:刘 艳
装帧设计:戴 青
封面插画:珠子酱

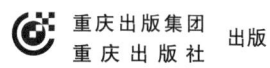

重庆出版集团
重庆出版社 出版

重庆市南岸区南滨路162号1幢 邮政编码:400061 http://www.cqph.com
重庆出版社艺术设计有限公司制版
重庆天旭印务有限责任公司印刷
重庆出版集团图书发行有限公司发行
E-MAIL:fxchu@cqph.com 邮购电话:023-61520646
全国新华书店经销

开本:787mm×1092mm 1/16 印张:15.5 字数:180千
2021年3月第1版 2022年2月第2次印刷
ISBN 978-7-229-15520-9
定价:48.00元

如有印装质量问题,请向本集团图书发行有限公司调换:023-61520678

版权所有 侵权必究

编委会

○ **编委会主任**
刘贵忠　辛　华

○ **编委会顾问**
刘戈新

○ **编委会副主任**
魏大学　陈　川　黄长武　莫　杰　王光荣　田茂慧
李　清　罗代福　冉　冉

○ **编委会成员**
孙元忠　周　松　兰江东　刘建元　李永波　卢贤炜
胡剑波　颜　彦　熊　亮　孙小丽　徐威渝　唐　宁
吴大春　李　婷　陈　梅　蒲云政　李耀邦　王金旗
葛洛雅柯　汪　洋　李青松

○ **编　辑**
谭其华　胡力方　孙天容　皮永生　郑岘峰　赵紫东
刘天兰　李　明　郭　黎　王思龙　李　嘉　金　鑫

总序

重庆是一座高山大川交织构筑的城市，山水相依，人文荟萃。这里有鳞次栉比的高楼华厦、流光溢彩的两江夜景、麻辣鲜香的地道火锅、耿直爽朗的重庆崽儿……她的美丽令人倾倒，她的神奇让人向往，她的热情催人奋进。重庆也是一座集大城市、大农村、大山区、大库区和少数民族地区于一体的城市，城乡差距大，协调发展任务繁重。重庆直辖之初，扶贫开发是中央交办的"四件大事"之一。2014年年底，全市有国家扶贫开发工作重点区县14个、市级扶贫开发工作重点区县4个，有扶贫开发工作任务的非重点区县15个，贫困村1919个，贫困发生率7.1%。2016年1月，习近平总书记视察重庆时强调，重庆脱贫攻坚"这个任务不轻"。

让贫困人口和贫困地区同全国一道进入全面小康社会，是我们党的庄严承诺，打赢脱贫攻坚战是时代赋予我们的光荣使命。重庆广大干部群众坚定融入时代洪流，投身强国伟业，拿出"敢教日月换新天"的气概，鼓起"不破楼兰终不还"的劲头，向贫困发起总攻，坚决打赢脱贫攻坚战。在全市上下一心、同心同德的艰苦奋战中，在基层广大扶贫干部和群众的不懈努力下，经过8年精准扶贫、5年脱贫攻坚，重庆市脱贫攻坚取得历史性、根本性、决定性成效。贫困区县悉数脱贫"摘帽"，累计动态识别（含贫困家庭人口增加）的190.6万建档立卡贫困人口全部脱贫，历史性消除了绝对贫困，大幅提高了贫困群众收入水平，极大改善了农村生产生活生态条件，明显加快了贫困地区发展，有效提升了农村基层治理能力，显著提振了干部群众精气神。2019年4月，习近平总书记视察重庆时指出，"党的十九大以来，重庆聚焦深度贫困地区脱贫攻坚，脱贫成效是显著的"，"重庆的脱贫攻坚工作，我心里是托底的"。

习近平总书记在决战决胜脱贫攻坚座谈会上强调，"脱贫攻坚不仅要做得好，而且要讲得好"。讲好脱贫攻坚的实践故事，讲好各级各部门统筹推进疫情防控和脱贫攻坚工作的攻坚故事，讲好基层扶贫干部的典型事迹和贫困地区人民群众艰苦奋斗的感人故事，是广大作家和文学工作者的时代责任和光荣使命。面对乡村的巨变和社会的进步，面对形象丰满的扶贫工作者群像和感人至深的扶贫励志故事，面对许多不甘贫困的普通百姓，面对人民群众美好生活的新期待，重庆广大文学工作者投身脱贫攻坚主战场，用文学创作的方式反映大时代背景下重庆人民在脱贫攻坚战役中的不平凡经历和取得的伟大业绩，记录伟大时代的火热实践，记录人民日新月异的新生活，创作出一批优秀脱贫攻坚主题文学作品，《重庆市脱贫攻坚优秀文学作品选》应时而生。

《重庆市脱贫攻坚优秀文学作品选》是在中共重庆市委宣传部的支持下，由重庆市扶贫开发办公室、重庆市作家协会联合策划的系列丛书。为了讲好重庆的脱贫攻坚故事，创作出有筋骨、有硬核、有温度、有品位的文学作品，重庆市扶贫办组织专班提供了大量典型素材和采访线索，组织专人陪同作家深入一线采风采访。重庆市作协遴选了一批来自脱贫攻坚工作一线的优秀作家执笔，组织创作优秀作品。项目甫立，这批作者或早已投身于脱贫攻坚火热的现实中，或遍访民情搜集创作的素材，或直面基层和一线的真实，积累了丰富细腻的情感。通过他们各自不一样的脚力、眼力、脑力和笔力，一幕幕感人至深摆脱贫困的场景得以再现，一个个人物典型的人格魅力得以张扬，一份份对农村新貌的赞美得以抒发……

《重庆市脱贫攻坚优秀文学作品选》由13部优秀文学作品组成，

体裁涵盖长篇小说、纪实文学、散文和诗歌等。钟良义创作的长篇小说《我是第一书记》，以三个主动请缨到脱贫攻坚第一线的城市青年干部的扶贫经历为主线，展示了重庆脱贫攻坚工作的艰巨性和复杂性，表现了重庆青年党员群体的责任担当；罗涌创作的长篇小说《连山冲》讲述了位于武陵山集中连片特困地区的连山冲村克服重重困难成功脱贫的故事，塑造了脱贫攻坚工作中的各色人物的鲜明个性，全景式地书写了精准扶贫精准脱贫中的艰难与坚韧、痛苦与希望以及从精准帮扶到产业致富的山村发展路径与规律；陈永胜创作的长篇小说《梅江河在这里拐了个弯》以身患绝症的扶贫干部林仲虎在生命的最后时刻依然坚守在扶贫第一线的感人事迹，折射梅江河，乃至秀山县脱贫攻坚工作的艰辛历程；刘灿创作的长篇小说《蜜源》讲述了留学归国青年踌躇满志来到贫困山区创业的故事，讴歌了新时代知识青年的理想追求，展现了新时代重庆农村的人文风貌；何炬学创作的长篇报告文学《太阳出来喜洋洋》通过讲述一个个"奋斗者"的脱贫故事、赞颂"助力者"的全心投入，全面展示了自2014年全国新一轮脱贫攻坚工作开展以来，重庆全域在此工作中的生动景象，并努力挖掘重庆的文化底蕴，彰显重庆人的精神和气质；周鹏程创作的报告文学《大地回音》是他深入重庆14个国家级贫困县和4个市级贫困县采访、调研的结晶，反映了重庆农村特别是贫困山区在脱贫攻坚战中发生的天翻地覆的变化；谭岷江创作的报告文学《春天向上》通过对石柱县中益乡各村帮扶贫困户产业脱贫致富故事的讲述，勾勒出一幅山区土家族人民在新时代努力奋进，积极乐观地追求幸福的壮美画卷；李能敦创作的散文集《别急，笑起来——巫山县脱贫攻坚人物谱》生动刻画了一批来自巫山县脱贫攻坚一线的人物群像，记录了他们在脱贫攻坚战役中的奋斗与牺牲，泪水与欢笑；龙俊才创作的散文集《我把中坝当故乡——驻村扶贫纪实》还原了中坝村扶贫干部与群众在脱贫攻坚战一线，确保高质量完成任务的方方面面，是全国打赢脱贫攻坚战中一个生动的缩影;徐培鸿创作的长诗《第一书记杨丽红》借由对脱贫攻坚战中的女性群体的观照,展现出广大驻村女干部们的艰辛付出和人性中的大美;袁宏创作的诗集《阳光照亮武陵山》围绕武陵山区的脱贫攻坚展开诗性建构,集中反映了酉阳土家族苗族自治县广大干部群众积极投身脱贫攻坚的国家战略,展现了人们面对困难守望相助的内心世界和追求美好生活的坚毅品质;戚万凯创作的儿歌集《我向马良借支笔》,以琅琅上口的儿歌展现脱贫攻坚的生动场面和新农村的美丽画卷,通过生动活泼、富有童趣的形式,传递党的扶贫声音,讴歌扶贫干部公而忘私的奉献精神和乡村群众自强不息剜穷根的精神风貌。丛书还收录了傅天琳、李元胜、张远伦、冉仲景、杨犁民等 70 余位重庆诗人创作的诗集《洒满阳光的土地——重庆市脱贫攻坚诗选》。这些作品散发着巴山渝水的浓郁乡土气息,晕染着山城文化的独特魅力,不仅凝练了百折不挠、耿直豁达的重庆性格,而且写出了重庆人感恩奋进、誓剜穷根的精气神,总结了重庆在生态、教育、健康、搬迁、文化、产业等方面的典型经验。作家们的创作不回避矛盾,不矫饰问题,以真情与热诚书写贫困地区的变化,把脱贫攻坚故事写得实实在在、有血有肉、鲜活生动,彰显了重庆文艺工作者在脱贫攻坚中强烈的使命感和责任感。

《重庆市脱贫攻坚优秀文学作品选》是重庆广大文学工作者与时代同行,与人民同心,把人民群众的伟大实践作为创作的不竭源泉而锻造出的精品力作。我们希望通过《重庆市脱贫攻坚优秀文学作品选》所传导的精神与力量,能够让群众的灵魂经受洗礼,让群众的精神为之振奋;能够鼓舞群众在挫折面前不气馁、在困难面前不低头;能够引导群众发现自然之美、人性之美,让群众看到美好、看到希望、看到梦想就在行即能至的前方。

丛书编委会
2021 年 1 月

目 录
Contents

/ 总 序　　　　　　　　　　　　　　　　1

/ 上 篇　　　扶贫进村第一日　　　2
穷乡筑梦　雷竹畅想曲　　　　　4

　　　　　　太阳出来上山岗　　　8

　　　　　　敢问路在何方　　　　11

　　　　　　桃符春风　　　　　　16

　　　　　　春晚进行时　　　　　20

　　　　　　炊烟照常升起　　　　24

　　　　　　田园荒芜归去来兮　　28

　　　　　　萝卜啊,萝卜　　　　　32

　　　　　　春天的脚步　　　　　35

临终关爱	39
地龙历险记	44
太阳点灯	48
老宅	51
清泉如许	56
"星级厕所"	60
邻壑	63
行路难	66
寻常一日	69
那盆温暖的洗脚水	72
我帮老乡挞谷子	75

目录
Contents

/ 中 篇
父老乡亲

割草人	80
春养	83
常常闯入我镜头的女人	86
会之手	89
蒋二娃脱单记	93
乡村宝贝	102
扶贫彩车驶入她的心中	105
老兵新传	109
我们村的年轻人	113
天台山飞出金凤凰	117
诗在眼前	121
老社长	126
我认的农民小兄弟	130
跟着大哥学补苗	134

	乡村有医	138
	抗疫时期的读书沙龙	142
	孤童	146
	最小的长字号	149
	晨拍	153
	先锋	158
	牵手	162
	出村女孩	166
	苦桃	169
	乡愁	173
	忙啊,盲!	176
	根	179

/ 下 篇
锦绣家园

九九艳阳天　　　　184

诗意天台山　　　　187

目 录
Contents

锦绣乡村	**191**
中坝,我为你歌唱	**195**
中坝鸟瞰	**199**
老屋春秋	**202**
村犬四五只	**206**
乡音	**210**
崖壁观音	**213**
网林	**216**
长满青苔的石头	**220**
这风,这雨,这雾	**224**

/ 后 记
兼职中坝书记员　　　　　　　　　　　　*228*

/ 跋
追求富庶的文明　　　　　　　　　　　　*232*

穷乡筑梦

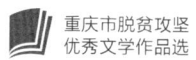

扶贫进村第一日

2019年3月13日,我独自开车前去綦江区三角镇报到。后备箱装上简单的行李:一个装了几件衣物、几本乡土书籍、笔记本和相机的行李袋,一个装满毛巾香皂、牙膏牙刷、茶杯茶叶、拖鞋衣架的塑料盆,还有一袋五常大米,一桶菜籽油。

下午,镇里一名副镇长坐着我的车,陪同前去中坝村。当车行驶过盘山公路十多公里后,上到横山之巅,只见云雾缭绕山谷,道路蜿蜒入云。我不由自主加快车速,胸中豪气勃发,高山风景扑面而来。

这就是我进村的第一天,是我作为驻村第一书记参加脱贫攻坚战冲锋的开始。冲锋陷阵的壮志激情,回归乡村的热切向往,像一川奔腾的河流涌现出欢欣的浪花,如一条腾飞的巨龙驰骋在广阔的天空。

横山如巨龙,
任从我驱驰……

诗句从胸中奔涌而出,奔向远方。
当晚,我用诗句记录了进村第一天的真实感受——

百里走单骑,兰海驶若飞。
跃上九道拐,綦城隐云底。
横山如巨龙,任从我驱驰。
村委七干部,出门喜相迎。
纷陈乡村事,齐表扶贫意。

对接简短暖,座椅尚未温。
急步杉树嘴,移目厂口厅。
书记勤指点,主任道乡情。
全村九小组,下五山上四。
茂林起云雾,沃土连绵呈。
房舍随山水,隐约牧歌声。
访贫亦问苦,入户侧耳听。
田间遇乡亲,携手致殷勤。
乡亲如父老,草木养育根。
笑容纯朴面,暖语善良心。
共筑中国梦,齐心脱贫困。
本从农村来,请缨回农村。
与其安乐死,何当忧患生。
千日回报短,攻坚漫征程。
建党百周年,富强小康奔。
作别谢父老,茧掌握依依。
挥手天台山,不带片云归。

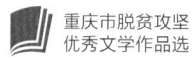

题记：绿水青山就是金山银山

雷竹畅想曲

中坝地处横山东北段，背倚天台山。天台山海拔1361米，约三分之一在中坝境内。全村海拔起点600米，九个村民小组分布于山梁两侧，森林覆盖率约百分之六十。村里仅余四千多亩缓坡台地宜于耕种，且撂荒不少，荒芜有年！

中坝人的浪费在这里，中坝人的希望也在这里。引进适宜山地的种植产业，变荒坡荒山为绿水青山，为金山银山。这，就是驻村扶贫工作队进村入户调研后最迫切的愿望，也是中坝村民最切实的行动！

区里派遣扶贫书记钟萍方进村半年后，我也有幸于2019年3月派驻中坝村，共同肩负脱贫攻坚重任。我们反复调研论证，一致认为中坝的产业必有大突破，必须培育长效增收的产品，否则就会存在短期脱贫而后返贫的危险，我们回单位了也会内疚不安，也会愧对组织的期待和中坝父老乡亲的厚爱。

进村十几天后，我们一老一少，开着各自的越野车，带上七名村社干部去四川省蒲江县考察雷竹项目。九人考察组奔赴千里。少壮打头，老骥殿后。考察往返，有限的空间充满着无限的希望和必胜的豪迈。

回村后，考察组立即向镇党委、人大和政府领导汇报。领导一致同意村里发展雷竹的计划，我们回村立即召开村支两委会议和村民代表大会，得到热烈响应和赞成支持。

村民代表大会上，钟萍方做了项目考察介绍，结合本村实际论证，特别是种植业主和村民以及村集体按"6∶3∶1"比例分成的创新模式,给村民吃了"定心丸"。我宣传了习近平总书记在雷竹产业发源地浙江安吉讲的"绿水青山就是金山银山"的发展理念,最后问了一个问题:你们愿意吃蘸水萝卜呢,还是愿意吃竹笋炖土鸡?大家异口同声响亮地回答:愿意吃竹笋炖土鸡!

惊蛰春分,春雷滚滚,万物复苏。从此,钟萍方连续追踪八个月的雷竹,终于在清明节前落地中坝扎根泥土。

一年之计在于春。

地多人少,全村老人妇女还能下地劳动的人员"麻子打哈欠"——全体动员。我直接抓综合治理委员蒋明兵,蒋明兵直接抓各社社长,各社社长再抓社员,层层"抓壮丁",包括邻近的天台村和乐兴社区也不放过。除了正在蔬菜基地抢收的劳力外,最后组织了不到五十个老弱妇残——这就是我们村的留守部队,番号"99381203"(12月3日为"国际残疾人日")。

四月十八日,第一车竹苗从浙江千里迢迢日夜兼程运到村里。抢栽队伍分成三个小分队,分别负责卸苗、转运和栽种。书记和村主任带领村干部全体扑上去,张毓兵主任统一指挥栽种,蒋委员负责劳力和后勤保障,钟书记现场鼓劲参与,我开越野车参加二次转运竹苗。

经历清明后的艳阳高照,雷雨前的闷热难当,长途运输导致竹苗干根,必须立马栽种保成活!

从清早干到天黑,大家汗流浃背,肩扛手提,除草栽植;累了就坐在土坎上稍歇口气,渴了喝点水接着干,高血压头闷脑涨吃颗药,摔倒了爬起来拍拍身上的泥土继续干,村社干部平时劳动少一些也咬紧牙关吭哧吭哧地干。最令我感动的是矮个子廖代兵,别人扛四根竹苗他扛五根,左肩四根扛起,右肩一根斜刺过肩挑起,两手压住竹竿保持平衡,圆脸光头全是汗珠,裹满泥土的迷彩服几乎湿透。五十多岁的单身汉,他应该算这支抢栽队伍唯一真正的壮丁!

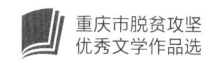

谷雨时节大雨耽搁两天，四天四十多人抢栽了两百亩，平均每天五十亩，没有一人中途当逃兵。

我们累并快乐着。中午集中在地边村民家煮饭吃，便于节省时间接着干。业主老板张长斌也参与大干快干，累得饿得端搪瓷盆盆吃饭。我到得晚点，五桌人争着喊我同坐。我说喜欢挨到美女，就一屁股坐到那些老妇女旁边。大家笑得前仰后合，差点喷饭。

一天干完，我们两个书记满载而归——分别把住家最远的乐兴场和天台村的民工送回，目的是图他们第二天还要来，不能梭边边（方言，偷懒之意）。

头开好了只等于成功一半。

去年谷雨前后在小屋基抢栽首批雷竹以后，避开不宜栽种的夏天，秋冬就开始了其他五个社的全面栽种。首批竹苗被太阳暴晒，部分地块排水不畅，夏秋管护没有跟上，导致成活率下降到百分之八十。加之，雷竹投产上市要三年以后，前三年生长期没有收益。有的社干部不得力，群众不拢边，有的社几户社员想自己干，有的社还对几年前栽种的患根瘤病的脆红李心存侥幸……

就像春天被隔在漫长的冬天之后一样，群众疑虑重重，村支两委没有退缩，一方面向上级和帮扶单位争取，获得我的派遣单位重庆城投集团支持30万元作为1000亩第一年保底流转收入，解除群众的后顾之忧，一方面督促业主及时补栽，加强管护，提高成活率。

按照"产业项目钉钉子"的措施要求，我们村干部分头进社开院坝会。毛主席早就说过"群众是真正的英雄"。小小院坝会，解决大问题。雷竹栽种的"冬月疑虑"消除，大家又扛起锄头和铁锹，冒着凛冽寒风钻进荒山，坡上坡下都是雄赳赳气昂昂的种竹人。

年底上级组织验收合格880亩，春节前又抢栽200多亩，超出引进计划。除邻近横山旅游度假区和村委会适宜发展农旅文旅产业的三个社外，其他六个社主打发展雷竹。

曾经撂荒的土地重新披上绿装,眼望摇曳的翠竹,村民看到了希望;我们驻村干部依恋中坝但必终将离去,坚韧的翠竹会代替我们深深扎根!

寒冬也已过去,春天如期来临。严防死守两个月,抵御了新冠恶魔入侵以后,去年参与过栽竹的人们最先摘除口罩,分成若干小组踏入绿意盎然的翠竹林。

农谚道:三分栽种,七分管护,不护不管,收个铲铲(当地方言,没有收成之意)。男劳力挖沟排水,让每一块土地都干爽透气;妇女们除草施肥,给每一窝竹苗播撒生长需要的肥料。谷雨栽种的已有春笋破土——那引人注目的竹笋,裹着毛茸茸的外壳,听到了滚滚春雷的呼唤,接受了徐徐春风的招引。它们挣脱笋壳,挥舞小手,给呵护它们的老人报告了新生的消息,带来了分外的惊喜,送上了温暖的安慰。

雷竹冒笋啦!盼望中的人们一个传一个,一块地传一块地,一个组传一个组,坡上坡下的都传到了村里微信群,大家争相传播,整个村庄好像沸腾起来了。

大家仿佛看到了不久的将来竹笋丰收的景象,我也想起了动员大会当晚记录在工作笔记本上的感慨——

百顷沃土千万金,春雷惊蛰地生笋。
竹笋土鸡烹佳肴,万竿琼玉绿依依。

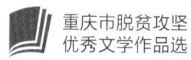

太阳出来上山岗

初夏的清晨,啁啾的鸟鸣在耳畔响起,瑰丽的朝霞撩开我的眼帘。起床,开车,直奔天台山梅子岗,绚丽的彩虹在天台山峰峦上空开始消散。举起相机抢拍数张,情不自禁地连声呕吼起来,万分激动,也万分遗憾——摄影永远是遗憾的艺术!

操起拐杖打草劈棘,蹚着露水,慌不择路,急速爬山。当我爬上陡峭的山头,彩虹消失殆尽,回首东望,中坝村几乎尽收眼底。苍岭奔腾,云遮霞蔚,磅礴雄浑,令人震撼。最耀眼的就是错落有致、雄峙在苍松疏林山梁上的农民新村——九栋高低配搭、粉墙黛瓦的村民集中居住楼。

太阳出来啰儿,
喜洋洋欧朗啰!

这句四川民歌冲口而出,一股强烈的自豪感就像那喷薄而出的红日升腾洋溢;太阳出来上山岗,这个激荡人心的意象就像那道炫目的彩虹,照彻脑海。中坝村轰轰烈烈开展土地复垦,争先恐后建设新农村,这篇重要文章的题目找到了,这个重大事件的文学形象找到了,这个历史变迁的精神灵魂找到了!

中坝村六百多户近1500名村民,散居在横山东北端山岭两边坡地和沟谷。村里常年云雾弥漫,成天爬坡过沟,进出靠磨起老茧的双脚,农副产品靠肩挑背负,春秋冬光照差湿气重,夏天危岩滑坡时有发生。

2010年,重庆市土地复垦,中坝村抓住机会,动员老百姓摧枯拉朽,拆旧房建新居。全村100多户参与其中,复垦土地30多亩,迁居新农村集中居住40多户,占地3亩多,腾退宅基地30多亩。这批敢于"吃螃蟹者"改变了生活方式,提升了生活质量,最先尝试了异地迁建脱贫。就以一个家庭计算,腾退宅基地近300平米,获得复垦补助5万~6万元,在新居安置点购房一套,其占地仅为原来的十分之一,大大节约了十分有限的土地资源。以前煮饭烧柴,现在用天然气;以前吃水靠山泉,现在安全饮用自来水;以前出门爬坡上坎靠走,现在出门坐车方便省力;以前屋内屋外潮湿,现在阳光灿烂通透。祖祖辈辈都没有想到能住楼房住洋房,现在终于实现,生活翻天覆地大变化。临街16户大面积户型,两户联排修建,完全就是城里的联排别墅。

在新龙湾生态养殖场打工的传正福夫妇,我最熟悉。七十岁的传正福庆幸地给我讲了他们的生活变化。十年前推倒了黄家沟的土墙房子,获得三万多元复垦补助,投靠安家云南大理的两个儿子,帮忙料理家务照料孙子,家人团聚,互相陪伴。两年前回村,在养殖场打工,吃住有着落,务工有收入。老两口身体健康,心情愉快,对搬迁脱贫的感激之情溢于言表,始终亮出整齐洁白的牙齿,仰起头来微笑。光是黄家沟就有13户50多人,像传正福一样迁居适宜之地,享受异地搬迁带来的幸福生活。而一坡之隔的余家沟,沟长一倍,人多一倍,沟深壑险,生产和生活条件更差,也是搭上土地复垦这班车,离开了"拉粪不生蛆,鸟也不下蛋"的沟谷,搬到了高高的山岗,走出了低矮潮湿压抑、摇摇欲坠的土屋,搬进了宽敞明亮、水电气齐全方便的楼房。

村干部蒋明兵,推倒辛辛苦苦修筑的土墙老屋,搬迁进新农村多层楼房两室一厅住宅。儿子媳妇在城区工作,老伴也在儿子家里照料孙儿。蒋明兵平常一人居住,夏天老伴和儿子媳妇带上孙孙上来避暑,全家团聚,其乐融融。蒋明兵一家极爱干净,他本人弄得一手好菜。有时我们扶贫干部也到他家里改善伙食,顺便聊聊村情民意;

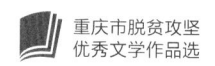

有时上级领导来检查也到他家里随便弄点扶贫餐吃,让人感受到新农村新生活的美好和幸福。

东方日出,照亮新居,也照亮潮湿阴冷的心田。

从老百姓的角度看,新农村矗立山岗,朝晖夕阳照耀新生活。从村集体来看,土地复垦何尝不是助推全村旧貌换新颜的好推手呢。一是获得原农房占地几乎同等面积的集体建设用地,为未来的乡村发展预备了发展空间;二是获得三百多万元政策补助资金,用于道路、饮水、用电等基础设施建设,让全村发展大大提速;三是改变了村容村貌,提升了人居环境质量,提高了乡村文明程度。中坝村多了一个地方、一个地名——巴渝新居!

回想去年三月,第一次进村,路过巴渝新居。看见道路两边的房屋壁灰脱落、潮斑出现、门楣长草,我还摇着头投去不满的眼光。后来了解到,房屋质量也不高,因为各种原因产权也还没办下来,我感觉到遗留问题的负面影响。仔细思量,新旧对比,楼房鳞次栉比,出门就是畅通无阻的公路,夜晚太阳能路灯通明,健身器材安在院坝,村民过上了不一样的生活。当我深入了解了这个变迁的艰辛历程,知晓了这个变迁给全村产生的影响,知道了村支两委正在着力解决遗留问题,看见了干净的街面、环绕的花台、分类垃圾箱,以及纯朴善良勤劳的村民,我不得不深深地感恩村里的决策者、参与者和付出者。

在这高高的山岗上,新农村每天最早迎接第一缕温暖而多彩的阳光。

敢问路在何方

如果说横山是一棵挺拔的参天大树,屹立在渝黔接壤的群山万壑中,中坝恰似这棵树上的一片叶子,那默默延伸的道路便是纵横交织的叶脉,是它让这片树叶释放出生命的活力。

"好个中坝村,一条烂路深。雨天两脚泥,晴天一身灰。山下乐兴场,山上巨龙集。赶场靠两腿,卖菜背篼背。"从前的民谣道尽了村里交通的闭塞和出行的辛酸。

纵贯全境8.5公里的乐中路(乐兴场至中坝村),除了村民集中居住的厂口厅一段水泥路,其余全是泥结石路。村民称之为泥巴泥水路。它像一根草绳,从山上到山下串起了杉树嘴、厂口厅、陈家岩、冉家嘴和小屋基五个社。

2020年道路修好后的夏天,我在路边的廖家大院走访,听到回乡休闲的"姑娘客"调出几年前的手机视频,穿靴挂棍艰难行走、冬腊月呼呼的风声、脚下无尽的泥泞、怨路盼路的诉说,真让人心酸。一位大嫂领着一位大哥颤颤巍巍走进客厅,在场的人都说,1987年最早修毛坯路就是他带领大家一锤一凿一锄一耙开出来的,连冲犯廖家龙脉都不怕。他就是当年的社长廖代明,而现在扩修成柏油路了,他却病得连在路上走一走的力气都没有了。还有好多当年为乐中路开山凿石的老人,早已长眠路边。

脱贫攻坚进入冲刺阶段,乡村振兴方兴未艾。中坝这个好像被人遗忘的穷村,终于盼来了新的机遇。

乐中路要扩宽修成柏油路了!这是2019年春天最振奋人心的消息,我在进村的第二天也到达了现场。村干部带着十几个村民,冒着牛毛细雨,踩着泥泞路面,溜滋溜滋地沿着泥巴泥水路往山下走了两

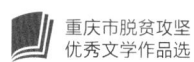

个弯拐停下来。面对杂树丛生的道路边地,测量扩路占地。杂草荒芜了地界,邻地村民相互争执起来:修路为大家,占地是小家,补偿又很低,村民对干部产生抵触情绪。

这是修路调地的第一处,相当于一个长篇报告的开场白。如果没有讲好,后面的影响那就麻烦了。村主任张毓兵手握皮尺,算是现场指挥;驻村书记钟萍方拿着表格,记录各家占地,有点像当年生产队记分员;我工作时一般都挎着相机,像个业余记者。在国土部门搞了一二十年征地拆迁,一看就敏感意识到必须马上打开僵局。我们几个凑近简单商量了一下,利用我这个新来乍到驻村书记的有利条件,由我来用修路的作用意义开炮,他们从通情达理的社员没有纠纷的地块开始拉皮尺。注意力马上就从量与不量转移到了量多量少方面去了,矛盾口子巧妙撕开。本土人才赵昌辉牵着皮尺另一头,时而走进树丛中时而钻进荆棘笼,大声报出数据;钟萍方歪着脖子夹住伞柄,双手在文件夹板上记录;村民们挨家逐户指界,边化解分歧边配合测量……

回村上坡路脚下打滑,更是难走。戴的戴斗笠,打的打雨伞,唯有张主任光着头,花白的发根挂满亮亮的雨珠。我担心这个朴实的汉子会不会感冒,下午开会确认面积时就知道了这个担心完全是多余的。

迷蒙的雨雾笼罩周围,路旁的槐树丛林依然一片褐黑,偶尔夹杂在灌木丛中的黄色野菊花,还有料峭的春寒,毕竟预示着一个新的春天来到了这片沉寂的土地。

挖掘机、钻孔机、装载机,开进山村沿着四米左右的老路拓宽路基;村社干部就在前面做群众的思想工作,动员配合拆迁让地。

前面是宣传队,后面是工程队;后面追着前面走,干部带着村民走。一场耗时经年的拓土开路的浩荡工程拉开帷幕。

庄稼给道路让开,树木给工程让开,房屋为道路拆迁,死人(坟墓)给活人让路。

第一关隘就是廖家大院。山壁是廖家祖茔,集聚风水宝地,紧挨路沿排列,兴旺发达的后人寸土不让,实属人之常情;路坎下紧邻百年大院,房舍俨然,也不忍动半块瓦片。

面对祖坟老宅,面对众多人家,张主任上门苦口婆心地谈,钟书记电话不厌其烦地劝,最终答应拆除正房后面两间拖檐,要求先拆后复,修复厨房。就这么一米多的一溜,终于在挖掘机抵达前协调好。在那座保存完好的大院厢房里,钟萍方写好协议,我立即找自己兄弟微信汇来八千元,帮村委会垫资两户各一万元补偿和五千元的保证金(为了取信于民),两家户主收到微信转款才签字按手印。张主任一挥手,社长陈洪志就带领拆迁人员上房揭瓦。

我曾经写过"土地征用蚕食桑,房屋拆迁蚁啃骨"的诗句,没想到在偏僻的中坝乡村也成为真实写照。要致富先修路,要修路先低头。干部低头做好宣传解释工作,群众昂头走上康庄大道。

沿路下行一公里,石平文兄弟两户一幢土墙房屋孤零零站在一个急转弯内侧。要么拆除架空的院坝和入户青石台阶,要么全部拆除房屋。在外打工的两兄弟商量全部让拆,老了投靠子女;八十多岁的老母亲和单身的幺兄弟同住,便于互相照顾陪伴。石家村民真正做到了深明大义,舍小家为大家,令人感动不已。

工程队逢山开路,摧枯拉朽,所向披靡。宣传队分组包户,争先恐后,各自突破。

小屋基路段涉及两户村民五座祖坟。社长石平福群众威信高,思想工作深入细致;贫困户任家三兄弟行善积德支持修路,迅速迁坟让地。

路要通,首先思想要通。群众利益无小事,一分一厘都关情。万家岩一处道路急弯处涉及一户村民土地,宽不到一米,长不到二十米,真还成了阻碍。与社里调地,社员不答应;与邻居换土,邻居不愿

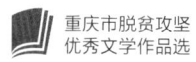

意。先说好了开挖了路基,这户村民后来反悔了在路边栽上几窝红苕,还把燃气管道挖破了。村里拿他没办法了,镇里领导和有关方面都来了,多管齐下才转过这个急弯。

花开两朵,各表一枝。拆迁难,施工紧。主要紧在工期,九个月时间两个月雨季,三晴两雨影响施工。清明节和端午节,年轻人开车回乡难以开进院坝。在网上吐槽:不修还好,越修越烂。真让人哭笑不得。

外面的人不了解实情,解释一下就算了。关键是要争分夺秒修好,让外出打工人员和村里人的亲戚朋友春节回家能走好路,皆大欢喜过团圆年,那才是硬道理!

项目经理姓罗,经常在施工现场协调指挥,饱满的面庞和结实的手臂晒得比当地农民还黑。

区交通部门领导李红彤,每月都深入现场督战。他曾担任本镇党委书记,村干部和村民还是亲切地称呼"李书记",可见老百姓对他是多么地尊敬和感激。许多人都说,李书记调走了,他的心和情还留在我们这里。

时间过了半,工期不足半,影响生产又影响生活。挂片副区长蒲德洪调研脱贫攻坚,站在泥泞的路面上,直接打电话给部门负责人,提出排两个工队两头施工的要求,把雨季耽搁的时间抢回来。

工人们吃在工地,住在农家,下雨天没有去处闲得无聊盯着手机玩,雨停了起早贪黑加班加点累得够呛。

春节来临,水稳层终于铺设完毕,道路平坦宽阔。回乡的人络绎不绝,寂静的乡村重现欢乐。

如果说乐中路是中坝这片绿色树叶的主叶脉,那与之连接的五条四米五宽、十二公里长的水泥路就是它的支叶脉。当主叶脉生机勃勃的时候,那些支叶脉也渐渐地连通了,源源不断地流淌着丰富的营养,滋养着叶片的每一方寸,使它闪耀着生命常青的光芒!

冬去春来,三月的清风再一轮吹拂这静静的山乡。

辛勤的筑路人兜里也揣着防疫健康证和复工证,奔赴曾经披星戴月的工地。用他们魔术师一样的双手,把黑得发亮柔软如泥坚韧似钢的柏油材料,严严实实妥妥帖帖地压覆上去。一条宽6.5米、长8.5公里的柏油路,就像一条长龙一样寄托着父老乡亲美好的梦想,蕴含着中坝人的自强不息、奉献和牺牲,腾飞在偏僻的山乡。

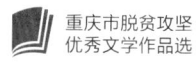

桃符春风

躺在病房里,肿胀的右腿就像那段被村民锯断的树木,僵直地平放在微微抬高的病床上。透过窗外迷蒙的雾霭,仿佛看见百公里之外村庄忙碌的一切。钟书记刘书记带领村支两委,村委院落进进出出,山上山下百多农户访贫问苦……

一声轻叹。春节将至,年头岁尾的工作紧锣密鼓,特别是村里的直播春晚筹备工作真还让人有点发愁。作为全村驻村工作队长,本该像一台机器一样开足马力正常运转。万万没想到自己这台机器却突然出现故障,不得不进厂修理。区委组织部派遣的第一书记钟萍方在现场打主力,自己则相当于困在医院作顾问。

12月10日,在村民建房砍树现场,我的右脚扭伤,当晚还得加班忙碌,结果伤势加重,两天后不得不住院治疗。

一面是伤筋动骨一百天的煎熬,一面是只争朝夕的工作节奏。虽然身体躺在病床,大脑必须正常运转,何不用手机进行力所能及的工作?曾经策划为村民写春联,正好可以静下来创作了。

春节春晚春联春天,春之气息扑面而来,心血潮涌,精神振奋,我不由自主地坐直身体,勤劳致富的蒋二娃、身残志坚的何银全、跪着割草的陈裕昌、夫唱妇随的黄永会、跋山涉水的张正银……一个个身影向我走来,家家户户的情景争相浮现。

白衣天使职业性地询问"输哪只手",我毫不犹豫地回答"左手!"

左手只需握着手机,右手便可灵活地书写。视线穿越时空,跟着一个个村民走向他们的家园,定格在朴素不失庄重的大门上;一副副量身定做的春联,如同一道道彩虹从屏幕上顿然升起,飘飘洒洒飞临一户户农家门楣!

上联:起早贪黑养黑猪六畜兴旺
下联:凌寒冒暑种金稻五谷丰登
横批:带头致富

蒋二娃一家,堪配此联。蒋二娃家喻户晓,随着各级领导的不停走访,市、区媒体的不断报道,蒋明伦的大名也逐渐为人所知。挂在砖混结构的房屋大门旁,"脱贫光荣户""勤劳致富带头人""敬老爱亲模范"等金光闪闪的牌子辉映着户主的名字——蒋明伦——三个字已经赋予了从未有过的分量,在人们心目中当当作响。

上联:打草圈豕累有获
下联:招蜂酿蜜苦变甜
横批:望子成龙

这一副是送给因残因学致贫的何银全和妻子蹇代秀的。高位截瘫的何银全端正的鼻梁上架着一副高度近视眼镜,坐在阳台的轮椅上,像一位军师一样轻轻挥舞手中那一片鹅毛,神定气闲地"招蜂引蝶",尖山子一带的天然中蜂好像被强力的磁场吸引一样纷纷飞临,在他厚而多纹的镜片前翩翩飞舞,好像向军师报到一样,然后井然有序地钻进他们家的木制蜂桶。这些飞舞的精灵,当年就为这个"蜜蜂之家"酿蜜60多斤,分蜂10多群。近万元收入真像天上的馅饼一样,落在两个智慧勤劳人的手里。妻子眼神坚定,粗手有力,既要照顾丈夫的饮食起居和年过八旬公公的生活,又得喂猪养蜂种地。今年六头大肥猪,除了犒劳自家的一头,其余卖了两万多元。儿子也非常争气,吉林大学毕业就考上了某航天研究院的研究生。望子成龙正在步步实现,贫穷的根子也在被截截斩断。

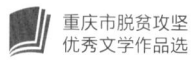

小屋基社的陈裕昌七十多岁,青筋暴绽的双手始终握着一把闪闪发光的镰刀,右腿膝盖常常是干泥糊湿泥,一层一层又一层,天天穿的解放鞋几乎看不出原本的颜色。为何他裤腿常裹满泥土?因为他跪着腿割草喂猪,因为他腰杆病痛不能弯曲!

上联:跪着半条腿
下联:撑起一个家

这副对联形象地称赞他克服病痛、艰辛付出,只向土地跪下,不向生活低头。白净无须的脸颊和明亮的眼睛始终洋溢着本真的笑意,即使在告诉我们今年五头猪都遭瘟死光了的时候,他的愁苦始终深藏心底。

上联:饮水思源不忘本
下联:春种秋收天酬勤
横批:模范家庭

这是送给一个安排了水电工勤岗位贫困户的。蒋昌敬、黄永会夫妻二人养鸡养鸭,种稻种菜,一年三百六十五天没得哪天在休息。每每走进村里,总看见他们夫妇忙碌的身影。他们不是背着背篓就是在田间地头,衣服裤子鞋子总是粘着泥土,脸上总是露出淳朴的笑容。

上联:感党恩安住新居
下联:记党情喜迎新年
横批:辞旧迎新

这是送给住进新改造住房的贫困户张恒春的。

上联:新时代前途永远光明
下联:美乡村鲜花长久红英
横批:国泰民安

这是送给黄永明、周长英(残疾人)夫妇的嵌字春联。

上联:多养鸡鸭少喝酒
下联:常讲卫生添长寿
横批:珍惜幸福

这是送给一个患高血压的五保老人陈世敏的,老人喜欢喝酒不爱讲卫生。

上联:踏遍青山人未老
下联:历经坎坷再出发
横批:前程锦绣

这是送给村护林员的。这个贫困户主,老婆走了,儿子大了。按当地土话说,一个人在门前"窜起"(蹲着无所作为的意思)。以此鼓励他振作精神,重建美满家庭!

短短两天时间,脚动不了手动,心无旁骛,一气呵成。四十四户贫困户,几户其他村民,春节大门上将贴上红朗朗的春联,映红着村民们一张张笑脸,迎来新一年喜洋洋的新气象。

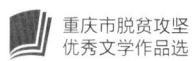

春晚进行时

寒冬早晨的浓雾渐渐散开,村民服务中心古朴的院落显示出庄重的神态,一阵阵嘹亮的唢呐,一幅幅火红的标语,一张张欢欣的笑脸,节日的喜庆气氛扑面而来……

高大桁架支撑的门框一派红色,像一片七彩的朝霞,放射出夺目的光彩。门楣赫然醒目,"我们的中国梦·文化进万家——重庆市美丽乡村文艺秀走进綦江中坝村"的主题标语激动人心,四根门柱像熊熊燃烧的火焰,"中国梦圆两个百年,文艺秀进千村万户""脱贫攻坚大家干,乡村振兴小康来"两副春联催人奋进!

安全交通岗的村民曾琪书一笑就唇不包牙,急忙走过来问候我的脚伤。我拄杖向村口走去,几个村民迎上前嘘寒问暖,好像我不是来扶贫的干部,反而成了村民们关心爱护的残疾人。区里派遣的第一书记钟萍方和村总支书记刘永国,闻讯而来,上前搀扶问候,脸上洋溢着温暖的笑容。

手握华龙网标识采访话筒的女记者和提着脚架相机的男记者,急忙走过来,周围的村民喜气洋洋地看着我们,好像欣赏一场美好的邂逅。我把拐杖递给旁边的村民,稍息立地,重心放在左脚,面朝左壁,一副副红色的春联,犹如一丛丛初春的蔷薇花迎风绽放。

"这是我们村迎新春送春联,脱贫困斩穷根的春联展。这个展览的前言用了三副春联,也是献给全村群众的新年祝福。既表达了我们脱贫攻坚的满满信心和乡村振兴的美好梦想,也表达了村支两委对村民的美好祝愿和新年展望。展出的春联是我花了两天时间给村里四十四家贫困户和部分村民写的,是根据每家每户家庭生产生活情况,包括成员名字等等,量身定制的"。

我还例举了给贫困户李自棋龙朝英家的对联——上联：自力更生丰衣足食，下联：勤劳苦干吃穿不愁。

横批：天道酬勤。

我介绍说，他们家已经稳定脱贫，靠的就是自力更生，就是脱贫攻坚的原动力，也是我们鼓励和帮扶的政策和原则！

一副副红艳艳的春联飘荡着，人们心里燃烧着希望的火焰胜利的曙光。明亮的火焰叠映着一个个贫困户艰辛而又喜悦的笑脸，回荡着村民们穷则思变的斗志和呼唤！

记者随着我们转向右边，高大整齐的马尾松下，矗立着村规民约和人居环境整治顺口溜的宣传展板。朱红色的固定展板衬托着前面活动展架，展架上是三十多幅光彩动人的彩色照片——这是我们脱贫攻坚主题图片展览。图片是我们三个扶贫干部在一天天的帮扶工作中积累起来的，都是充满泥土气息的，其中有展示中坝村优美的自然风光的，有展示纯朴的民风民俗的，更有反映村支两委带领村民奋力脱贫攻坚的劳动场面和劳动成果的。

钟书记和刘书记分别补充介绍了中坝村的资源优势、党建活动、基础设施建设和产业发展等方面的情况，记者们露出惊奇的神情，不时赞许地点头；旁边的村民也喜笑颜开，感觉他们也是被采访的主角，是这些场景的真正主人，掩饰不住那股强烈的获得感和自豪感。

……

青瓦条石的院落，墙壁下装满箩筐的农产品洋溢着丰收的喜悦。白玉般的水晶萝卜、黄澄澄的大南瓜、金灿灿的苞谷棒子、紫红色的红苕，琳琅满目，活色生香。四十多张八仙木桌密密匝匝整齐排列，穿红着绿的村民济济一堂，桌下红红的炭火散发着浓浓的温暖，驱散着严冬的寒冷。舞台圆形的背景墙呈现出喜庆的年味和浓浓的乡情，好一轮初升的太阳，好一段夺目的彩虹，好一幅美丽的画卷！

充满乡村田园气息的节目、充满激情和希望的节目、充满欢乐和

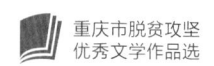

诙谐的节目,好像争相盛开的花朵,好像腾空绽放的礼花,好像汹涌澎湃的浪潮。台上台下,一片欢腾。

有市、区专业文艺团队的精彩歌舞,有外地选送的特色节目,有偏远地区孩子们活泼可爱的绳舞,有眼花缭乱的魔术,多姿多彩,令人应接不暇,欢乐开怀。

一阵锣鼓敲响,蒋明伦、张道琴、臧洪、黄永会身穿簇新的红绿棉装的村民走上舞台,领头的担着一挑金光灿灿的稻谷。

> 震天锣鼓敲三遍,
> 各位乡亲这里看,
> 脱贫攻坚奔小康,
> 期盼。
> 乡村振兴大家干,
> 村规民约谈一谈,
> 大家制定人人守,
> 点赞。

由我们自编自导自演的三句半"村规民约大家谈",引得台下一阵阵笑声,一阵阵欢呼。

当那首由我们村和结对帮扶单位合作创作的歌曲《中坝是我家》优美的旋律响起,重庆春声艺教中心的专业女教师载歌载舞,村民们纷纷站起来,挥舞起"中坝是我家""我家在中坝"的手牌,应和着舒缓流畅的节奏轻轻哼唱起来,欢欣鼓舞地欢笑着交流着庆贺着分享着,磐石院落成了欢乐的湖泊。翻滚吧,欢乐的浪花,热情的浪花,幸福的浪花!每个人都是激情洋溢的,每个人都是温暖幸福的,每个人都成了这场歌舞的表演者欣赏者。

应记者现场采访,我也情不自禁地唱起那段深情豪迈的副歌——

> 中坝是我家,
> 我家在中坝,
> 我们都爱大中华;
> 中坝是我家,
> 我家在中坝,
> 我们共建小康家!

歌声嘹亮如袅袅炊烟升起,似悠悠清风吹拂,像一川激流奔腾……

我激情满怀,面向广大村民面向嘉宾领导面向无数网民,大声报告:全村全面实现了"两不愁三保障",决心打赢脱贫攻坚战,奋力拼搏奔小康社会。

古朴厚重的院落,国旗飘扬,群情激昂,欢声雷动,响彻村庄。

村里人在电视上收看过春晚,在手机上收看过春晚,也许在别的城市或者场合看到过别人的春晚,但是在自己的村庄里看自己的春晚演自己的节目,开天辟地这是第一次!三百六十五天的辛勤付出,今天终于收获满满了,终于扬眉吐气了,终于心花怒放了!花开的笑容,喜乐的话语,欣喜的泪光,温暖的倾诉,涌流的热血,狂喜的心跳,犹如海潮澎湃,整个山村都沸腾起来了,通过互联网涌入外面的世界,流出世外的桃源!

这是冬天里的一把火,这是天台山下贫困村的一把火。它照亮我们的未来和梦想,它点燃我们新年的信念和希望!

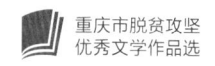

炊烟照常升起

春节的气氛就像蹿上空中的烟花,很快消散。上坟祭祖的后代也不像往年那样纷纷回到城里的安乐窝,而是拥挤在农村的老屋,等待新冠肺炎疫情尽快结束。湿冷的空气除了应有的清新,隐隐混合了些许寂寞和无奈,甚至浸透着几分难言的不安。

村庄的几个路口设置了关卡。万家岩关卡边一个五十岁左右的瘦高个子没有戴口罩,岔起大嘴巴一边诉说一边向我们走来:"我一天只吃两顿光饭啊,我老娘90多岁了啊,睡在床上还得我扯她起来抹脸喂饭啊。你们村干部究竟管不管啊?我叫黄老五,过年房子着火了,厨房烧得只剩四面墙了,得个电饭煲弄点光饭吃,落雨都没有办法了。昨天到街上去买锅买碗场都进不了,到村里去找口罩也没得,要到舅舅山林砍树木回来盖房子,到处拦起不让走……"

我听到黄老五一连串的倾诉,再看他蓬头垢面的样子,转身便和钟萍方一起去实地察看。他也好像找到了救星一样,终于说了一句暖心的话,"幸好那天左邻右舍都来扑火哦,不然……"

砖石结构的正房像个寒碜的老人站在寒冷中,劫后余生。两间拖檐厨房只剩烟火熏黑的四面土墙,地坝一堆烧焦的木料,一堆残破的瓦片,一口白木棺材也是从火中抢出来的——孤零零平放在院坝,表面已被火焰烧得焦糊。

疫情当前,严防死守。村民及车辆只许出不许进,外来人员和车辆一律禁止进入。疫情火灾,出村回村,情与理,较量着,考量着。逆行的白衣天使甘冒生命危险,寒冷中坚守防疫一线的值班人员,为了大家的阖家团圆他们付出小家的暂时离别,疫区的一只鸟几乎都不让飞进来,何况还要跨区运回木材。

柴米油盐酱醋茶,村民小事我大事。这不是村支两委的座右铭吗?不是给老百姓的郑重承诺吗?

我们立即打电话请求上级领导支持,立即协调邻村必经关卡,立即明确答复获准了特别放行。本名黄永平的黄老五,听到特别放行的答复,眼睛瞬间湿润了。他妻子哽咽着说:"房子烧了,年到哪里去过哦?初一天,他想起想起都还哭了一场。"黄永平接着叹了口气,头一昂好像释放了沉重的压力,提高嗓子朝着我们说:"还不是到我大哥家过,大哥说的多添两个碗嘛两双筷子嘛!再给老娘端回来热一下嘛。"

猛一抬头,突然觉察到厨房上空还冒出缕缕炊烟。我径直走进临时扯起塑料薄膜的厨房,锅碗瓢盆一应俱全。土灶上山字形的烟囱挂满了正在烟熏的腊肉,差不多有半边猪吧。主人自信地回答我眼神的询问,春节才杀的年猪,一年不吃猪油不吃腊肉咋个得行呢?

我们连声说好好好!往回走的路上,想起他在路口的叫苦,有一种被欺骗的感觉,便问黄永平为啥说锅碗瓢盆都烧光了一天只吃两顿光饭。他才不停地道歉道谢,说人家都平平安安舒舒心心地过年,为啥我就只能这样冷冷清清呢?以前我还当过队长呢!刚才言语不当不要见气,钟书记借给他用的电炒锅不要了,感谢我送给他的口罩⋯⋯

是啊,同是一个村社的人,为啥不应该一样地生活呢。看着黄永平遥指远处那密密匝匝的树林,幻想着喜鹊衔木搭窝的景象,我的脚步也顿时感觉轻松自如了。

回家的路上,疲惫和血压升高的原因,大脑感觉闷涨。黄老五由怨尤变轻松的表情、不甘被冷落的质问、解决问题后的道歉、屹立寒气中熏黑的土墙、烧焦了的木料和临时搁在外面的棺材、残破的瓦片,老是挥之不去,如影随形。

正月十五一早,牵挂于心的事情第一时间冒出脑海。黄永平今

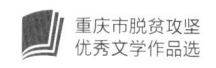

天要盖好房子了,我得去看看,顺便也拜个晚年。

停车走到岔路口,看见他一扫脸上的愁苦和抱怨,显得兴奋和喜悦,带着七八个村民正在墙上、地上忙碌着架檩子钉瓦角,看来已经在我赶路的时候干了两三个小时了。大家见我来了都很高兴,一边热情地招呼我一边抬梁上墙。

我抚摸了一下才从森林里砍回来刮光树皮的木料,一股沉重又踏实的感觉油然而生。我一边叮嘱他们注意安全,一边窜进窜出用相机记录修建的过程。不知从哪里找来的大红标语,墙上的人手一挥红布飘然而下,一根檩子两头一捆,两边墙上同时上提,散发着松香的檩子缓缓升起,安放在虎踞龙盘的土墙上。

虽然没有抬梁的号子,还是让我想起当木匠的父亲在老家抛梁的情景——当四列杉木排扇立起,檩子穿枋构架稳固,缠绕着大红布匹端直方正的中梁缓缓抬上堂屋的中柱,太阳正好升上山坳,远亲近邻围在新房框架之下翘首企盼,父亲就会亮起他那洪亮高亢的声音朗诵起来——

　　太阳出来喜洋洋
　　众帮主家立华堂
　　……

张开大手从红色的搪瓷茶盘里抓起抛梁粑四方抛洒,众乡亲欢乐地跳起来迎接,噼噼啪啪的鞭炮顿时炸响……在亲朋好友的欢呼中,在鲜红的太阳照耀下,一栋散发着松香的新房矗立起来。想起这一欢乐而神圣的情景,心中充满一种肃穆和神圣的感觉,特别是背靠墙壁仰拍的时候,这种感觉更为强烈。背靠的土墙厚实坚硬,难道不是一道道站在地上的粗糙泥土吗?它们凝聚起来,从趴着变为挺立,从散沙变为整体,从平面变为立体,从任人践踏变为独立自主。土墙是坚不可摧的,站在墙上的男人呢,他们千锤百炼夯筑土墙,他们起早贪黑栉风沐雨生活,他们不就是默默无闻的土墙、忍辱负重的土墙吗?

土墙围合的厨房里,女主人张红和一老一少两个妇女正在张罗晚饭。一人烧火煮腊肉,两人捆一根白布滤帕在烧焦的横梁上,地上放一个大盆子,咿咿呀呀滤起了豆花。灰色的炊烟袅袅娜娜,白色的豆花雪白鲜嫩,建房的村民忙忙碌碌,富足、热闹的气氛充盈着正在抢盖屋顶的厨房。

我小心翼翼地走到房屋背后的土坡上,扯开憋气的口罩深深地呼吸林中的新鲜空气,镜片上的雾气很快消散。远处丰润饱满的山岭逐渐清朗起来,黄家盖房子和弄年夜饭的整个场面尽收眼底。杜甫"大庇天下寒士俱欢颜"的诗句,回响耳畔,我不禁浮想联翩——丰盛的年夜饭热气腾腾,香喷喷的腊肉、烫噜噜的豆花,满荡荡的老酒,辛苦了一整天的远亲近邻,大块吃肉,大碗喝酒,把曾经的灾难化为乌有,为来年的日子燃起希望。

曾经坍塌的房屋重新站立起来,诗意的炊烟依然袅袅升腾,农家饭菜勾起无限乡愁,阖家团圆的欢声笑语无比爽朗。

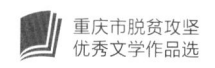

田园荒芜归去来兮

商品经济的旋涡浪卷,农民背井离乡进城打工,田园日渐荒芜。中坝村田土面积大概四千亩,留守故乡四百人,人平十亩地。祖祖辈辈曾经刀耕火种精耕细作的良田沃土,如今早已芭茅丛生,荆棘遍地,令人扼腕叹息。

田园荒芜,归去来兮。

脱贫攻坚决战号角吹响,乡村振兴前景美好,农村广阔天地再次吸引故土的子孙回归田园,垦荒种地,重振乡村。

村党总支书记刘永国,属于新中国的农三代,毅然弃商回乡归农,承包开垦撂荒地70多亩。老社长宋中杰带领的垦荒五人组挺进荒野,一个多月来,老社长身背飞旋的割草机,利刀所向,荆棘芭茅灰飞烟灭;蛮牛一样驾着轻巧的农耕机翻天覆地,黑褐色的沃土泥浪滚滚,重见天日。天台山脚的大沟,杉树嘴的丘壑,小屋基的台地,无不荒野变田畴,重现当年勃勃生机。所种玉米已然郁郁葱葱,挂须结棒,夏日风雨清洗过后,碧浪连接云天;你如身临其境,定会感觉被簇拥飘浮,心旷神怡。大窝的南瓜长势旺盛,爬地生长,叶阔藤长,开花结蒂,绿玉浑圆的南瓜像大地的婴儿,娇卧碧毯;可以想象金秋艳阳高照,金瓜满山,那是何等的耀人眼目,何等的醉人心旌!

沉睡若许年的梯田台土,终于铲除藤萝刺蓬,重抖精神,给辛勤的耕耘人献出累累硕果。

黄家沟偏居山谷的黄三,大名黄永明,属于地地道道的农二代,种地是能手,当过副村长。当年"七个人八条心,你说东他朝西",他愤而撂挑子,与老伴专心种地喂猪养鸡养鸭,整得一个山洼人欢鸡叫,欣欣向荣,丰收连年,活脱脱一个世外桃源。

前些年,在东北安居乐业的子女孝顺父母,要接二老到家安享晚年幸福;老两口终日躬耕陇亩,积劳成疾,也想进城开开洋荤享享清福。

农民终究是农民,离开土地庄稼离开猪牛鸡鸭,就是寂寞空虚;城市喧嚣,物欲横流,站要站钱坐要坐钱。子女也能力有限,勉为其难,于是放农归田。老两口火速回乡,站在刺蓬封路的垭口远望家园,不禁潸然泪下——曾经侍弄多年,出产丰厚的田土啊,又被芭茅抢去,野物出没;曾经遮风避雨,历经沧桑的石头老屋,正在摇摇欲坠。

两口子一边扫除蛛网,修缮老屋;一边拿起长柄镰刀,扛起生锈铧犁,赶着耕牛,毅然决然踏进荒野杂丛。野草被锋利的弯镰砍伐,熊熊火焰将它化为肥土的灰烬;泥土被原始的铧犁翻转,漫灌的溪流将它浸润成膏腴田地;白天顶住烈日汗流浃背,夜晚戴上矿灯披星戴月。两口子连续两个多月的拼命奋战,终于向杂丛野草夺回了30多亩土地,第二年春天插下秧苗,点播玉米栽种红薯,夏秋喜获丰收。到去年已经重新耕作了两年,他用高亢的嗓子告诉我:龙书记,帮我推销六千斤新米哈,嘻嘻嘻!

今年五月的一个多云微雨的下午,我蹲在他家旱秧地里体验了拔秧,穿着齐腰长靴(谨防开荒不久的田里芭茅茬刺伤脚板)下到水田插上标杆,努力学习把秧苗插得横平竖直,行窝同距。他插右边八行,俯身弓背犹如巨蟹,移步雄健,俯仰自如,轻舒双臂将秧苗插得均匀快捷,侧目扫视又如雄鹰展翅万里晴空,拨弄着朵朵云彩,行云流水。而自己则深陷泥淖,如一段木桩,搬移困难,左右反复移步,俯仰踉跄,一如描红写字,越是用力越感到笨拙吃力,越是杂乱无章。拔出泥腿走上田埂,回首俯看如诗行、入画意,虽然腰酸背痛,但是收获赏心悦目。

昔日离开土地的黄三回故乡,曾经荒废遗弃的土地焕然一新。

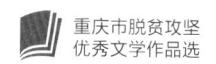

我不禁想起去年秋天他买牛回来,夕阳余晖下路遇的美好情景。

摘录当日朋友圈的激情表达,分享读者——

> 暮归老牛我的伴
> ——中坝村老农黄三,年轻勤劳致富,曾官至村委员,副村长。后村里游荡一些时日,外出晃荡一些时日。经同村勤劳致富蒋二引导帮助,重返家园,携老妻开荒种稻三十余亩,年收获三万余斤,值十二万余元;养牛喂猪,收获颇丰,前月卖牛犊两头,获一万六千元。从此,再登村勤劳致富榜名。可喜可贺,可敬可佩!其人,声高八度,笑声爽朗,笑容灿烂,皱纹如花。每每遇见于田间地头,总愿与之共话桑麻,同乐耕耘稼穑。今日晚归路遇,手牵刚买回三岁母牛,虽费钱一万四千余元。预计来年将产子赚钱,心中窃喜。笑容与天台晚霞同灿,朗声同枝头喜鹊共鸣。
>
> 噫,唯斯人唯斯牛,吾愿同归!

村看村户看户,村民看干部。支书带头开垦撂荒地,既有脱贫攻坚奔小康的强烈需要,也有对故乡土地根性的眷恋和找寻;老农民回乡重返土地,春播秋收,那是与生俱来的宿命和本分。而年轻的大学生村官,也不甘落后,带动父母兄弟开荒种地,将一腔赤诚倾注进祖祖辈辈曾经深耕原植的无言土地。这就是对农耕的传承,对农村的回报,对农业的拯救。

村委本土人才赵昌辉,地地道道农三代,起早贪黑,垦荒三十多亩,点苞谷种南瓜,率先使用新型农耕器具,像大人教小孩背书包一样,让父母背上点播施肥微型农具,在小屋基刚开垦的荒地播种糯玉米,计划最早上市卖个好价钱。

拿什么来敬奉故乡的土地,唯有辛勤的汗水和倾情的爱恋;脚下大地默默无语,只有躬耕深植的土地伦理穿越古今——

  一分耕耘一分收获;
  种瓜得瓜种豆得豆。

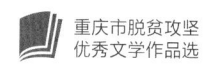

萝卜啊,萝卜

早上起床正犹豫早餐弄什么吃的,突然冒出上世纪六七十年代流传过的一句话——忙时吃干,闲时吃稀,不忙不闲半干半稀。宅家抗疫应该吃稀为好。

于是,到阳台菜篮子里拿萝卜。看见红色塑料篮子里还剩四个,排成两排,比前两天还要精神——绿悠悠的叶片更多更大,好像兴奋地对着我道早安!我选了一个掌上宝,感觉没有前几天那样实沉了。五指轻轻收拢,微微产生了松软的感觉,再看看从主茎处重新生长出的萝卜缨长势旺盛,令人惊叹又招人喜爱。于是放回原处,就让它作为一株另类的观赏植物吧。最后我选了另一个个头小一点缨缨短一点比重大一点的作为萝卜稀饭的主料。

晨光熹微,拿进厨房用水冲洗干净,瓷白光滑,委实可爱。用菜刀薄薄地削皮,依稀透出一层均匀精致的网筋,网筋里面晶莹剔透。放在菜板上一切开,顿时让人想起《卖柑者言》那篇课文。我只有采取与切红苕煮稀饭完全相反的方法,把开始纤维化的中心部位切除,小心翼翼地把留下的外壳切成小颗。与大米一起淘洗时,已经不像刚从村里买回来那样老老实实贴在沉水的米粒上,而是有点飘飘然了。

真正吃上村里的萝卜实际上是去年底,一位村干部的母亲在我去他家走访时送了几个。那是一年中最早出产的萝卜。

我们几个扶贫干部早上煮萝卜稀饭吃,那完全是一种享受,一种只有生活在农村才能领略的享受。龙头流水搓洗,泥沙尽除,浑圆洁白的外观,沉甸甸的手感,为第一道享受;平放菜板一切,刀入声脆,片片条条颗颗,色泽鲜亮,汁水饱满,有时忍不住捡几颗生吃,清甜爽口,为第二道享受;稀粥熬熟,揭锅而视,稀粥融融,面上一层薄薄的米脂,融合于米饭的萝卜颗粒闪耀着凝脂一样的莹莹光泽,为第三道享受;最后享用的时候,那种入口糍糯的清爽,那丝悠然入鼻的清香,那股浸润脏腑的透彻,真要让人腋下生风飘飘欲仙了!

萝卜啊,萝卜,我们中坝的宝贝!

去年春天,刚刚进村没几天,萝卜抢收告急,我们立即赶到蔬菜基地。但见小屋基社一带土坡连绵起伏,白里透绿的萝卜花开遍层层梯土。村主任带领六七个人,正在伺候一台卷扬式洗濯机。一部分人把一筐筐裹着泥土的萝卜倒入缓缓移动的卷带,一部分人把洗濯机吐出的干净萝卜,一筐筐倒进埋在地里的硕大土陶缸。白生生的萝卜十分耀眼,一双双冻得通红的粗手引人注目。听说,这样连续干了三天了,可能还要一周左右才能干完。村主任张毓兵兼了蔬菜公司的董事长,总经理是镇里派的专职干部。听起来多大的公司,其实业务就是这两三百亩萝卜白菜。

通过一番问话,初步了解到蔬菜基地问题严重,区里有关领导和专家也曾指出,主要是管理粗放,销售不畅,劳力缺乏。张董事长无可奈何地说,恁个多销不出去,只有做成泡萝卜,以后再卖,捡一个钱算一个钱。去年投入二十多万,今年这个泡菜厂又投了十多万,除了村民得到的土地流转费和务工收入,村集体还是亏起的。

一辆锈迹斑斑的长安车,哐当哐当把刚拔出的萝卜运送过来。司机是个年轻人,绷紧着瘦削的脸,向我们抱怨车子快要散架了,路上又坑坑洼洼,打滑得很,不晓得还跑得起几趟。我和钟萍方书记跟着村里唯一的运输工具碾成的轮印,走到萝卜地里去看看。路边不时有一溜一块的梯田开满浅白色的细花,浅绿色的茎和叶子在微微地摇曳。我顺手操起相机记录下这令人忧郁的美丽——这些都是来不及收获的萝卜,抽薹了,开花了,地里的萝卜也空心了!

春天的阳光照射着雾气,清新的山风吹拂着面庞。走过一个弯

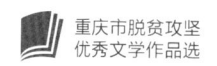

儿,几道梯田还绿意盎然:细碎的杂草翠绿悠悠,大片大片的萝卜缨泛着嫩黄,偶尔也开着零星的白花。十几个乡亲在忙着收萝卜,粗糙的双手和厚实的衣服都沾着泥土。妇女们拔起萝卜堆成一小堆一小堆的,有的坐着小板凳用菜刀削掉主根和主茎,只见银光闪闪,映衬着头上的丛丛银丝,一个个光亮洁白的萝卜画出一道道弧线,轻轻地丢进旁边的竹背篓。动作迟缓的男劳力,躬起身子把一篓篓萝卜吃力地背到大路上。当他们爬上一台台梯田时,旁边绽放的萝卜花正好与冒出背篓的萝卜、冒出萝卜的花白头发叠映着,沧桑的脸庞,坚韧的表情……

还有什么说的呢,青壮年都进城打工找现钱去了,娃娃们到城镇读书去了,留下来的就只有他们了——被人们称之为"三八九九"留守队伍。钟书记脱掉外套丢在田坎上,露出紧身的毛衣,毫不迟疑地加入进去,沉默的田地顿时活跃起来,绿色的场景增加了一抹红亮。

我们一边抢收晚熟的萝卜,一边交谈蔬菜基地的情况:全村二三百亩土地,一年两季产出三四百吨,主要靠这二十多个老弱病残来种来收。他们平均年龄六十多岁,年龄最大的八十三岁。收获的季节劳力完全不够用,其他社的也是老人和妇女,因为路程远路又不好走,基本上参加不了。上面每年又要求种恁个多!进出基地的道路到处都是泥水凼凼,运输的车子进出不了。到了惊蛰春分抽薹开花,萝卜腐烂在地头。一个身强力壮的妇女直爽地说:你看嘛,开花的都过季了,少说也有两三成,真是太可惜了!

收完路旁三块田地的萝卜,当顶的太阳散发出更多的热量,汗流浃背的村民都收拾工具到了大路上歇息,路边还摆着一溜装满萝卜的箩筐。我趁机请大家举起手中的萝卜,拍下了一张丰收图。

阳光更加温暖起来了,天也显得更高远了,取景框里的笑容也更加灿烂了。但是,我的心却沉甸甸的。

春天的脚步

三月十三日,中坝的天空艳阳高照。踏着心中的足迹,行走在春天的乡村,抚今追昔,心潮澎湃,感慨万千。

我和钟萍方两位驻村干部、驻村医生吴和平,我们一起去王白花家处理家庭问题。出发地点老村办公室,原来狭窄简陋的两间办公室拥挤着八个人办公,一间医务室经常门窗紧闭,由乐兴医院派驻的乡村医生一周只来一次,而今医务室扩为三间,门诊、治疗、药房分设,治疗室床位就有四张了。

步行二十多米即到新办公地点。利用废弃的陈山小学的断壁残垣复建,如今已焕然一新。

大门楹联——"共筑中国梦,齐振新农村",熠熠生辉;挺拔的松柏映衬着鲜红的国旗,迎风高高飘扬;青石院落宽敞朴素,村民活动和春晚曾在此举行;办公用房扩大六倍,增设党建活动阵地、乡村图书室和农民培训中心等等。

再沿着新铺的水泥路,前行五十米到达贫困户蒋明伦家院坝。大门春联略有褪色——"起早贪黑养黑猪六畜兴旺,凌寒冒暑种金稻五谷丰登",作为蒋家勤劳致富的真实写照,挂在门口"勤劳致富带头人""脱贫光荣户""敬老爱亲模范"等奖牌,金光闪闪。这些荣誉的背后,李光秀、蒋明伦母子二人一年种植二十多亩稻谷蔬菜、喂养二十多头生猪,不知付出多少辛勤和劳累!

新修的水泥便道蜿蜒在静静的原野,洁白细碎的李花依然零星地绽放着。沿路步行两三里便走进一个宽敞的石板院子。贫困户李贞全、王白花夫妇的砖瓦房取代了从前的土坯房。一头小水牛在偏房牛栏里咀嚼着王白花上午割回家的春草,怡然自得的样子。去年

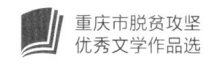

曾挥锄站在土墙上拆房的李贞全闻声走出房间,搓着双手憨憨地笑。我们和他商量好下周送他老婆到大医院检查身体,他也爽快答应去照顾,而且保证改变粗暴行为,体贴善待老婆。

隔壁李贞福的妻子和女儿站在门口,笑着问好。侄儿赵国亮和婆婆也一起走出门来问好。国亮是燕山大学二年级学生,国敏在某职业学校读书,均享受了贫困户子女学费减免和生活费补助等教育保障。春节回家过寒假,受新冠疫情影响继续在家上网学习。一家人其乐融融,在门口合影笑得十分灿烂,尤其是两代幸福的母亲。

说起经常喊肚子痛胸口痛的王白花,吴医生就很激动很气愤,为这个勤劳善良的哑巴女人抱不平。今天李贞全的态度让人十分满意,我们放心地离开李家院子。一院子老老少少一个劲地挥手欢送,不停地大声道"慢慢走慢慢走",真让人心里热浪翻涌,两眼湿润模糊。

穿过另一条水泥便道,欣赏着刚刚出土的蕨苔和散发着浓郁香气的折耳根,我们步履轻快,十来分钟就回到乐中路上。筑路工人正在拓宽路基准备铺设柏油,黄绿配色的工装在阳光照耀下显得格外抢眼。

让我想起了那张难得的照片,钟萍方去年秋天傍晚用手机随拍的。明亮的太阳能路灯下,何太容一家人正在青石板坝子抹苞谷,另外几个村民坐在路边台阶上纳凉,一只毛色黑白相间的狗儿悠闲地摇着尾巴。让人仿佛感觉到悠悠的晚风轻轻吹拂,仿佛听到阵阵的蛙鸣此起彼伏。

路边的两个大院落,地处中坝村民集中居住区域附近,相当于全村人的脸面,列为了全村人居环境综合治理的示范项目。宋孝贵父子家的石板院子平时鸡鸭散养,鸡粪鸭粪遍地。特别勤劳但特别不讲卫生、经常一身泥巴灰尘的宋孝贵,又信誓旦旦地答应把鸡鸭关起喂。但是,心里谁都明白:等我们一转身,鸡鸭又到处撒欢了。

习惯形成由来既久,要改变也非一朝一夕,只有靠村干部耐心一天天地磨了,只有靠邻居长年累月地带动和影响。

往村办公室方向走去,很快就走进贫困户赵家院子。四户人家清一色的条石砖瓦房,粉墙黛瓦,朴实大方,面临辽阔田野的那一圈青石花台砌得古朴自然,放眼望去一派田园牧歌的景象。靠近花台修了一个异形的卫生厕所兼盥洗间,与正房相得益彰,那是赵中棋儿子——农业大学毕业后应聘在村里作本土人才的赵昌辉的手艺。他言语直率,朴实肯干,下班后都帮着家人劳动,是家里的得力帮手,是当今农村最需要的有知识有技能的新一代,也是乡村振兴的希望寄托!

这个大院落真正起到了示范作用,赵中贵家去年也连续三个月被评为人居环境综合整治示范户。老伴虽然常年病歪歪的,还是把屋里屋外收拾得干干净净;老赵在村里安排的清扫保洁公益岗位上,打扫了道路回家也打扫自家庭院。所以,村里给他家贴了一副好春联:扫除道路脏乱差,浇开庭院富贵花。夫妇俩十分珍惜,旁人看了也很羡慕。

走访了一圈又回到原点。红光满面的太阳歇在天台山西崖,明亮的光芒照耀着村支两委古朴厚重的磐石院落,充满着悠悠的古意和温暖的力量。

趁着夕阳余晖,我和钟萍方还有扶贫干部蒋家笛,分别驱车前往山下的蔬菜基地,习惯性地购买新鲜蔬菜分送城里的亲朋好友。领导在网络上带货,我们在庄稼地里带货,殊途同归。

行驶在年前铺好水稳层的乐中路上,感觉十分平稳和舒心。一年前的今天,我们冒着寒风冷雨踏着泥泞不堪的路面,测量拓路占地的情景历历在目,犹在昨日。区交委领导曾微信告诉我,本月进场完成乐中路铺油施工,全程柏油路畅通指日可待。

道路两边曾经的荒野杂丛、荒芜土地,如今已使用挖机和农耕机

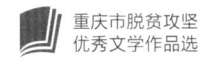

翻耕,昨年春冬两季栽种的雷竹已然亭亭玉立,摇曳生姿。这些生长旺盛、郁郁葱葱的竹枝,都是父老乡亲今后的摇钱树金银枝啊!

前方不远处,满目苍翠中闪现一方白亮,年底竣工的自来水厂赫然矗立在一片斜坡上,四棱四方梯形错落的外观格外引人注目。有了这个日处理两百吨的水厂,我们全村和附近的大湾等村社,完全结束了暴雨天吃浑水、干旱天缺水吃的历史。中坝村民拍着胸脯自豪地说:如今,我们也像城里人一样吃上了放心的自来水!

整整一年过去了,青山绿水换了新颜。回眸与父老乡亲同吃同住同劳动的三百六十五天,我们感到了一丝慰藉:展望脱贫攻坚决战决胜的未来,我们充满了必胜信心。

在这片倾注心血的土地上,我们朝着春的深处走去!

临终关爱

清明节,纷纷细雨悄然来临。我留守孤村,记录全村一年来离开的几个村民的临终世事,以此表达对这些也许只有亲友才会记起的故人的怀念吧。

进村第三天,村主任在办公室门口告诉我,李光秀家老伴昨晚去世了。

李光秀家离村委会最近,是我进村走访的第一户。65岁的李光秀本人多病,正在城里照顾住院治疗的丈夫,小儿子蒋明伦从门口的田地里拖泥带水回来填写明白卡。大儿子和媳妇十年前病逝,留下两个女儿,小女出嫁了,大女在读大学。全家四人,两病一上学,双重原因造成贫困。全家人很勤劳,种了二十多亩地,喂了大小十七头猪、五十多只鸡鸭。

于是,我和钟书记跟着张主任立即往蒋家走去。一边走一边说,幸好有贫困户医疗保障,蒋二他老汉治疗费十来万自己只承担了百分之十。不然啊,全家又要返贫。老人患的是食道癌,人走了,哪家人不伤心,哪个人能阻止?但是,一家人的负担也自然就减轻了,这也是不幸中的安慰。

刚一走到院坝,披麻戴孝、腰捆稻草的蒋明伦,几步抢上前来,扑通一下跪下去,吓得我赶紧把他扶起来。张主任说本地风俗都是这样,我才稍感释然。第一次见到蒋二母亲李光秀,虚胖的身体,悲切的面容,浮肿的眼睛。再多的安慰话语都是苍白的,握紧老大姐的双手我也感到十分悲伤,只有劝慰她多多保重身体,相信生活会一天天好起来。

正在这时,这个家庭的帮扶责任人区农业农村委副主任、区扶贫

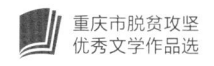

办主任蓝远森闻讯从山下的城区赶来了。女主任女书记安慰女主人,我和张主任走进堂屋去。这个家庭曾经的顶梁柱终于不堪重负倒下了,现在静静地躺在一口没有上漆的柏木棺材里,接受亲朋好友的哀悼。摆脱贫困的艰巨任务,他带领全家老少夙兴夜寐算是完成了,紧接着的巩固成果奔进小康就只有交给儿子打主力了。

对这位只见其死未见其生年如我兄的老哥子,一位终身不曾离开村子终身耕耘这片土地的老村民,我只有敬燃三炷香敬鞠三个躬。

逝者安息,生者坚强。我们问了老人的大孙女蒋洲亮,她自答在三峡学院读化学专业,学费一年七千多,都由政府全额负担了,每年还有三千多元的生活补助。爷爷奶奶和幺爸抚养她长大,她很感激家人的养育之恩,感恩党和政府的扶贫扶智。

走出这个沉浸于悲痛忙碌于丧事的家庭,我强烈地认识到,如果不是党的脱贫攻坚政策,这个家庭不但不能巩固已经取得的脱贫成果,反而会雪上加霜,一夜返贫。

党和政府的扶贫政策,对于这个贫病交加的蒋昌海来说就是最好的临终关怀。让他能放心地离开人世,因为他活着的妻子、儿子和孙女,会在党的阳光普照下继续生活,过上更好的日子。

我们在村民服务中心大门口显眼的位置刻上了服务宗旨——

> 柴米油盐酱醋茶,
> 吃穿住行育养医。
> 村民小事我大事,
> 时时事事总关情。

我们昭示给广大群众,接受各方面监督,我们也努力践行。

贫困户张正平,其父83岁,身患重病,卧床不起,驻村医生上门治疗,村社干部入户慰问,给予老人临终关怀,减少贫困家庭负担。

一般户曾秀贵,肺癌晚期,住进乐兴医院。区政协副主席周宗容到村开展冬春慰问,钟萍方陪同前往看望。当时曾秀贵已经没有办法进食,连牛奶也不想喝,只能靠输液补充体能。儿子从广州立即赶回,身边只有儿媳照顾,曾秀贵对这个世界似乎没有了留恋。医疗费用也大大超过家庭的负担,村里又帮助开展"水滴筹"捐助。我曾经开车送他去附近巨龙场诊所输液,看着他无助的眼神,感受到了他眼里乃至心里被死亡填满的恐惧,像一层厚重的迷雾笼罩着。

我们能够做什么呢?即使无力回天,也要让他感到温暖——生命的尽头,我们没有撒手不管!

我相信,老党员张世清临终时刻也深深感受到了这样的温暖。

进村的当月,贫困户还没有走访完,全村57个党员的走访还没有开始。在村支两委参加萝卜突击抢收那天,在蔬菜基地路上碰见了这个老人。高高的身材瘦瘦的脸颊,腰间吊着尿液袋。钟萍方给我们作了介绍,我仔细询问了他的病情。他声音细微但头脑清醒地告诉我,才做了手术出院,需要回家休养一段时间,等好了一定还要参加蔬菜基地劳动和村上的党组织学习。

他一手抚着腰间,一步步缓慢地走回半坡那幢仍不失坚挺的土坯老屋。虽然形单影只,但显得很刚毅。

这,就是生活在贫瘠土地上的一名普通的共产党员。

不久,他的老伴找到村里来反映问题。在办公室外面路上碰到我,拉着我的手诉苦:瞒着张世清的病是直肠癌,越来越恼火了,又送到乐兴医院住院了。几个娃儿在外打工,也拖累不起了。自己本来也病了,坚持在蔬菜生产队打工腰杆也遭摔伤了,医了八九百块钱,现在都还没好完。这回到村里来,在上山来的路上又摔了两跤。

看着她一屁股和两裤腿的泥水,还有手里那根杵路棍,我也控制不住嗓子哽咽地安慰她。她反复不停地诉说着,最后竟伏到我的手弯哭了起来。等稍稍释放了一会儿,她才说清楚:瞒着张世清反映他

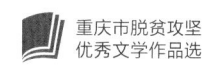

们家土地复垦费一分钱都没得到的事情。我仔细听了,直觉告诉我应是实情。于是继续安慰她把老伴照顾好……

看着她佝偻着走向路口,消失在杉树垇那段蒙蒙雨雾里,突然感觉到心身沉重和寒冷……

下午,我们几个村干部开碰头会,专门研究张世清老伴反映的问题,一致认为应当深入到小屋基社召开社员会,确认复垦土地权属,明确复垦土地面积,落实复垦费兑现。

几天后村总支书记刘永国、驻村书记钟萍方和村主任张毓兵到张世清家里慰问,告诉他土地复垦费正在征求社员意见办理。奄奄一息的老党员深陷的双眼储满泪水。万万没有料到的是,这次慰问竟成了永别,就在五一假期张世清走完了八十年的生命历程。

遗留的物质问题在他生前有了妥善解决,精神荣誉上的问题突然冒了出来。

在镇党政工作QQ群出现一条信息:中坝村党员某某某于何年何月何日死亡。我一看就火了,问村里上报人员,回答以前也这样上报。我立刻和钟萍方联系,重新拟写上报——

中坝村党总支第二支部某某小组组长张世清同志,于何年何月何日因病医治无效去世,享年八十岁。

一个生病住院前都还在集体地里任劳任怨摘辣椒,生活如此困难都不向组织伸手要求解决遗留问题的老党员去世,咋能如此简单草率对待?在党员最困难的时候、在党员生命最后的日子,我们的组织应该做些什么?

此后,村党总支立下规矩,凡是党员同志去世都要送花圈进行慰问。这件事情在党员中引起了强烈的反响,对党员家属子女也是一个温暖的抚慰。春节期间去世的另一个党小组组长臧兴明,生前本本分分做人,勤勤恳恳劳动。孙儿臧洪大学毕业回家照顾爷爷的时候,经我们上门做工作,立即答应回乡工作,弥补了村里本土人才缺乏的不足。

　　我们要通过点点滴滴用心用情的工作,让这片祖祖辈辈留下的土地,有更多的子子孙孙热爱它、珍惜它、耕耘它,让它充满更多的生机与活力、希望和梦想。

　　这些,不在检查考核列表之内,也许不能立竿见影。但是我们相信,它像天台山上的清泉一样源源不断地流进中坝人的心中,最终汇成滋养这片土地的血液。

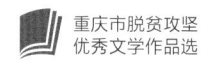

地龙历险记

在那个水色浑黄的鱼塘,我和村里的种田能手蒋明伦一起,扬起手中的塑料桶,将二十多条细如小指、长似筷子的黄鳝仔抛入鱼塘。重获自由的鳝鱼们悠然游曳,倏然不见了。

这些回归田园的黄鳝,我们老家称之为地龙。地龙啊,你们是否想起,来到这里的一路生死劫难?

几天前,它们生活在离这里几十公里之外的水田里,刚刚进入春天,开始新一年的成长,不幸遭到电击打昏,苏醒过来已经不在芬芳四溢、食物充足的家园,而是被禁锢在除了水什么都没有的塑料桶里!它们是否知道,自己的命运不掌握在自己手里,而是掌握在被称之为高等动物的人的手里。

它们命途多舛。长江边上的农民送给我的朋友,我的朋友不忍心宰杀再转送给我。我毫不掩饰羞愧地说,即使到了我的手里它们也没有完全脱离生命危险。直到我在厨房仔细审视它们的时候,它们才转危为安。那时,它们与刀俎近在咫尺。

它们完全是一些鳝鱼崽崽,懵懂无知,还在蓝色的塑料桶里无忧无虑地游玩。

我决定带回村里放之归田。我没有宗教意义上放生的认识和功利,只是怀着一种不忍的恻隐。

我把它们转移到更大的缸里,并施予"滴水之恩",让它们在有限的空间里能够呼吸到必要的空气。尽管如此,在漫长的等待中,仍然有两个小伙伴僵直着本应该柔软如水的身体,静静地躺在缸底,再也没有生息。这是我早上起来发现的悲剧,只好把两个经受不住折磨的小崽崽送入屋顶的菜地。即使不幸夭折,也要让它入土为安,回归泥土。

在桶在缸,没有泥土就没有生存的环境。短短几天,对人来说完全可以虚度,对它们可就是挣扎,就是地狱。

重新装桶,开车上路,开向村里。

鳝仔在桶里一路晃荡,放生哪里的田塘为妥呢?

一路走一路思考。村里有个十分勤劳智慧的妇女,姓黄,也在稻田里养黄鳝。那是去年初夏的事情了,当时我走访到她家。她刚从乡场买回鳝仔,在那个桃之夭夭、其叶蓁蓁的农家小院,她还从塑料桶里捞出来让记者摄像。稚嫩的鳝仔从她沾泥的手掌和指间轻轻溜滑回桶,你感觉到一种生命的呵护,一种人与自然的亲密无间,一种物与我的息息相关。

但是,我却做了另外的选择——放回我认为更意义深远的地方。

这个鱼塘静静地躺在天台山脚下,四季储满水。来自天台山的那股清泉,无声渗出腐质尘土,渐渐汇聚草木之下,进而淙淙流淌,流进户户人家,流进层层田园。汇聚群山万壑的清泉,于是就有了美丽的名字,黄家沟,箭滩河,跳石河,一品河,花溪河,最后是宽阔美丽的长江。

几天前,它们刚好就来自花溪河畔。而这个新的家园,何尝不是它们祖先生息繁衍的故乡呢。冥冥之中,它们经历流浪,经历生死,没有迷途他方,没有葬身人腹,而是,回溯故乡,回到祖母的身旁,回到生命的原乡!

命运的探源,诗意的驰骋,也不能完全代替现实的脚步。哪怕这现实残酷无情,哪怕这脚步微不足道,哪怕这举止杯水车薪,我依然执着向前。

一年前,就在这口鱼塘下方的冬水田里,发生了进村以来最让我愤怒的事情。

我和老支书依着极其微弱的天光,踩着田间小路,摸索着走回村

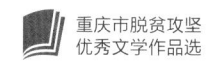

办公室。突然发现有灯光在水田里晃动,有人语声在寂静的夜里响起。

老支书说,又有人用电来打黄鳝了。

我一听,一股怒火直冲脑顶。

我们马上大声喊话:

你们是哪里的?

我们是某某家的客人!

不准用电打黄鳝!

这田是某某家的!

黄鳝是天生的,不准再打!

哦哦哦。

我和老书记就走到田坎尽头某某家去。某某端出长凳我们坐,某某又喊话让田里的人回来,应声哦哦,就是不见田里的灯光往回走。

我心一横,就坐着不走了。约莫半小时,几只昏黄的灯光移动进了院坝。抬头一看,四五个年轻人,头上套着矿灯,背上背着储电瓶,手里握着缠电线的细竹竿,有人提着塑料桶。我接过桶在门口的灯下晃了几下,浑浊的浅水里有十来根鳝鱼仔,细得像筷子一样。我横眉冷眼,对着额头套着矿灯鼻梁架着眼镜的青年一阵暴风骤雨。他们被突如其来的责问和呵斥吓住了,木在那里不知所措。

恁个小一点点你们就用电来打,子子孙孙都要遭你们打绝!打绝了,你们的子子孙孙又到哪里去捉?!

丢下这句话,我们起身就走……

今天,宿命把这些幸运的鳝仔带进村了,我想这里便是它们的乐土乐园吧。

它们会在这方绿树围绕的池塘生生不息,它们的子子孙孙也会从这里启程,顺着清清水流,回归这稻谷芬芳的田野,和着春日里清脆的鸟叫,和着夏夜里阵阵蛙鸣,以及熟悉而陌生的鸡鸣犬吠,以及人类应有的欢声笑语,组成这天底下最美好的家园。

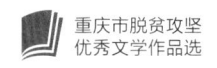

太阳点灯

中坝村虽然坐落在横山东北端,却隶属于山脚下的三角镇。全村居民最集中的聚居点,也是村支两委办公地,地处厂口厅社,相当于全村的客厅,到2019年夏天却连一盏路灯都没有!从村委会出来两公里长的水泥路,连接着三条通村通组道路,晚上黑灯瞎火,全靠手电筒的微光识别坑坑洼洼的道路。村道难,出门难回家也难。

横山公路环绕山脉,却像一根闪闪发亮的项链,隔壑相望的贫困村——横山镇大坪村就是项链上的一颗明珠。紧邻的乐兴社区白日里集贸兴旺,入夜来灯火照耀,遥遥相望的巴南区圣灯山镇,更是像颗山巅星辰耀眼夺目,让中坝村民望灯兴叹。

同在一片天空下,太阳点灯,星星照明,何时照亮我们回家的路程?

中坝村,不仅是横山康养小镇的蔬菜保障基地,而且又是横山通往圣灯山风景区的重要连接点,也是重庆人将来休闲康养宝地。久住横山的资深旅游达人宋渝平先生称之为驿站,呼吁打造驿站文旅产业,也得到区交通和旅游部门的认可。

初夏的夜晚,不少村民走一两公里到横山环道,坐在路沿乘凉消暑。车辆驶过,车灯晃眼,风尘扑面。有时路灯没开,只有天上月亮高挂、星星眨眼。贫穷的中坝村安不起一盏路灯,只有羡慕别的村落灯火辉煌,父老乡亲的愁苦和愿望藏在心里,我的心里也一片漆黑。

如何让太阳点灯,如何让愿望变为现实?

从中央到地方的帮扶政策有个"三捆绑",就是派驻人员、帮扶项目和帮扶资金。"三捆绑"犹如一柄尚方宝剑,为何不剑指贫困,借剑帮扶?

我首先想到求助自己工作的单位——以保障民生建设为主的公租房公司。作为全市公租房建设的主力军,既然能在城市"诚建公房千万间,安居乐业俱欢颜",为何不可以在农村延伸为民利民的光荣职责,让贫困地区的贫困群众享受国家的帮扶,达到城乡同此光明呢?!

"集团是你脱贫攻坚的坚强后盾!"奔赴贫困村临行前,集团党委书记、董事长李明给我的鼓励在耳边响起,声音虽然儒雅,但是掷地有声。

"只要扶贫工作需要,我们就会想方设法支持。"公司总经理张映龙的郑重承诺让我眼前一亮。

带着穿过"中坝客厅"这两公里路灯的预算,回到公司一报告,立即获得鼎力支持;请示集团,集团也要直接捐赠。董事长说:"这是精准帮扶的好事情。给老百姓做事,好事要做实,实事要做好!"本来做的穷方案结果变成富方案,50米一盏加密到25米一盏,集团和公司各捐一半。脱贫正在攻坚,帮扶不能等待,立即实施亮化工程。

当炎热的夏天真正来到横山,中坝的客厅终于亮起来了。

横山美丽的项链缀上了中坝村链接了圣灯山,雄峻的山川在漫长的夜晚也勾勒出璀璨的轮廓、美丽的容颜。

村民们欢欣鼓舞,正在灯下歇凉的老村干部蒋昌和说是"解放以来第二大好事"!我感到很是惊奇,便问他第一好事是啥。他说是"土地改革"。两公里长的路上,太阳能路灯银光朗照,附近的村民,或在明亮的太阳能路灯下抹苞谷,带小孩;或三三两两在路灯下散步健身,家长里短;游客来往,村民就热情地招呼他们坐下来歇凉;亲戚们到来,主人会指点着路灯炫耀;孩子们暑假了,父母爷爷奶奶也打电话传递灯光通明的喜讯……

中坝村的客厅终于明亮了,中坝人的心房终于亮堂了。七老八十的村民好像年轻了,又像童年时代一样互相邀约,慢慢溜达;劳累

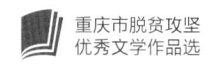

不停的妇女们好像更贤惠了,一边在灯下做点手上活,一边嘻嘻哈哈;默默劳作沉稳内敛的男人们好像更精神了,吃了晚饭换了衣服,在灯下惬意地抽烟闲聊,解除全身的疲劳……

我也不甘寂寞,抑制不住心头的喜悦,放下手中的书籍,从住处出发,走过横山环道,走进我们的客厅。村民们快乐地招呼,我也不时和他们开开玩笑,并排坐在雪亮的路灯下,一起享受盼望已久的光明之夜,凉爽之夜。

夜深人归,贪恋山村的静谧,不舍独处的美好,随性自在地躺在观景台的青石长凳上,天上高远的星星和地上柔美的光亮笼罩着,习习的凉风轻轻吹拂,带来一丝丝洋槐花的清香……

老宅

上苍特别开恩,连续两周天气异常的晴朗,大有一日入夏之势,好像要把去冬以来潮湿得发霉、烦闷得抑郁的心田晒干,催它春暖花开。

车轻如梭,正要开进村里新修的柏油路,我突然想去看看臧兴财老人垮塌的老屋修好没有,立即打电话给老人的儿子臧龙康,电话那头爽朗的声音告诉我,昨天他妹妹刚刚把父亲送回老家。龙康还热情地请我到家吃豆花饭,下午他要回涪陵自己的家。

新铺的柏油路像青龙一样腾挪着,峭崖上茂密的苍松发出红色针芒,梯田里菜花泛着金黄。我不时停车拍照,选择地点要么是风景优美的路段,要么是去年拆迁工作难度最大的障碍点。开车"踩路",拍照记录,我要把村民戏称的第一条"高速公路"崭新的面貌留存下来,进入村情陈列馆,让后人看到先辈艰辛开拓的足迹。

车轮下的宽敞平坦和轻松安全,来自于筑路人的逢山开路、遇水搭桥,来自于村民的迁坟、拆房和让地,来自于村社干部对寸土不让的村民的"动之以情,晓之以理,律之以法"!

路过冉家嘴,看着正在施工的"中坝民居"景观台,心里很踏实。石平文两兄弟的老屋已经修旧如旧,架空院坝、入户台阶和左边拖檐偏房拆除完毕。石家八十三岁的白发老母,正在路边自留地里摘豌豆荚。这户旧房的拆迁,真是一举三得的好事:拆小家为大家,道路畅通,大家受益;老屋拆迁得到相应补偿,解决当期的窘迫,母亲和幺儿同住,互相照顾陪伴,老大老二在外放心;民房变成村情陈列馆,建筑形态得到了原汁原味的保护。

上行到陈家岩,全村人饮用水水库——塔河水库,苍翠镶嵌,碧

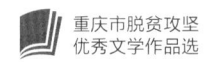

水蓝天。去冬新栽的雷竹虽然稀疏纤细,但是生机呈现。翠竹林中,胡家和刘家那两栋老屋,一改往日荒野杂丛的破败和倾废,显得更加精神。城里朋友曾经砍开荆棘进去踏勘,终究觉得地势较低没有下定决心租用。两家房主都在外面打工,有儿有女,有房居住。这两栋砖石结构老屋,比邻而立三五十年,人去巢空,无尽地默默等待着,也许主人会回来,也许陌生的新主人会光临……

全村尚存部分老宅,土墙老瓦年近百年,砖石青瓦三五十年,犹如一个个孤独的老人,依杖伫立寒风冷雨,颤颤巍巍守望故土山川。

我只有在心底默默地祈祷它返老还童,重获新生。

乐中公路九盘旋。跃上最后的两个盘旋,上到山梁平路,两三公里就可驶入天台山脚的环山道路。平缓的道路在山梁最宽阔的地方穿过全村居民聚居点,粉墙黛瓦砖混结构的住房沿路排开,像穿着劣质西装的老土一样,令人心生同情。转过一段小弯,路旁几座砖石结构的院落,或显露砖石本色,或粉刷雪白,绿树掩映,庭院敞亮,花台环绕,显示出农家人自有的朴实庄重与自然和谐。

环道下方,一幢三楼一底的砖混建筑矗立在当顶的阳光下;屋面的灰黑色琉璃瓦熠熠生光,与雄峻的天台山遥相呼应。这栋新房的主人叫李清明,村里有名的石匠。原有房屋砖石结构,两兄弟共有两楼一底五间,有模有样,除了后面拖檐年久失修正在坍塌以外,整栋房屋还能经受风吹雨打。

进村伊始,我就特别留意村庄里特别之处,古朴厚重的民居自然在我视线之中。前几年搞土地复垦节约宅基地,增加可耕地,不少村民获得了一些补助,许多很有巴渝民居特色的砖石建筑被拆除,所留存下来的寥寥无几。李家房屋具有保护性开发价值,是他夫妇两人从上世纪八十年代到九十年代分两次一砖一瓦修成。我曾经劝他修旧如旧,搞民宿经营省得去外面辛苦。老李按照自己的想法,将老宅推倒新建砖混房屋,拆下的条石砌成堡坎。两个儿子在外打工,夫妇俩还是自己干,关键工序请人帮,头脸手脚晒得黢黑,半年时间终于大功告成,而且把在外打工的兄弟那一半一并修建竣工。李清明的说法是:农民嘛就应该守在农村,不要去东跑西跑。当然喽,农民也要住新房,要像城市人一样!

全村保留房屋居住120余户,去年就有两户改建有如此结构和规模的房屋,既可自留居住,也可部分作为民宿农家乐经营。新房一般高出旧房一层楼,村民生活也更上一层楼。在清灰朴素的村庄里,它们昂首挺胸。

顺着天台山麓西行到本村尽头,看见路边两栋歇山式房屋,电话联系的臧兴财家就到了。路边停着两台成色较新的小车,估计就是两个子女的车,而老人家肯定是坐着其中一辆心满意足回来的,而不是像以前那样坐长途短途汽车颠簸,中途换乘若干次,达到乡镇还得靠自己的"11号车"——两条泥腿。这,可相当于过去有钱人坐轿子了。

踏过一道巨石劈开的雄壮龙门,进入晒满玉米和胡豆的院坝,老老少少一家人正在忙乎着。老父亲满面笑容,眼睛眯成了一条线,脸面白净些了,皱纹平复些了,胡子刮干净些了,头发也清亮些了。儿子臧龙康满面春风,露出一口白牙,热情地拖一根长凳请坐。一个胖嘟嘟的小女孩穿着红艳艳的纱纱裙,让古老的院落充满鲜亮和生机。

顾不上寒暄,我直接走进老屋基新建的房屋。三室一堂清水墙面,厨房厕所贴砖,宽敞整洁。特别是厨房屋顶两块玻璃亮瓦,投射进来的太阳光束简直就像舞台聚光灯一样,穿着深色外套的女儿和穿着红色休闲服的女婿,正在忙着准备午饭。这时,老人又走进灶间烧火,整个厨房就像上演舞台剧一样。我急忙调好感光度,连拍一气,记录了这个和顺的家庭平凡而幸福的生活状态。

老人今年八十三岁,老伴去年春天去世。下半年雨季厨房垮塌,儿子接他去涪陵住不习惯,女儿接到四川长宁也不习惯。儿子花费

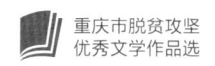

十来万元,请人修好老屋。熬过新冠病毒防控期,终于回到老家。问他感想如何,老人当着孝顺儿女还是实话实说:他们都很孝顺,还是回老家好。儿子也在一旁补充道:农民就只适合在农村,老人就适合在老家。儿女孝顺就要落到顺上面。

离开这个充满阳光和温暖的家庭,走进繁忙春耕的田野。远远几处劳作的身影吸引我不由自主地走向他们。

生产道路左边较远那块干田里,蒋五夫妇和儿子正在翻地。三把锄头此起彼落,银光闪闪。右边一块葫芦形田里是五十来岁的蒋六一个人抡锄挖土,天台山在他身后连绵如屏,逆光下的身影孤独而倔强。

最熟悉的周家人,刚好在我视线的正中。那块熟悉的田地,那熟悉的身影,进村一年已经深深烙印在脑海。八十多岁的周国明老两口,默默耕作的身影,背后同样默默守护的老屋,已经成了我心灵胶片上经典的画面。而这一次,竟然增加了一抹亮色——他们年届半百的儿子正林回来当了主力。整洁的衣裤和略略虚胖的身材,田坎上泡着红茶的茶壶和水杯,仍然让人一眼看出周正林作为当年庄稼汉的好身手。

正林说,前段时间把家里的"三合土"地面打成水泥地了,厨房和卧室也整修了一下。城里的生意不好做,以后要经常回来,一是帮着老父老母种地,二是老婆得了重病要回来调养。正感叹着农村的空气好吃得也放心,他的妻子也从背后的老屋走出来。老屋后靠山林,前临鱼塘。站在门前远望,厂口厅、新龙湾和杉树嘴三个社的土地尽在眼前,白云苍狗,悠然飘逸。

这幢老屋,土墙作坯,长列五间,上下两层,新中国成立从赵姓地主家分得,上世纪六十年代至七十年代是石坪村村公所和村小,很有一些村史记忆,是一处应该修缮保护的乡村公共和民居建筑混合体。"社教"时期,周老人家就是在这个老屋加入的中国共产党,并始终作为一个极其普通的农民,辛勤劳作在门前这片无言的土地上。

　　这幢历史悠久的房屋,幸得子女回来修整,挽救既倒于风雨,保存乡情于物质,实在是老人之幸,老宅之幸,当然也是中坝之幸!

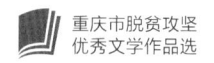

清泉如许

> 这里天台风光美
> 林中清泉流人家

这是中坝村歌唱到的歌词,也是美好的现实写照。

中坝山高水不长,千百年来,人畜饮水全靠引泉打井。全村最好的饮水来自高入云天的天台山。缭绕的云雾,茂密的森林,人迹罕至的环境,为生于斯长于斯的大山之子赐予了生命的甘泉。中坝人祖祖辈辈,悬崖凿渠,深壑筒竹,夏雨筑池储藏,天干引流入户,靠智慧和勇气与自然和谐共生。

天台山泉涓涓细流,昼夜不息也难以为继,不少村民只得在地角田边,房前屋后,掘井取水,以保饮用和灌溉。

这就是中坝饮水的原生态——天台山泉水井水时代。

人们敬泉亲水,惜流如玉,天人合一,秩序井然。或引流或负担,人畜地各得其所,溪流淙淙而歌,鸟语啾啾作和,人间欢乐无忧,山川宁静谐和。

斗转星移,世事变迁。中坝人生息繁衍日益兴旺,人口多达一千五百人;生产发展与日俱增,梯田梯土开拓三四千亩。2012年,全村实施土地复垦后,43户150多名村民集中迁居于横山末端的厂口厅。传统的饮水方式已不能满足需要,于是中坝饮水进入第二个时代——天台山泉水井水与塔河水库并用,天然引流与人工抽水处理匹配的时代。这也是最为复杂混乱的时期,矛盾暴露最多的时期,由紊乱走向治理的时期。村支两委殚精竭虑,广大群众忍受阵痛。

据统计,厂口厅农民新村集中居住43户约150人,新建饮水储备和处理池,日处理500吨,建饮水管道1.2公里。塔河水库常年蓄水量15000立方米,天旱最少蓄水1000立方米。由于水库2016年出租农户养鱼,时有割草喂养,影响水质。厂口厅新农村人饮处理池,修建在居民楼院坝,离主公路不足百米,尘埃难免。池边松柏森森,风景如画,但是风吹雨打,松针落叶飘进水池,就像冷水泡茶叶,污染水质不可避免。

天台山泉水亦受天气变化影响,春夏暴雨频繁,水色浑浊,泥沙同流。农药化肥用量渐增,土地环境污染加剧,多数水井废弃闲置。新旧水管交错,网乱如麻;统供自取并存,源泉不足;安表未收水费,放任自流。去年炎夏,天干缺水,村主任和蒋明伦、蒋昌敬两名水管员常常接到缺水报警电话,不时出动抢修水管,调整供水管道。虽然救水如救火,村民仍颇有微词。秋天一次贫困户调查中,黄小江在所有选项都打钩填写满意,唯独饮水一项表达了强烈意见,全部打叉!

村民意见,一把红叉,触目惊心。足量供水,安全饮水,任重道远。

从黄小江家里出来,我和张毓兵上到水池查看,果然不出所料。当即提出加盖防尘防落叶,花点钱必要,也值得,何况就一点点小钱。今年春天结束之时,我再次上水池查看,池水污染仍然严重。当即请主任和村卫生室吴医生上去见证,当即电话通知水管员蒋明伦从犁耕着的水田里火速赶来,把所有储水井的排水阀打开。壮观的景象出现了——一字排开的红漆弯头水管像获得久违的自由一样,清水流了流浑水,浑水流了流泥水;白水变黄,黄水变黑;六七米深的水井,井壁长满青苔,井底厚积淤泥。好心吴医生回医务室脱掉皮鞋穿双白袜,手拿一卷洗锅用的钢丝球,准备架木梯清理十个水池,既令人感动又让人哭笑不得——活脱脱一个滑稽秀。

看着天色不早,我们叫水管员把大口径水管背来,开动抽水泵,对着一个个深水井狠狠地扫射,浮尘啊,苔藓啊,淤泥啊,通通落荒逃

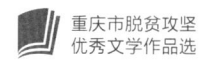

遁。心里那个解恨啊,那个畅快啊,难以形容。

末端如此,源头如何?第二天,我们手持锋利的镰刀,挥舞坚韧的拐杖,劈开荆棘丛林,直杀天台山峰峦危涧。张毓兵和蒋昌敬,挥舞镰刀开路在前,我和吴医生还有蒋家笛紧随其后。先是沿着山背急行,后来沿着废弃的水渠穿行。水渠多为长满青苔的条石垒砌,水泥勾缝,蜿蜒盘旋。方形的水渠里面,顺沟躺着黑白软硬两种水管,那是不同时期铺设的引水管道。我们仿佛爬进了这个村庄锈迹斑斑老化硬化的血管,匍匐在那个艰难困苦艰辛备尝的时光隧道。两个小时丛林跋涉,终于到达水源,我们一齐欢呼——仰望数十米高的苍茫峰顶绝壁,四叠素泉如同白纱飘然而下,又如白龙腾空云雾渴饮,虹汲天上的甘露清泉馈赠天下的芸芸众生——这就是我们生活的源泉,生命的源泉!

问渠那得清如许?为有源头活水来。

泉流灌注石壁下人工垒砌的方形青石水井,夏雨滂沱,山水汇聚,难免泥沙俱下。张主任攥紧一坨大石头敲开井底排水阀,蒋昌敬砍来一根坚韧的竹竿捅进排水管,泉水裹挟泥沙汹涌而出,我和吴医生抓过蒋昌敬的草帽,爬上两米高的水池,划动手中弹性十足的竹竿,搅动池底淤积的泥沙以便随水流出。

张毓兵讲上一次清洗是去年下半年,半年淤积大约三十厘米厚。池井又有三分之二加盖,站在池沿搅动有点鞭长莫及。情急之下,吴医生奋不顾身跳下池里,用镰刀当铁铲把淤积井底的泥沙稀释在源源不断的泉水里混流排出。泉流如注,水汽蒸腾,池井缺氧,我俩轮番上阵。把吴医生拉上井池,我就丢掉泉水雾湿的眼镜,毫不犹豫跳下井池,好像扑入气势磅礴的长河激流,悬泉飞流直泻击打背脊,水汽蓬然弥漫倒灌心肺,全身内外湿透,双手打起血泡。双脚站稳,全身发力,大口喘气,深深呼吸,想到了王进喜,想到了麦贤德,看见了清亮泉水,看见了乡亲笑脸,听见了泉流欢畅,听见了村民欢笑……

十分钟,十五分钟,二十分钟,当最后一股浑水流出,当最后一颗沙粒排尽,我们对着村庄欢呼,泉水流进人家,泉水流淌心里!

回村途中,我们商量以后勤于查看勤于清理,秋冬季节可以间隔长一点,春夏雨季必须及时清理。我们扒开高过人头的芭茅,打开关紧的水阀,商量把闲置于半山的蓄水池利用起来,增加一级沉淀过滤。张主任掰了一捧鲜嫩的竹笋回家尝鲜,我眼镜被踩坏跌跌撞撞还是拔了几棵名曰大荷的野花回去栽种,家笛把抓拍的照片和视频即兴发朋友圈引来众多关注,吴医生兴奋无比呼喊开发天台山矿泉水,蒋水管肩背汗渍斑斑提着厚积茶垢的塑料壶仍然走在最前面……

我在心里唱道:

  这里的山开野花

  林中清泉流人家……

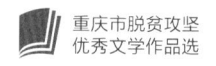

"星级厕所"

谷雨时节,雨雾蒙蒙,细雨绵绵。驻村工作队和村支两委班子开完联席会,会上研究了几十上百万的扶贫资金争取,也定下了一个三千多元的小事,决定从村卫生室穿墙设门,在后面檐沟坎上修一个卫生厕所,以便输液的病人就近如厕,给予七老八十、挂瓶在身、病痛折磨的村民起码的关爱和尊严。

为了这件小事,我和村干部专门钻进卫生室旁边那个异形旮旯,仔细观察过;最年轻的村干部臧洪猫腰进入量尺寸画图;最后,村主任也钻进现场查看商量……

今天,总算通过正规程序确定下来了,钟书记提出的方案比我原来的思路更适合更科学更便捷。始料不及的是,如此好事后来竟被一个领导一个"忙"字就搁浅了。我们集体无语,我强烈地感到了别样滋味,就是包钱带米来做事,却成了带着碓窝唱戏!

人一放松就想如厕。村民服务中心厕所建在大门口高高的大树下,外侧松林茂密,一片苍翠,林下池塘深清,远处牧歌田园。

步出青石铺就的院落,低头走进厕所。居然看见穿红色上衣的王白花侧身站在进门第一个格子间,转身嬉皮笑脸咿呀咿呀喊我"老表"。我一下就蒙了,你个王白花,咋个钻进男厕所来了,真是太荒唐了!再仔细一看,村医吴和平也在格子间,正背对着我在安装抽纸盒,一手按住塑料盒子,一手握着微型电钻准备钻眼。白褂子与白瓷砖叠合,一时没看出来。吴医生直起腰杆,对着我尴尬地讪笑。

一个大家敬佩的村医,一个大家关心的哑巴农妇!

救死扶伤的回春妙手,自觉自愿义务安装厕所设备!

割草喂牛的哑巴放下背篓,心甘情愿帮忙做好事情!

我顿感万分惭愧。

这个村民服务中心小小的厕所，多次督促整改卫生：在洗手台上放置了香皂洗手液，换掉连同居民小区一起打扫的保洁员……安排泥水工铲除了外墙搓沙，露出条石本色与服务中心墙壁匹配，重换了屋顶盖上灰青小瓦，敲掉塑料屋檐换成老料木板，调整公示展板进行适当的视线遮挡……

但这一切的一切，与眼前这一幕相比，显得多么的微不足道。

我马上告诉了修建卫生室厕所的决定，吴医生喜不自禁，我也好像快要还清债务一样稍感心安。

像网络时代大多数人一样，睡前最后看一眼手机，"汶川志愿者吴和平医生"的信息跳入眼帘——

我给中坝村的公厕做了三个抽纸盒，男厕所两个、女厕所一个，并经过消毒后放上干净抽纸，解决了上公厕而忘了带纸的尴尬。给女厕所安抽纸盒时，提前给抽纸盒钻了孔，请女村官袁洪静先入女厕所看一看是否有人如厕，然后请男村官臧洪陪伴我一道入女厕所安装抽纸盒。当时很担心怕人家误会……终于把想了很久的心愿了了。我也希望将来让驻村干部、村干部和来往村办公室办事的人都能够洗手时不接触水龙头而避免再次污染。我已在网上买好脚踏水龙头，等快递送到后就安在中坝村公厕洗手盆处，让来往中坝村的朋友有一个全新的体验，让中坝村给人一个良好的印象。

我还能说什么呢，只有回复表示赞美：中坝志愿者。

立即转发给村总支书记、村委主任、驻村书记、驻村干部，还有就是村脱贫攻坚工作群。反响如下：

1. 驻村书记在群里回应：吴医生有心了，村里卫生从厕所开始改变，也是培养村民良好卫生习惯的窗口。

2. 村总支书记立即回应：吴医生确实很细心。

3. 蒋家笛回应：挂上画就是星级厕所了。

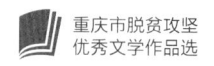

原来,今天一早,扶贫干部蒋家笛,就选了四幅俺们村的风景摄影照片,云雾缭绕,春夏锦绣,落日余晖,鸟瞰中坝,装饰在厕所里面的墙壁,装饰在中坝人的生活里。

邻壑

农民因为生长于同一片土地,如同树木,连根同气;也可能因为争夺脚下寸土而以邻为壑,反目成仇。

土地啊,土地,既生瑜何生亮!

苕酒,人如其名。忙里偷闲在附近集镇卖点建材和农用物资,开着一辆长安客货车,经常轰轰烈烈闯进闯出。为了方便自家出行,死缠着邻居沙河让地给他修路。邻居惜地如金,总是不肯。苕酒便不时闷喝自酿红苕酒,红着毛脸,红着牛眼,站在屋后土丘上高声武气指桑骂槐。沙河一家却装聋作哑,不予理睬。如是搞了几回,不见邻家接招,只得偃旗息鼓,另选他策。冬去春来,有朝一日,沙河也在自留地上"骂朝天娘"了。原因是脚下的土地屡遭邻居苕酒不断蚕食,别人的路越来越宽,自家土地却越来越窄。缓坡成为陡坎,点颗豌豆下去也要滚下坡。春夏雨水浸泡,岌岌可危。村干部出面协调,让苕酒出钱买地,苕酒反问我哪里来钱。村干部又建议以地调地,两不亏欠。苕酒视地如命,也分厘不调。后来,沙河在路边修建房屋,需占苕酒外出打工兄弟家的土地,大概就像小路一溜。那溜土地本来杂草丛生,荒废多年,视若敝屣。这下机会来了,本可以地换地,两全其美。苕酒听到沙河建房的风声,连夜栽上红苕苗百十窝,分厘不予退让。

我要你让地我修路,你不让;你要我让地你建房,我也不行。各自为难对方,互不相让。多次调解无果,细问缘由。不为地不为钱,只为情。据说上辈子"结了死叶子"——沙家女子沙妹和苕家儿子苕哥,两小无猜,上山捡柴。回家途中路过山间名为天星的石桥,走在前面的沙妹不慎摔下悬崖,苕哥丢下柴捆,舍身相救。沙家很是感

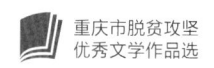

激,不知谁家出于猜测还是有意挑拨,断言是苕哥把沙妹推下石桥。沙家看着女儿躺在医院治疗,费用无着落,便赖着找苕家赔偿医药费。

两家反目成仇,恩怨代代相传。人们又将天星桥改为天心桥,意思很明白,做人要讲天理良心。

冤家宜解不宜结,冤冤相报何时了?

春节临近,苕家兄弟开一辆豪华轿车衣锦还乡,侧翻在还在扩修的小路上,眼看老屋近在咫尺,轿车却进退维谷;沙家女儿作为大城市军医正好回家,陪伴父母过年。村支书遂带领村民以石垫路,救出轿车;找来沙家女儿拿出急救药物,给苕家兄弟包扎伤口……

上代宿怨,一笔勾销,苕沙两家,笑泯恩仇。

中坝属西南地区,村民虽有单家独户,但大多聚族而居。瓦舍相连,同檐共墙,族人也亲如一家。皂角院所居为兄弟及侄辈数家,反而因为立锥之地,鸡犬相闻,相互视若无睹,甚而骨肉相斗。兄长房屋顺山势而立,依山傍水,坐南朝北。据村中旧时通晓阴阳的先生所测,青龙白虎护卫,朱雀翩翩起舞。兄弟土墙老房垮塌,想紧挨着哥哥房屋同朝向起房。哥哥坚决不同意,只得往前挪开立在自家自留地里。后来,哥哥家频遭不顺,嫂嫂也中风偏瘫,两个子女均有残疾。

从此,兄长怪罪于兄弟房屋挡住了风水。每日起床开门,看见兄弟家楼房遮挡曾经的田园河流,鼻子眼睛都是怨气。多年以后,兄弟家儿女成才,大学毕业在大城市安居乐业,每每对比自己子女守家啃老,暗自神伤记恨在心。逢年过节,侄儿侄女开车回来,责骂碾坏了自家青石院坝;弟媳娘家亲戚和侄儿侄女的朋友,络绎不绝,但凡经过旁边道路都要阴阳怪气朝天骂街。兄弟一家也只有忍气吞声,敢怒不敢言声。于是,你在我院坝边喂鸡养鸭,臭气熏天,我在你必经之路砌砖堆柴,拦路如虎。你把院坝的垃圾扫到我屋后堆积如山,我将你檐沟的污泥浊水堵成蚊蝇遍飞。

村里花了不少资金"三清一改"改善人居环境,干部上门说了不少"兄弟亲如骨肉,妯娌当做姐妹",仍然收效甚微,令人失望。只有寄希望于未来,寄希望于子女,让时光扫除阴暗,让儿孙握手言和!

城市的工厂和商店,城里的灯红酒绿,把村庄的青壮年招引出走,有乡不回。剩下的七老八十,颤颤巍巍,本应该相互搀扶,却也有的返老还童,年老气盛,你今天夺我鼻子,我明天戳你眼睛,不亦烦乎。

去年秋天,田土相连的姜子亚,因为多年土地遗留纠纷,偷摘了古大天的西瓜,被古大天抢去了背篓;今年春季,古大天和姜子亚在土地边界像两只雄鸡公一样互相指责,口沫横飞。最后,矮小的姜子亚被高大天的古大天推了一掌,姜子亚顺势坐地号啕"打死人啦"。双方老伴火速赶到,两家子女闻讯回村,村民围观不散,一方住院赖着不出,一方不出分文医药。终得干部多次耐心劝解,民警进村调查处理,息事宁人,终归平静。

姜老汉的背篓仍然扣留在古家,古老汉种的西瓜自己依然要日夜看守。好久把两个童年的伙伴邀拢来,整两个下酒的胡豆豌豆、腊肉豆花,让他们酒后吐真情,摆摆过去吃糠咽菜的苦难和一起捡柴摸鱼的快乐,摆摆乡村巨大的变化和儿孙美好的将来。

听说,两个老汉年轻时经常一起下象棋,算是村里最厉害的一对,农闲无事,在村口老皂角树下经常杀得天昏地暗。我倒要看看昨日之对手昨日之宝刀是否风采依然,等他们酒酣耳热,再端出棋盘,让他俩老夫聊发少年狂,楚河汉界杀过去……

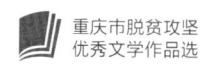

行路难

这是写我们村第三十四篇文章,属于忧愤之作。当我写下这个题目的时候,夜雨急促滴答拖檐屋瓦,敲得我心烦气躁,很想把题目改成"寸步难行"。

独自躺在偌大的住所,徐徐地呼出一口长气,按捺住性子,写下当天的事情。

今下午正在村办公室开会,示范段道路施工单位现场代表,安全帽滴着雨水,胶雨靴带着泥水,进门告状。第三家人实在太难伺候了。就拆除一个新建的卫生厕所,已经花了建设成本成倍的资金了。

示范路段的人简直是狮子大张口,得寸进尺!

详情如是:本来施工队伍拆除简单得很,可是第三家非要提出自己拆,六个工天1800元,只有依了;自家换瓦补墙要施工单位帮忙出渣,施工方息事宁人,帮忙,三车600元;拆卸下来的蹲便器和洗手面盆本应该还原进新修厕所,却霸为己有,施工方再次购买又是2000多元;里面还要贴墙砖地砖,少了千儿八百,拿不下来。求你的时候,啥都好说,树上的麻雀都哄得下来;你帮忙办了,请他支持的时候,他就翻脸不认人了。他就是大爷,你就得当孙子了。

弄得几个村干部又羞又恼,本来这些事情给施工单位告诫过,直接反映到村里,由我们出面去协调。现在,事已至此,只好道歉加宽慰。得啦,抓紧完成道路施工,坚决不要再妥协了。

一石激起千层浪。自称两边(单位和村民)都不讨好的施工负责人走了,村干部你一言我一语就说起来。

蒋委员说,那天施工单位帮他打地坝,嫌薄了点就在那里发难。我还去帮着抹面上的灰浆,搞了一个多钟头。我接上话头证明一点不假,蒋委员完全像个打工的,我看着晚霞在地坝上消失的时候才弄完。那家户主还用泥熨刀敲着石板恶狠狠地说,你们是这样的话,我是不得依教的噢。我当时很为惊讶,怎么还有这种一根头发丝就要遮脸的人呢。

村主任说的第一句已经成了他的口头禅——所以说我们这哈有人不宜好,打个比方说……第五家说拓宽道路要压垮屋后堡坎,硬是逼迫施工方,把他家后檐堡坎用水泥浇筑了五六米高,才让道路占了那么一溜屋后的空地。

大家都知道,公路边缘离堡坎还有四五米远,堡坎也是压实多年的老土坎了,而且占地也由村里补偿了的。让人想起《水浒传》里面拦路要钱的强人,想从门前过,留下买路钱。

另一个干部说,这家人还是贫困户,还安排了一个公益性岗位,真是太没有感恩之心了!

村主任又说,所以说家家都不让地,修不成就不修恁个宽,我还不相信……

我问钟书记,第七家打电话给她没有了。她说之前多次找过,就是想施工单位给他把石头院坝打成混凝土地坝。我直言不讳地答复:不得行。你去问村书记村主任,还有龙书记,只要他们任何一个人同意,我就请施工单位帮你打地坝。

原来,第五家是分别找过我们书记主任,没想到我们的答复完全一致,他也只有讨个没趣,偃旗息鼓了。但是,下班路过时,看见他怒发黑脸的,坐在路边上由政府帮他家修建的石头花台上,像一头石狮子。

其实,我们从来没有碰头商量过,我们只是掌握着一把公正公平的尺子而已。

最后一家是第九家,拓宽道路快要接上横山环线的位置。我们去现场察看时,水泥罐车正在浇铸路面,夕阳照射在施工人员的工装

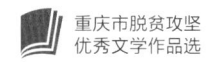

和安全帽上,闪闪发光。看着紧张的工程场面,看着最后十米的接头,我们由衷地高兴。

突然,一个施工人员气冲冲地说:看嘛,那个人太不讲道理了,还在不停地刨路面的混凝土。我们立即走到路沿,只见满脸毛胡状如猕猴的第九家户主,村里有人说是"村痞",正用铁铲贪婪地撮斜坡路面正在铺展的混凝土。

这段大约五十米长二米多宽的斜坡路,都是村里帮他协调与邻居调的土地,铺设混凝土也是找施工方额外支持的,为的是大院落好几户人家进出更方便。当时我感到非常羞愧,无地自容,就像是家里的人偷鸡摸狗被捉了现场。咋会有这么不要脸面的人呢?我用当地土话大声指责道:某某某,你自己脏斑子(颜面)就算了,你把中坝村的斑子都脏完了。我送你八个字——得寸进尺,贪得无厌!

短短两公里示范路拓宽升级,铺成柏油路,大家受益无穷。绝大多数村民通情达理,就有那么几户不但不支持帮助,反而百般阻挠,借机敲诈,损公利私,败坏名声。

做事容易,治人难啦!

大家一致认为,脱贫攻坚决战决胜,乡村振兴任重道远。村规民约宣传还要深入,执行还要严格;依法治理还要加大力度,扫黑除恶,绝不手软;人的素质还要提高,文明建设必须加强。

否则,寸步难行!

寻常一日

2020年5月13日,星期三,阴转多云,扶贫工作寻常一日。

忠实记录流水账,留存扶贫工作的点点滴滴。

早上7:15小女儿匆匆忙忙下车,快速跑进育才成功学校大门。点击提前设置的导航,语音提示:距离中坝村86公里,需要2小时零6分钟,大约在9:21到达。车迅速拐出狭窄凹凸的小道,穿过开始拥堵的城区道路,驶上内环高速飞奔向前。

9:06,车停村办公室院落外,钟萍方也几乎同时到达。我刚把笔记本放在办公桌上,综治委员蒋明兵心怀歉疚地报告林地出租还没协调下来。我们问清缘由,一致判断是村民嫌租金低了。大家商定原则,在原来考虑四十元一亩基础上增加,但是下午必须谈好。

我和钟书记叫上扶贫干部,实地查看星期五接待帮扶单位插秧和开荒地点。插秧水田离垦荒地块较远,不宜两组人员交换体验。于是,请该户村民带路去准备要开垦的荒地。踏着蜿蜒曲折的田坎,呼吸着雨后清新纯净的空气,品尝着路边又红又甜的腔峒泡,到达芭茅杂丛密布的一带土丘,另选了紧挨着的一丘水田作插秧现场。商量了往返线路、准备手套、田里拉绳、电动割草机示范、劳动安全等等,沿计划的线路返回村办公室。手表指针:10:46。

我同村主任张毓兵、综治委员蒋明兵,坐上扶贫干部蒋家笛的车赶去冉家嘴,一边打电话让等待着的施工负责人石平福赶去"中坝民居"——村情陈列馆现场。石平福骑着新买的三轮摩托从乐兴场刚刚赶到,我们也按时到达。

在乐中路边修旧如旧的"中坝民居"现场,我们一起调整和充实了部分设计。向来少言语的张毓兵提出两个建议:一是把右边一间

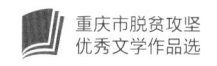

部分坍塌的土墙削掉部分,改为歇山式拖檐;二是在房屋条石堡坎凹进去的一个长格子里陈放一套石磨,附近村民可以推豆花,游客也可体验。大家一致赞成,我也顺着这一思路提出,在相邻格子里陈放一套石碓,让游客体验。大家激情涌动,思路开阔。你一言我一语,在原概念性设计的基础上,完善了右边露台、左边进门台阶、房后青石檐沟、观景平台围栏和花草培植等等实地设计。原来的纸上设计,在现场得到修正和提升,获得灵感的快乐和轻松,让大家心情愉快。

12:35,我们开车赶到约两公里外的一户村民家,谈好购买拆下来的旧木料,解决右边坡屋顶房盖问题。把张主任和蒋委员带回村居民集中居住地,我们赶回住所弄午饭吃,时间已经下午1:13。我把在单位食堂用饭卡换购的二十个包子和一桶菜籽油,放在冰柜和储藏柜,钟萍方刚刚炒好一盘嫩南瓜、一盘空心菜和一盘肉片,匆匆用过午饭并商量:下午,分兵两路。钟书记和张主任继续去做村民出租林地的思想工作;我和刘书记、蒋委员去"天台夕照"观景台与施工村民实地验收。

下午2:15,我和家笛开车去观景台,与刘书记、施工负责人石平福等会合。一边实地丈量,对照施工记录验收核算;一边通知水管员和该社社长一起来商量另行接管,长期保证景观艺术墙瀑布长流,吸引游客观赏摄影和汲取泉水。

3:35,验收完毕,回到村委会。钟书记和张主任已经回村办公室,租地村民黄安学也在,正在签订林地出租合同。看来,找准症结所在,调整租金标准,矛盾就可化解,事情就可办成。4:20拿着签好的协议,我们一齐走进附近郁郁苍苍的松林。我从车上取出一根茶树拐杖给已怀身孕的钟书记,让她注意安全,上次张主任就在快要走出树林的斜坡路上摔了一跤。松林上空云块聚散,林间光线或明或暗。我们再次实地明确道路铺设、厕所和淋浴房布局、露营区域分布、森林原生态保护等等,让出租林地的村民放心。

5:30,再次回到村办公室,又分成两三拨开展工作。张主任、蒋委员与施工负责人,坐在办公室继续商定村情陈列馆施工费用计算方法;我们三个书记坐在磐石院落绿茵茵的石台阶上,商量五月底申创区级文明单位的工作,商量本月20日主题党日活动支部改选事宜,分配会前与党员沟通的任务;家笛则赶回住处准备晚饭。

6:15,我和钟萍方开车返回住处,经过景观台看见艺术墙两处瀑流又淙淙流淌,一处清泉恢复往日的不绝如缕。停车院坝,另一个贫困村主任两姐妹和一个村干部已经达到;家笛和我村本土人才赵昌辉,正在和客人一起准备火锅。简陋但宽敞的厨房已被两盏悬顶白炽灯照得一览无余,圆形餐桌已经摆好菜肴,红红的火锅翻腾着热气。围坐开吃,气氛热烈,其乐融融——我们为年轻的昌辉和邻村的妹妹创造一个一边明了一边蒙在鼓里的相亲晚餐。我体会到了一种如兄如父的亲近感,就像桌上那味道差强人意且沸腾炽热的火锅。

开船不等岸上人。吃了一会,刘永国才匆忙赶来,因为他们必须商量好"村情陈列馆"马上施工的事情才算完成今天的工作。

晚上8:30,晚餐愉快结束,大家一起收拾餐具。我离家最远,最先出发。途经观景台,取出空空的5升矿泉水瓶子,接满我们命名的"天台寿泉",沿乡村公路奔驰回家。

人民教育家陶行知到重庆创办育才学校,自书座右铭"捧着一颗心来,不带半根草走"。我很是敬仰,但是达不到伟人的境界,只能是"带着一桶油来,装满一瓶水回"。我要尽快赶回家里,用村里的甘泉泡一壶清茶,把今天的工作记录下来。

那盆温暖的洗脚水

2019年国庆节假期上班的第一天,正值重阳节。天公却不太作美,间或飘飞着毛毛细雨。风雨无阻,孝亲不待。中坝村"庆国庆度重阳"活动仍然按计划举行。

当我小心翼翼驶出泥泞不堪的道路,把任天国三兄弟的母亲和外婆接到村民服务中心时,青石院落已经聚集了很多老人,也有几个孩子在追逐嬉戏。大家像久别重逢的亲人一样,三五成群,互相问候寒暄,笑容蔓延在皱纹,话语洋溢着兴奋,青筋饱绽的手握着不放……方正庄重的院落国旗飘扬,充盈着热烈祥和温暖的氛围。

当天活动主要内容是给60岁以上的留守老人过节,全村在家一百零四人来了七十多人。议程较多,雨雾寒湿,临时进行了压缩,关键性的议程掀起了热潮,像一团熊熊燃烧的火焰,映红了爬满皱纹的笑脸,温暖着孤寂落寞的心灵。

当八个敬老爱亲模范的名字被主持人钟萍方念到的时候,台下坐着的老人拍手祝贺,有的老人不由自主地站起来舞动国旗;一双双眼睛闪烁着激动的光芒,追逐着他们一个个走上主席台;有的老人对着旁人热切地议论,有的对着上台的人啧啧称赞。一股热烈如火的气息好像被点燃起来,腾跃起来,散发开去,烘暖着潮湿的空气。

蒋明超、李清海、蹇代秀、蒋明强、蒋明伦、贺伟、谭世兰、廖代兵,八个村里最孝顺父母的子女,和着热烈的掌声,依次走上主席台,从区老龄委领导手里接过鲜红的荣誉证书,笑对场里的父老亲人,鞠躬致意,台下又爆发出热浪一般的鼓掌,和兴奋不已的赞美。

寒冷的雨雾飘散在上空,欢乐幸福回荡在心间,简短朴实的授奖鼓励响彻在人们的耳畔——

蒋明超,尖山子村民小组组长。勤劳致富,夫妻和谐,尊老爱幼,赤心敬奉父母双亲,数十年如一日,从不因为生产劳动忙碌而间断。

李清海,部队转业在四川达州工作,身残心孝。不管工作再忙,不管路途多远,千里迢迢,不辞辛劳,经常回来照顾陪伴父母,帮助残疾兄弟维修房屋,打扫环境卫生,照顾饮食起居。

蹇代秀,贫困户主,上孝敬八十多岁的公爹,下含辛茹苦培养儿子考上研究生,与因伤致残的丈夫相濡以沫,起早贪黑种地喂猪养蜂,勤俭持家,无怨无悔。

蒋明强,重庆某企业技术人员,工作兢兢业业,为人至善至孝。施工项目不管是在主城还是在更远的万州,坚持周末回家,照顾陪伴父母老人,坚持家务和生产劳动。父母感到非常欣慰和幸福。

蒋明伦,贫困户主,尽孝母亲一片赤诚,十几年坚持扶养哥嫂两个遗孤,再苦再累也要供养侄女读大学,铲除穷根,忠孝两全。

贺伟,贺同荣之子,在外务工创业,不忘父母养育恩情,与兄长贺斌一起回家,给老人修建卫生厕所,装修厨房卧室,让老人幸福生活,安享晚年,孝心可鉴。

谭世兰,贫困户主,丈夫和兄弟外出务工,自己在家种地养猪。对婆婆和外婆两位长辈十分孝顺,照顾细致周全;对自己子女和兄弟的两个孩子精心呵护,辛勤培育,难能可贵。

廖代兵,不忘母恩,曾经带着母亲在重庆主城租房居住,辛辛苦苦务工回报母亲。现在留守农村侍奉母亲,陪伴终老,须臾不离。

掌声阵阵雷动,欢声夹杂着笑语,回荡在院落上空,让人如沐春风。

孝顺儿女走下台阶,走进观众场里,把自家的老人牵着走上主席台,安顿在带靠椅的凳子上,台下又响起一阵又一阵掌声和热闹的议论。当谭世兰的两个孩子任兴怡和任兴旺,分别牵着73岁的婆婆和91岁的外祖祖,一步一呵护踏上台阶时,场下顿时安静了一瞬间,紧

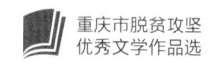

接着欢呼和鼓掌爆发出来——谭世兰请了邻居冒雨捡瓦维修房屋不能停工,由两个娃娃来代替尽孝。

穿着灰色条纹西装的蒋明超带头,其他人依次跟随,每人端着一个崭新的木脚盆走到各自老人面前,稳稳蹲下身子,轻轻放好脚盆,慢慢卷起老人的裤腿脱下鞋袜,再握住老人的双脚缓缓地伸进温暖的洗脚水。儿孙双手搓揉着老人那干巴嶙峋、筋涨茧硬的双脚,父母婆爷潮湿的双眼爱怜地俯看膝下的孝子贤孙。

国旗随风轻扬,暖水轻轻荡漾,热气氤氲萦绕。整个院子里鸦雀无声,一片寂静,只有热切而湿润的双眼凝视着台上蹲着的背影,对端坐着的老人欣慰的笑靥羡慕不已。台上台下的人们,好像能够听见热水哗哗荡漾的水声,能够听见亲人同频共振的怦怦心跳,能够听见暖手摩挲脚掌的沙沙声,能够听见暖流在血管里奔腾的浪涛声……

好像是照相机的咔嚓声惊醒了屏住呼吸的人们,大家才如梦初醒一般坐直身体,轻轻叹息,掩面拭泪,交头接耳,议论纷纷……

台下的人们带着感动和欣喜,孝子贤孙端着获得的奖品:一个崭新的木脚盆,盆里放着一根新毛巾、一把木梳子和一盒香皂,牵着拥着苦尽甘来的幸福老人,步行到附近的农家乐一起享用温馨的午餐。

走在后面的人又看见了一幅感人肺腑的情景——

敦厚结实的廖代兵,收起略略鼓起的肚腩,慢慢蹲下矮壮的身子,把右脚膝盖无法弯曲的老母亲搂上肩背,紧紧地搂住母亲干瘪的臀部,缓缓地站起身来,稳稳地一步一步走在细雨蒙蒙的小路上,走在热泪盈眶的双眸里,走向温暖温馨饭热菜香的农家。

我帮老乡挞谷子

偏西的太阳还在天台山徘徊，几朵灰溜溜的云好像要躲进我狭窄的窗户。沿着生产便道翻过几道田塝，连绵起伏的金色田园呈现眼前，丰收的景象顿时让人激动不已。

一丘尖叶形的稻田里，贫困户李贵全老两口正在挞谷子，小型挞斗和围着的斗席像一片帆船，缓缓地航行在金色的波浪中。两人不停地挥舞稻谷，砰砰嘭嘭地挞着，然后，丢掉稻草，弯腰又抱起一扎，转身走近挞斗，双臂抡动，砰砰嘭嘭……头发蓬乱、泥水裹衣、汗流浃背，动作笨重迟缓，偶尔踉跄两步，但是脸上始终洋溢着一股狠劲，李大嫂白净松弛的脸上还绽放着笑意。

我脱掉凉鞋，拾起田坎上的锯齿镰刀，走进水及脚背深的稻田。反身抱起稻谷的李大嫂看见我，惊讶地招呼：龙书记，你莫来，谷桩刺脚、稻草割手。李大哥见我囖囖囖拔草一样地割稻，就问我是不是当过知青。我说老家在农村，小时候农忙假期学过，今天来"复习"一下。李大哥丢掉手里的稻草，走过来要过镰刀弯腰示范。他的腰弯得更圆，头埋得更低，眼睛与稻谷尖几乎齐平，最关键的是他的左手握稻虎口朝上，囖囖囖，三苋一把，顺势将谷桩一头放在脆生生的留地谷桩上，密匝匝沉甸甸的稻穗一头贴在水田里，再三苋一把呈剪刀形叠放上去，两重稻穗便成了美丽的燕尾。割稻人顺手顺势放在左边，打谷人离开挞斗反身走来，俯身即拾，也十分顺手顺势。李大哥左右开弓，开合流畅，俯仰有序，整个动作完全是一种豪放刚劲、行云流水的舞蹈，是对大地的虔诚叩谢，是对太阳的顶礼膜拜。

我深深地感到惭愧——自以为是农民的儿子，自以为懂得耕耘稼穑，其实只知道皮毛而已。

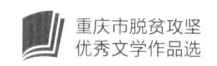

按照李大哥的示范,我割了不一会儿,腰的右侧开始酸胀,继而僵硬痉挛。我悄悄直起腰举起镰刀,心里为这个好像投降的姿势暗暗自责——这是平常缺乏锻炼和劳动的结果。李大嫂不停地劝我到田坎上坐一会儿,我没答应,农民的儿子哪能站在田地里投降?

于是,我八字脚站桩踏地,身体下蹲,下实上虚,气沉丹田,学着李大哥的动作,开始了新一轮的收割之舞。

汗水从额头、脸颊和颈项不停地冒出来,用手一刮一挥,纷纷洒落空中,扯下颈脖的毛巾一擦一抹,拂动起风,汗味和稻谷清香直扑鼻翼。肩背的汗水滚热滚烫,流淌至腰板,沾湿的T恤衫紧紧贴着,就像大块的膏药一样,只有任其自流并积聚腰间,裤腰犹如坚实的堤坝起到了拦洪的作用。呆呆烈日照射着烘烤着,火辣辣的肩背像被火烧一般——有时候就在你拢手挥镰割第二蔸的时候,火焰突然袭来,瞬间呼啸猛烧;移步转换角度,还是烈焰袭背。强忍住割完第三蔸,直起腰身,一阵脱离火海的快感油然而生。不停地俯身弯腰,不停地转换方向,不停地咬牙切齿,那句"面朝黄土背朝天",你会觉得太平淡无奇了,"面朝热土背朝烈日"才更贴切。

李贵全夫妇看上去年过七旬,实际上比我大不了几岁。夫妻俩站在挞斗一边,挥舞满手的带穗稻秆,此起彼落地拍打斗板,谷粒飞撞斗篷,洒落斗内。我起身伸腰的时候扫视过去,犹如偷窥一段双人热舞——身段早已不再刚健不再婀娜,动作自然多了些拖沓和摇晃,唯其如此,才更加震撼你的心灵。

我不由自主地抱起一扎稻谷,走过去和李大哥并肩挥舞,田野里"砰砰"应着"嘭嘭",轻重缓急高低错落,铿锵有力抑扬顿挫——我们像两个合奏过多年的鼓手,像两个高度默契的搭档,像两个应对如流的诗人,像两个同频共振的孪生兄弟——我们都是大地的儿子!

李大嫂割下的稻谷,在我俩激情挥舞的节奏里金粒飞舞,如狂风骤雨击打得斗篷飞沙走石,夹杂着稻叶、秆屑、穗尖、泥水、虫子,堆成了夕阳殷殷的沙漠,垒成了金光闪闪的金山。

李大哥扛着鼓鼓囊囊的满袋谷子,走出泥田,走上田埂,走向机耕道。李大嫂拿来两个编织袋,放在铺好的稻草上;我拿着铝皮撮箕从挞斗里装满湿润清香的谷粒,转身倒进编织袋。正要倾倒的时候,我惊呆了:端着的撮箕停在空中,我的心怦然震动——大嫂用刺痕累累的两手紧紧抓住袋子两边,好像跌落悬崖的人拼命抓住危岩枯树;埋头张嘴用缺损的牙齿咬住编织袋边沿,好像咬住随时可能断裂的救命稻草。满头花白的头发被夕阳余晖照耀着,发出银灰色的光芒;从撮箕口缓缓倾泻而下的金色谷粒,犹如气势磅礴的瀑流,也闪闪发光。

我从来没有看见过如此令人窒息的情景:身后浅浅的谷桩,身旁无边的稻浪,田坎上肩挑背磨的身影,原野尽头苍老的远山,远山上灿烂的晚霞,都为正俯背躬身、双脚抓泥的农妇,配上了优美而又令人心痛的背景,带着淡淡忧伤的暖色调的背景。

我丢掉倒空的撮箕,抓过挞斗里的手机,把眼前的老嫂子定格在屏幕上。

父老乡亲

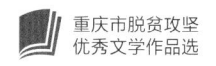

割草人

作为中坝村"兼职书记员",进村以来,只要方便我总是带着微单相机,带着笔记本,随时记录着工作中的点点滴滴。

有一天在窄逼简陋的村办公室,快要到中午的时候。一个身材很矮小的妇女握着闪光的镰刀走进来,几个村干部自顾自地做事情。我抬头看过去,她就咧开嘴讪笑,顺手取一个纸杯倒水喝。驻村扶贫的钟书记就招呼她"快回家了"。那妇女也就拖拖沓沓地走了出去,一会儿就背着满背篓青草站在门口向大家挥手,口里发出含混的声音:拜拜,拜拜。大家也抬起头来笑着催她"快回家了"。这个情景感觉很温暖,自然也就记录在我的相机里了。

村里同事告诉我,她叫王白花,四十多岁,聋哑人,贫困户,每天割两背篓草喂牛,刮风下雨也不间断。差不多每天都要来村委会逛一逛,喝水啊,躲雨啊,歇凉啊,有时累了还坐在椅子上打个盹。当然,看见我们搬资料啊桌子凳子啊,打扫卫生啊,她也会主动来帮忙,像个勤杂工。

后来,在路上看见几次,不是背着满背篓高高冒过人头的牛草回家,就是半隐在路边草丛里挥镰割草。我就举起相机顺便记录这个苦命人辛勤的身影,她也会微笑着挥手示意。她对扶贫干部特别有好感,几次看见钟书记穿着漂亮衣服都要扯扯她的袖子,再指着自己不停地说:哦衣哦衣。或者从衣服荷包里摸出不能用的坏手机、不知从哪里得到的耳环穿在耳朵上,在钟书记面前炫耀:哦衣哦衣。有几次快吃晚饭时她走到扶贫干部的集中住所,我们就送她一盒牛奶,或者送她一个苹果。后来,不知怎的,她就在有的村民怂恿下喊我"老表",有一次还把头轻轻靠在我的手臂上。有时遇到上级领导来检查工作,她也凑过来握手,还给领导指着我比画——先用右手画大圆圈在地上转表示我是开车来的,再用两只手合成眼镜和相机模样罩在眼睛上,最后指自己的心窝比两个大拇指表示我心好,一边嬉笑着喊:老表老表,经常惹得大家哈哈大笑。

王白花经常到办公室或者会议室来,看见我们扶贫干部,时不时比比画画,有时指着身上某个部位做凶狠的被击打状,有时把两只手臂合拢来做被捆绑状,有时捞起衣袖衣襟露出殷红乌青的伤痕……那皱起的眉头,鼓起的眼睛,噘起的嘴巴,黑起的脸颊,让人想起陀思妥耶夫斯基小说描写的"被侮辱与被损害的人"。

有一次不知咋的,太阳要落坡了,王白花背着空背篓跟跟跄跄闯进新办公室院坝,就扑在青石台阶上呻吟起来,继而号啕大哭。大家急忙围拢去,一股刺鼻的酒气冒出来。有个村民捡起滑落的背篓,叹了口气:肯定又遭她男人虐待了,唉!

钟书记和村干部多次上门走访,把王白花割草喂牛相当于一年找一万块钱的道理讲给她男人听,对男人家暴进行严厉的批评教育。也在各种场合表扬王白花,引导村民改变对她的态度,给她应有的尊重和关爱。我也在某些场合,阻止有的村民拿她乱开玩笑。

此后,王白花还是经常到村委会进进出出,但是几乎没有以前那种委屈痛苦和告状了。既像一个牙牙学语的小孩跟大人打招呼,又像一个只会"hello"和"goodbye"的中国人跟老外套近乎。她仍然像从前一样,上午割一背篓草回去以后,下午都要换一套干净衣服再出来割草,人也更精神了。国际残疾人日,村里搞慰问和表彰活动,特别把她评为"自强模范"。那天,她穿着一双湿湿的胶鞋上台领了奖状和慰问棉被,笑得像孩子一样地开心。

临近春节,我回村参加村民自办的春晚。刚刚走到新春春联和脱贫攻坚摄影展前面,几个村民非常兴奋地告诉我:"龙书记!王白花会说话了,会喊她的名字了!"

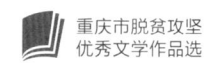

原来，王白花在展架上一张照片前发生了奇迹——那张放大成50厘米×70厘米的彩色照片不是别人，正是在雨雾中割草的王白花。她也许第一次在大庭广众看见自己戴着草帽握着镰刀在割草！不禁指着自己的照片，失声大喊：王白花！啊，啊，王白花！王白花！

春荞

俗话说:正二三月买猪仔,十冬腊月杀肥猪。刚走到与圣灯山村接壤的尖山子社蒋明超社长家门口,就看见三五个人正坐在院坝新修的花台上晒太阳。转过身来灿烂地笑着的是蹇代秀,贫困户何银全的妻子,村里的养猪养蜂能手。身材结实皮肤黝黑的蒋社长,多远就笑着招呼我过去坐一会儿,他体弱但是勤劳贤惠的妻子也在身边笑吟吟的。

待我走完才铺好的水泥路,踏上预制板架空的长方形院坝,才发现蹇代秀身边还坐着一个头发明显长长了的小青年。我突然笃定就是蹇代秀那个优秀的儿子。见他抬起密布青春痘的白净脸庞,我以问为答:你不是去年考上研究生的何文松吗?!小青年腼腆地笑着,脸上的青春痘涨得更红了。他母亲更加开心地笑起来。我举起相机:你看,你母亲好开心!给你们照张相吧。母子俩幸福的模样瞬间定格在我的相机里,快活的气氛顿时洋溢在农家的院坝。

因为疫情影响,儿子寒假回家,现在都无法返京回校。今天陪母亲来买猪仔。

何文松父亲年轻时伐木受伤导致残疾,自己读书费用开销大,爷爷年老体病负担重,全家因残因学致贫。文松志存高远,父母望子成龙。去年秋天,文松大学应届毕业,一举考上著名研究院的研究生,成了山旮旯飞出的金凤凰。可是,国家扶贫政策学费和生活费补助只能覆盖到大学毕业,非洲猪瘟又恐慌蔓延,大雨滂沱淋垮猪圈,猪贩子乘人之危杀价,真是危急关头,必须救急解难。

钟萍方打电话给我商量帮何家卖猪。忙肯定是要帮的,但是卖猪还是头一遭,当时心里真是没底。一是要把活猪杀了变成猪肉,而

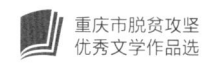

且必须弄到镇里去宰杀;二是猪肉不能外运出镇,只能冒风险闯关卡,万一被没收怎么办?三是"活秤"交易还是宰杀后"称边口"?只要是为贫困户,即使受处分也要干。钟萍方、何银全和我电话、微信紧急沟通,就像战斗打响前指挥部与战场之间,指挥若定与决胜千里的生死攸关。幸得萍方有勇有谋,紧密配合,第二天终于将贫困户的四头土猪变成了帮扶单位食堂的猪肉。后来,在横山开发"归原小镇"项目的岭南股份企业领导马超,动员结对捐助,解了圈垮猪死之围,解了文松学费等米下锅之急。

蒋明超两口子是全村养猪能手,去年喂养三头母猪,两胞共有六十只猪仔出售。主人敏捷地跳进猪圈把最后十多只猪仔赶出来,在阳光下展览一样。双方眼睛盯着油光水滑的猪仔,卖家露出满心的欣喜,买家除了同样的欢喜、无限的期待,还有沉重的计算、犹豫和决心。今年猪仔供不应求,价格飙升,28~36元一斤,一头两三个月的猪宝宝,随便也要两三千元,买三头就差不多万儿八千。怎能不让人又是欢喜又忧愁?

犹豫不决的塞代秀刚才向我低声嘀咕道,你不硬下心肠买,到秋天到年底,你又拿啥子去给娃娃交学费呢?其实喂猪完全是卖粮食卖力气,而且是亏本的。她很熟练地给我算了一笔账:一头猪喂八到十个月,红苕苞谷三五千斤再滥贱也是三五千块,还要割些山猪菜添加。一个人每天起早贪黑喂养的劳力不算,到头来猪喂肥了,一头两三百斤的猪也就六七千块,除了买猪仔的本钱,那不是赚了个辛苦吗?而且,像去年好多家喂的猪遭病死了,折本打倒算你都没得法。话又说回来,你不喂猪你咋个把一年收的红苕苞谷变成钱呢?你不喂猪又去做啥子找钱的事情呢?

穷不离猪,富不丢书。买,咬着牙巴买,像经佑(方言,照料、伺候)幺儿那样喂。

同一座山养育的朴实村民同根连气,两家友好成交,过秤算账。

卖家主动给了优惠,买家金额图个吉利,皆大欢喜。我帮母子二人把沉重的背篓提上肩头,猪仔在袋子里不安分地拱动,像两个懵懵懂懂的娃娃,只是娃娃要露头露脸而已。

买得划算,喂得顺利……我一边说着吉利的祝福话语,一边拍了两幅母子二人负重前行的照片。透过镜头看到的是躬身俯背的母与子,背回家的既是沉重的负担更是眼巴巴的希望,脑海里瞬间浮现着自己和母亲赶猪到乡场去屠宰的情景。学期快结束才交清学费的自卑感,在日益深广的心海泛起涟漪,父母的含辛茹苦和生活的艰难磨砺,让自己早早地懂得了与一头猪的相依为命。

鸡叫三遍,寒冬腊月,黎明依稀。"妞——妞——,带你去脱了毛衣换布衣喔",母亲温柔地吆喝着,饲养一年的大肥猪听话地抬头看看母亲晨光抹亮的脸,也"噢——噢——"地一边应答,一边温驯地从贴着"五谷丰登,六畜兴旺"大红对联的木猪圈里走出来……

父母的辛勤付出加上自己十年寒窗苦读,我成了恢复高考以来老家方圆几十里"鲤鱼跳龙门"考入大学的第一个农家子弟。

时光流逝,推己及人,感同身受。蹇代秀母子二人爬上山坡的背影渐渐远去,我在心里默默地祝愿:春养一头猪,秋收万元钱;六畜皆兴旺,学费有保障!

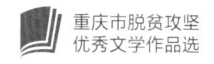

常常闯入我镜头的女人

在风景优美的中坝村,有个女人老是出现在我的镜头。

有的村民喜欢称她为"坛子",其实她的形象应该像观音。

第一次闯入镜头,是去年春天。夕阳照在眉头的时候,我从村办公室出来溜达,希望走进田间地头接触更多的村民,了解更多的社情民意。

刚从居民集中居住的路街往田野走,突然眼前一亮——哇,一群白鹅翩翩而来,嘎嘎欢叫。细密的爬地草犹如碧绿的湖水,鹅群就像翻腾的雪浪欢快地涌动起来。一个身穿老蓝布衣服的妇女正在鹅群后面张开双臂吆喝,暖红色的余晖刚好照射过来。她那浓密蓬松的头发闪亮着金红,丰腴饱满的脸庞状如苹果,手里的小镰刀也闪耀着银色光影。

好一幅优美的牧归图!

我立即下蹲,咔嚓咔嚓。偶然间,这个妇女第一次撞入了我的镜头。我也第一次知道了她的名字——谭德芬。

她丈夫蒋昌全,农忙季节回来帮着种收,农闲时间和大儿子一样外出打工,小儿子在镇上读初中,属于因学致贫的贫困户。她本人留守在家,喂四头猪,养鸡养鸭养鹅四五十只。

进村扶贫,除了正常的工作之外,我常常用摄影爱好者的"第三只眼"来观察发现,用一个农二代的身心来体验感受。

勤劳的人总在故乡的土地上默默无闻地劳作,总是与地里的庄稼相伴,与喂养的猪鸡鸭鹅说话。从此以后,谭德芬劳作的身影,总是不经意间就进入了我不停地寻找勤劳寻找美好的镜头。

第二次是午饭后,我从一条水泥铺设的生产便道朝厂口厅社的田坝走去,正好又遇到了她。刚刚偏西的太阳从身后照射着,谭德芬背着满满一背篓猪草。水麻叶、水芹菜、车前草、柴胡尖、嫩蒿菜等等野生猪草,冒出背篓超过肩膀,与她的头部一同沐浴在明艳的阳光下,握住镰刀的双手虽然有些不自在,汗津津的脸盘还是洋溢出朴实憨厚的笑容。我一边跟她说话一边给她照相,因为羞涩噘起的嘴唇也随之放松下来,恢复正常的形状。

我想看看这双沾满泥土和叶草汁液的手,是如何把鲜嫩的天然野草变成猪的美味佳肴的。于是跟着走到她的家里,拍摄了家用小型切草机切猪草的场面,到院坝边松树林下猪圈棚查看了那几头油光水滑的架子猪。不料七八月份,猪瘟肆虐,喂猪的村民人心惶惶。谭德芬打电话给我说,干脆提早三个月把猪杀来卖了。一来躲避猪瘟,二来给娃娃筹集下学期的学费。我和扶贫干部蒋家笛立即联系几个帮扶单位的食堂,以我们定的"扶贫价"购买,避免了她家近万元的损失。

昏暗的灯光下,蒋昌全夫妇和小儿子蒋明跃填写扶贫表格。我正好碰上,就和他们一家逐项计算填写。家庭收入栏有了三头猪的肉钱显得格外充实,娃娃学费和生活费栏目,因为政府的补助,也填得轻松愉快。

这个五十三岁的妇女,从贵州嫁过来。娘家很贫穷,没有读过书。但是,勤劳致富的道理她比谁都更明了,从没看见她在哪里抄起手闲着。种地养殖,样样在行。村里村外若有务工,处处有她。寒冬腊月抢栽雷竹有她,顶风冒雨修建生产便道铲水泥石沙拌灰浆有她,就连四公里外"花仙谷"公园绿化种植也有她。

当天,云雾笼罩,天色渐暗。我和家笛从横山镇开车回村,明亮的车灯前一群人在潮湿的公路上急行,放慢车速仔细看看,才知道是一群戴斗笠披蓑衣扛锄头握铁锹的村民冒雨下工回家。从前行的方向知道,他们不是别人,就是我们村含辛茹苦的父老乡亲!

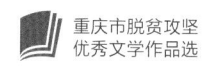

我们当即停车，借助灯光拍摄了几张风雨夜归的动人场面。从背影看得出来，当然也少不了一身雨湿的谭德芬。

雨水淋湿了镜头，也淋湿了眼睛。

一年三百六十五天都忙碌了，春节也应该休息享受几天了，可是有的农村人就没有三百六十五天的概念。春节期间我回村里，慰问房屋遭火灾的农户，至少两次看见谭德芬一个人冒着寒风冷雨在树林捡柴。我问她过年都不休息吗。她淡定地回答我，耍还不是耍了，有哪样意思嘛。

在我的相机里最近的一张照片有点虚焦，但是我仍然特别珍惜。画面上，谭德芬和打工回来的大儿子一起拖着一坨很大的树疙瘩，在一段上坡路上费力地走着。背景是寂寥的山川，天空是阴沉的云雾，时间是阖家团圆的春节。

我不禁想起两样东西。

一张弥足珍贵的照片，我八十多的岁母亲抱着一抱树丫干柴走在家乡的坡路上，耳边回响起她老人家亲切的口头禅：出门肯弯腰，回家有柴烧。

另一样就是我崇敬的老诗人臧克家《老马》里的诗句：

　　它横竖不说一句话，
　　背上的压力往肉里扣，
　　它把沉重的头垂下！

会之手

这是一双沾满泥土的手,一双缠着胶布的手,一双会写诗的手——中坝贫困村村民黄永会的手。

昨天下午,綦江区委书记袁勤华进村入户调研,了解到贫困户黄永会夫妇勤劳致富摆脱贫困的事迹,高兴地赞叹道:你们的幸福,完全是在党的阳光照耀下,靠勤劳的双手干出来的。

黄永会十分自豪地张开双手,高举示人,灿烂的笑容和有力的双手,在四月的阳光和众人的目光里熠熠生辉!

她的丈夫却腼腆地半握双拳,在齐腰处半伸半缩着,与老婆张扬的双手形成搭配和对比。

我的心被这双会之手强烈地震撼着。他们脱贫奔小康的故事就像一曲悲怆而激昂的叙事曲,突然从那双饱含沧桑的双手流淌出来。

这个贫困的家庭坐落在树木苍翠、鸟语声声的半山腰上,一楼一底的砖瓦房朴实无华,房檐下五箱蜜蜂嗡嗡飞进飞出,猪圈里猪儿哼哼散步,院坝边李树花谢叶发,橘柚花香气扑鼻,两旁竹编围栏里鸡鸭成群,长满青苔的石梯外水田如镜,一条水泥路伸向远方,一股清清的溪流顺着路沿缓缓地流淌……

这个四口之家,曾因病因学成为贫困之家。夫妇年近半百,丈夫打工受伤;儿女成双,学费压力山大。

但是,就是这两双手,两三年甩掉了贫穷的帽子,创造了富足的生活。

羞涩的双手好像隐在背后,我们更多地看到这双充满张力的手——会之手。随行的区农委主任、区扶贫办主任曹长科文艺地描述——这双手就是一幅綦江农民版画。众人都称赞这个比喻非常

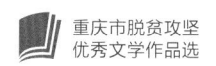

贴切。

种田种地,农民的看家本领。而下面这组真实的数据更能展示勤劳双手的力量和贡献。

两口子种稻八亩多,收粮上万斤,留下千斤自食,余粮供不应求,收入三万多元。稻田养鸭,一般人都会,她也养得鸭叫人欢;稻田养黄鳝,一般人不会,她却会。如何才会?对嘛,学嘛!去年四月中旬刚从乐兴场购买鳝仔回来的黄永会,碰到进村采访的记者,就是这么乐观地回答。还有九亩薄土,冬种萝卜白菜,夏种海椒豇豆,起早贪黑背到场上售卖,收入三万多元。

为什么她家薄田黄土出黄金,因为这双会之手沾满了黄泥土。

传统意识里,种植为主业,养殖为副业。种植填饱肚子,活钱全靠养殖。两口子常年饲养肥猪三四头,鸡鸭上百只,收入五万多;去年学养野生中蜂四桶,好像把蜜糖掺进苦水一样,开始尝到甜头。割草喂猪,刀伤满手,胶布贴上,从不怠工;以前肩挑背负,现在把新买的三轮摩托停在路边,成了贫困村开车割草的第一人。

还是这双会之手,放下菜刀镰刀,放下锅铲锄头,还会敲锣打鼓,还会手之舞之,亮相在村民春晚舞台——她和另外一个村民两个村干部,表演自创节目"村规民约三句半",逗得父老乡亲哈哈大笑。朝夕相处的村民刮目相看:她黄永会硬是样样都会咧。如果多读得点书,这个婆娘不得了!

这个不得了的女人还有更不得了的本事。娘家就在山上的杉树嘴,因为贫穷初中都没读成,农村广阔天地这本大书她却读出了味道。去年金秋时节,也许是秋高气爽引起了遐思,也许是脚下的泥土触发了灵感,也许是金色的稻浪荡漾了心旌,也许是如山的稻堆照亮了慧眼。这双会之手,捯完谷子,放下镰刀,捡起田坎草笼里的手机,埋头一会儿功夫,中坝村民微信群里顿时一片惊呼,黄永会写诗了——

> 今年丰收喜在望,
> 田里满满稻谷香。
> 再等十天要挞谷,
> 就请亲朋来帮忙。
> 绿色生态好大米,
> 就等客户上门了!

一花引来百花开,村干部张道琴立马"击鼓传花":

> 农民伯伯虽辛苦,
> 大灾大难有政府。
> 春播种来秋收割,
> 风调雨顺好收获。
> 层层稻田谷穗香,
> 家家户户奔小康。

在外工作的游子、中坝村的秀才王朝平也有感而发,寄寓浓烈乡愁:

> 雨丝随意云飘游,
> 幽香沁肺魂难收。
> 红墙匿翠蝉声远,
> 金黄稻谷香悠悠。

我也被这陕北农民李有源喷涌《东方红》似的激情而激情燃烧,立马和了一首中坝高山生态好米的广告诗,赞美我们贫瘠而丰饶的

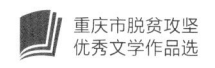

乡土,赞美我们晶莹如玉的稻米,赞美我们面朝黄土背朝天,把蓬头低入泥土,把白米送进城市的村民——

  中秋金风玉露爽,
  坝上梯田稻谷香。
  好田好水好农夫,
  米白如玉颐寿长。

蒋二娃脱单记

"光棍蒋二娃要娶新媳妇了!"

"傻人有傻福,居然还是城头来的大美人。"

这消息就像三月里的油菜花香,瞬间就在中坝村山上山下飘散开了。蒋二娃大名蒋明伦,那可是綦江区三角镇中坝村家喻户晓的人物,他的人生几乎就是中坝村几十年的一个缩影。

一

2019年3月,作为派驻綦江区三角镇中坝村驻村第一书记,我入户走访了蒋家。只见蒋二娃那张风吹日晒雨淋的脸,像中坝村贫瘠的土地,呈黄褐色;那尘埃草屑沾染的头,像中坝村的森林,浓密但是短浅,发际后退荒芜,前额光滑饱满;一口黄褐色的牙齿,就像林中的危岩峭壁,常常不离嘴的那根竹烟杆形似枯树,冒出的缕缕青烟像是乡村的袅袅炊烟,燃烧着浓浓的乡愁,又像从冬到春的云雾,缭绕着连绵的山水,笼罩着漫长的岁月;一腔洪亮而阳刚的声音,让人觉得他在教喂养的鸡鸭鹅唱歌说话;两只睁得大大的眼睛,像他家那两口月牙形的鱼塘,浅水干净,游鱼浪涌。

46岁的蒋明伦,家有67岁的母亲李光秀以及两个20来岁的侄女。上个月家里增添了两个新成员,老婆杨晓凤,一只才从城里飞来的金凤凰,还带来了一只小凤凰。杨晓凤比他大3岁,蒋二娃常打趣说:"女大三抱金砖。"

蒋家是2016年建档立卡的贫困户,2018年脱贫出列。致贫原因是两个侄女上学读书,加上蒋父重病缠身。家里的主要劳动力蒋明伦,属于村里年轻力壮的留守男人。

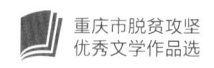

蒋二娃并非一直打光棍。几年前,他还是有女人的,一个离过婚带着一个儿子的"过婚嫂",女人在蒋家前前后后待了六七年。她跟蒋二娃没有领结婚证,算是这个家庭不稳定的临时成员。她后来离家出走,是因为蒋家穷得只剩下来年的红苕种了。掘在屋里的两个苕窖黑咕隆咚的,像两只饥饿的眼睛,进进出出总担心掉下去,再也爬不起来。

有人看见女人是跟着村里搞建筑的包工头,在村口那条泥水路拐角处上了一辆桑塔纳离开的。

一个健壮如牛勤奋如马的男人,连这么一个女人都留不住,有人猜测:是不是被他一天到晚呛人的烟味、满口不刷不漱的黄牙巴熏走的?是不是他成天打牌输钱把女人输给别人了?那女人带着儿子从贵州穷山沟来到蒋家,她儿子和蒋家两个侄女年纪差不多,3个孩子一起吃住读书,倒也其乐融融。然而,四个大人劳动三个娃娃读书,家里穷得叮当响,感觉还是像屋檐上的燕子,冬天来了,总得去找果腹的食物、找更温暖的窝。

从此,衰败凋零的氛围像冬日的雨雾一样笼罩着蒋家院,家不和事不顺人不旺的阴影笼罩着蒋家人。院坝周围垃圾遍地、臭气熏天,屋里屋外蛛网挂牵、蒙满灰尘。蒋二娃仍然像家里那头默默犁田的牯牛一样,每天与门前连绵层叠的田土打交道,还要喂养在偏棚和竹笼下的猪鸡鸭鹅。

他晴天一身汗,雨天一脚泥,晚上头戴矿灯干活,捞脚挽裤,青铜颜色的四肢就像冬天刚抠出泥的老藕,过着一个单身汉的日子。蒋二娃表面上乐呵呵,其实内心深处憋着一股气一股劲——老汉(即父亲)很早就遭病拖累,嫂嫂气死哥哥疯死,我蒋家难道就这样一天天垮下去吗?我蒋明伦难道硬是要这样一辈子"光"下去吗?

二

蒋明伦属于拿起书打瞌睡、扛起锄头就来劲那种农村娃。书包挂在院坝的晾衣杈上,他曾跟着舅舅和哥哥到重庆主城的城乡接合部去学养猪种菜。村里有人老是说蒋二娃年轻时在外晃荡、喝酒赌博,其实,陪伴他奋斗青春的有舅舅和哥哥,还有成百上千头猪,有西郊桃花溪看得见游鱼的流水,还有半坡从猪场担粪种菜的居民。

若干年以后,蒋明伦学到了养猪的技术,也在商品经济大潮中学了点"游泳"的本事。

随着卫生城市的创建,他们脏乱的"养猪场"首先被一锅端。折腾了六七年的蒋明伦,回到"广阔天地"。

他们家的帮扶责任人正好是区农业农村部门的领导和专家,第一次走访就摸清了蒋家一穷二白的家底,也了解到蒋二娃具备规模养猪的技能,还有敢拼搏不服输的秉性,就指导他家发展生态土猪养殖,还帮忙联系无息贷款修圈舍买猪崽,并安排畜牧兽医上门帮扶。

从此,蒋二娃开始重操旧业,饲养生态土猪,喂苞谷、红苕、红苕藤,还要喂一些野菜。遍地疯长的柴胡尖、车前草、夏枯草、鱼腥草、牛耳大黄、折耳根等等,一割就是一背篓。把这些活鲜鲜的野菜煮熟了喂,喂出来的就是生态土猪了。跟以前在城里喂的潲水猪、过期蛋糕月饼猪,就有了根本的区别。由于货真价实,生态土猪供不应求。

以前,全家喂一两头猪,栽秧挞谷逢年过节吃鲜肉腊肉,锅里猪油炒菜香喷喷,就心满意足了。现在,扶贫政策支持规模养殖,鼓励产业增收致富:黑猪出栏一头奖励700元,白猪奖励300元;鸡鸭鹅养上40只,每只奖励10元。还全额帮助购买保险,为贫困家庭雪中送炭,遮风挡雨。英雄重新找到了用武之地,蒋明伦拉开猪鸡鸭"三军司令"的架势,把副业当成正业干。香樟树下搭茅棚打土灶,埋大锅煮猪食;水竹林中围栅栏起圈舍,池塘关水放鱼养鸭。几十上百只鸡

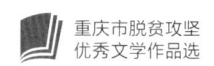

鸭鹅,在林间安营扎寨,在池塘游弋觅食,一天到晚欢叫不止,唱响着昂扬振奋的欢乐颂。二三十头母猪、崽猪和架子猪,分类圈养在两套三室一厅的猪舍。母猪下猪崽,喂肥杀年猪,杀肥猪留母猪,猪又生猪,子子孙孙无穷尽矣。

别人家喂猪,就在做饭的土灶上煮上一锅,提一桶进猪圈一倒就完事。而蒋家是在院坝大树下搭棚子,挖出4平方米的大坑,安好直径1.5米的特制大锅,每天一大锅猪食,蒋母烧火煮熟,蒋二娃十几趟担着到圈舍喂食。

每当鸡鸣天亮,冉冉东升的旭日,照耀着树下的瓦棚,照耀着母亲被柴火映红的脸膛,照耀着儿子抡铲舀食那树棒一样的臂膀,袅袅炊烟从林中升起,飘散在鸡鸣鸭欢的村庄上空。

要想猪肥肉长膘,舍得苞谷和红苕。立秋后,蒋家摘了苞谷,砍了青红杂色的苞谷秆,露出绿色的红苕藤蔓叶片,20多亩层层田土,像瀑布一样流淌着奔涌着,十分壮观。玉米红苕本不值钱,但是喂肥了猪就能赚钱;猪粪又作为农家肥,保证大面积种植,就形成了一个粮多猪多——猪多肥多——肥多粮多的良性循环产业链。

中坝村海拔千米,适宜高山种植。一般农户就种一亩两亩,吃饭吃菜,自给自足。而蒋家则大量流转其他农户的土地,有邻居的,有亲戚的,还有开垦的撂荒地。一家人的生产力都释放出来了,把这个生态种植当成发家致富的产业来做。

该村的结对帮扶单位重庆城投集团,一次就捐助20亩土地连续3年的流转费。蒋家当年光稻谷就种了16亩,产量两万多斤。帮扶单位员工按照每斤4元以购代捐,蒋家就收入8万多元。今年,在镇农业服务中心的指导下,蒋家尝试种植横山贡米,每斤价格比一般稻米要高出两元,扣除优质稻产量低的因素,仍然比去年增收10%以上。这笔账看似很简单,全村却只有他蒋二娃算出来了。

蒋明伦家种稻谷种蔬菜都能赚钱,诀窍也很简单,就是规模种植,自主销售。母亲坐着儿子的摩托车,起早贪黑运到附近场上销售。最忙的时候,晚上戴着矿灯摘菜,好像偷菜一般。凌晨赶到乡场占摊位,菜叶上还沾着露水。夏季豇豆茄子黄瓜和糯苞谷,上午卖完以后,顶着烈日还要去摘一次,晚霞快要出来的时候又送到场上去,卖给上山度假避暑的城里人。每年夏秋的茄子辣椒南瓜、冬季的萝卜白菜,都要卖一两万元钱。

夏去秋来,蒋家母子整个人从头到手到脚都是黑黢黢的。母亲慈祥的脸像莲花白一样绽放,牙齿白得像白苞谷;儿子像拼命三郎,烟杆一抽,牙齿黄得像黄苞谷。

2018年,蒋家养殖产业收入12万,种植产业收入5万,家庭人均纯收入4万,超过脱贫标准10倍。一家人经过3年拼命苦干,一举脱贫迈入小康,走上了带头致富的康庄大道。

蒋二娃扛着锄头,雄赳赳气昂昂走在田坎上,腰间黝黑卷皱的皮包也是胀鼓鼓的。

三

2020年7月,我又作为重庆日报·视觉重庆的签约摄影师,进村开展摄影助力帮扶。前来的艺术家分别与10户贫困户结对子,蒋家也在其中。活动有一个环节,就是让每个贫困户表达最迫切的愿望。在一张16开的白纸上,蒋明伦拿起记号笔披荆斩棘一样,写下了他心中的渴望——勤劳致富了,需要老婆。

消息传出去,很快,蒋明伦的电话就开始爆响。不是牵线搭桥的红娘,就是毛遂自荐的女人。一时间,蒋明伦就成了村里的钻石王老五。上门提亲的,看人看房看猪的,像赶场一样。

一个多月的花中选花,蒋明伦眼睛还是没挑花,他看上了现在跟他过生活的这个女人。杨晓凤老家在巴南区安澜镇农村,翻过两座山沿着一条清清的河流走上一个钟头就到了。杨晓凤扎羊角辫时随

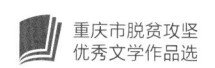

着"落实政策"的父母回到城里,这次却是辞去公租房小区保洁员工作,嫁回农村来的。不说是落叶归根,也算花飘回乡。

上门的当天,树上没有喜鹊闹,树下倒有鸡鸭叫,让人感受到欢喜和亲切。3个女人是蒋明伦租了小车接来的——70多岁的岳母,城市老年妇女的穿着打扮和气质,走到蒋家院坝两个亲家母就嘻嘻哈哈起来,倒像两只喜鹊。杨晓凤十几岁的女儿,戴着一副近视眼镜,静悄悄地跟在满面春风的母亲背后。

当天下午,我入户走访,和蒋家的新媳妇聊了起来。

我说:你从城里到我们村来,究竟看上了蒋明伦哪一点?

她不假思索地应道:通过一些接触,觉得他正直、能干、体贴人。

我问:他恁个爱抽毛烟,你不嫌弃吗?

她噗地笑了:他才两开,我是三开(指嗜好烟酒茶)。不过,我抽烟是讲究场合的哈。

我也忍不住笑了起来:那你们真是天生的一对、地造的一双!

她扬起头来,漂染过的头发快乐地飘扬;门牙中有一颗小牙齿,像镶嵌的桃心宝石。一说一个笑,一脸的"我愿意"。

四

农谚道,朝霞不出门,晚霞行千里。驻村工作队和村两委以联席会的方式研究完当月工作,我提着相机直接走向日照最好的田坝,正碰上蒋明伦母亲李光秀提着铲锄、身披夕阳余晖往家里走。晚风吹拂着她蓬松的头发和略微肥大的长裤,我一边打招呼一边跳下土坎,仰起镜头拍了几张她行走如风的身影。李光秀说:孙女今天放假回来了,龙书记,你来吃豆花饭嘛。

走进蒋家院坝,李光秀穿着一身碎花白色棉绸衣服,笑呵呵地说:龙书记你看嘛,这是洲亮才给我买的。

我说:好看!李大姐穿起都可以去参加时装表演了。

一个女孩应声出门，不好意思地说：我暑假当家教，一节课有70块钱呢。

我说，洲亮毕业了，孝心可嘉啊。扶贫扶智，立竿见影，难得难得！

一起说笑着走进宽敞干净的堂屋，八仙木桌摆满了活色生香的菜肴。蒋二娃摆好长凳，进门不到一个月的新媳妇端来一大钵豆花，连声说弄得不好见笑了哦。

李光秀喜不自禁：我现在开始享福啦。以前做活路，天黑了才回屋，人都累趴了，还得自己弄饭。吃了饭，还要喂猪。现在好了，新媳妇进门了，回家吃现成，热热络络的，这一辈子从来没享过这种福气。可怜我老头子啊，辛辛苦苦一辈子没有享过一天福！

蒋二娃的父亲叫蒋昌海，曾经是村里的会计，说话做事，在村里也算个人物。农忙时节，两口子起早贪黑，种田种地，喂鸡喂猪。农闲时节就扛上缝纫机，走村串户，给别人做衣服。蒋父积劳成疾，刚满70岁就离开了人世，他去世前一个星期，还在地里种洋芋。

蒋二娃说：老汉不在了才晓得心痛父母，现在要让母亲享受双重福报。

去年国庆假期最后一天正好是重阳节，村里搞了个"庆国庆度重阳"活动，蒋二娃带领6个"敬老爱亲模范"领奖——崭新的木脚盆装满热水，端到台上给家里的老人洗脚。他的母亲端坐台上，和其他幸福的老人一起，享受了人生最隆重的一次洗脚，体验了一生最温馨的一次呵护。

颁奖词在村民服务中心古朴的青石院落回响：蒋明伦，贫困户主，从前到大城市喂潲水猪失败，现在回老家养土猪成功。尽孝父母一片赤诚，十几年坚持抚养哥嫂两个遗孤，砸锅卖铁供养侄女读大学，铲除穷根，忠孝两全。

蒋二娃的哥哥大他5岁，他去城里喂猪就是哥哥像带徒弟一样把

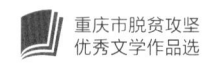

他带出去的。哥哥嗜酒如命,进城养猪有了点活钱在包里跳,成天喝酒打牌。那是2005年,春节过后需要买猪仔,嫂子回娘家找父母借钱临时周转。钱没借来,受了气回到养猪场,哥哥还把她吵哭。一气之下,嫂子咕噜咕噜喝了一瓶农药,倒在臭烘烘的猪圈边……从此,哥哥更加浑浑噩噩,后来回到老家。3年后一个冬天的晚上,哥哥跑出去站在一口齐腰深的鱼塘里。父母找到一身冰冷的他,背回家他就断气了。

哥嫂留下一双五六岁的女儿,蒋二娃就把两个侄女当成自己的孩子,省吃俭用将她们抚养长大。后来有了扶贫政策,每年学费书本费减免,生活费补助,才大大减轻了他的负担。

大侄女蒋洲亮从中学到大学都享受了贫困户子女的教育保障,大学期间每学年七千多元学费全免,还有三千多元生活补助。她今年从三峡学院一毕业就找到了工作。

今年新冠肺炎疫情期间,中坝村搞了一个读书沙龙。蒋洲亮衣袂飘飘,普通话标准又流利。她介绍了美国著名作家海明威的《老人与海》,谈了读书体会,谈了活着的意义,表达了对爷爷奶奶、对幺爸的感恩之情。她说:我从小到大被家人呵护着保护着,我活着不仅仅是为了自己生命的存在,还是那些对我寄予希望的人信念的延续。所以,无论遇到什么困难都不应该轻易放弃,那些关心我们的人从来就没有放弃过我们,我们又怎能轻易放弃自己呢!

五

从前打烂仗的蒋二娃,如今大名荣登红榜,成了全村的红人。他被安排了管水的公益性岗位,每个月有1800元的收入,相当于吃财政饭的"公家人"了。脱贫攻坚这几年,他荣获了中坝村产业脱贫带头人、敬老爱亲模范,三角镇脱贫致富光荣户,綦江区脱贫致富光荣户奋进奖,等等。在电视上、网络上、报纸上,还有村里的宣传栏里,到处都能看见蒋明伦3个字。不知不觉地,村民们都会叫他——蒋明伦,而不再喊他蒋二娃了。

太阳落在天台山上,蒋明伦刚点完萝卜种回来,脱掉汗渍斑斑的圆领T恤丢给老婆,露出一身疙瘩肉。接过女人给他的毛巾胡乱擦几下,围在黝黑发亮的脖颈上,他不慌不忙地从鼓鼓囊囊的荷包里摸出那个皱巴巴的塑料袋,选出一片褐黄色的烟叶,掐成两三段,再徐徐展开又重叠一起,最后裹成雪茄一样的烟棒,栽进烧黑了的铜烟斗,打火点燃,猛吸几口,心满意足地自言自语:叶子要裹得松,点火要叭得凶;老外拿钱买,老子自己种……

抬起头来,只见炊烟点燃了,云雾也升腾起来。

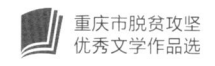

乡村宝贝

十月小阳春,蓝天明净空阔,晴和的阳光照彻远山,照彻村庄收割了的田畴,以及正在收割的土地。

午后信步田野,一片逆光下的芭茅吸引着我的脚步。初冬如雪的茅花飘飘欲飞,柔韧的枝茎俯仰摇曳。我蹲下身子举起相机,拍摄下乡村这难得的风景——世人少予理睬的野花!

一位老农背着背篓从树木掩映中的房屋走出来,沿着弯弯曲曲的田间小路走向一块翻挖了大半的土地。我绕过几道田坎跟过去,老农正在躬着身子专心致志挖红苕,我轻声的招呼都没有听见。等我咔嚓咔嚓猛拍了一阵,跳下地里去惊得树上的斑鸠噗的一声飞起,老人才抬起头来。看见是我,满脸堆笑,恰如脚下刚刚挖出的红苕:外形坑坑包包,沾满泥土;肤色暗褐沧桑,质感有些僵硬;尤其是豁开的嘴唇露出缺损的牙巴,与偶尔挖伤的破红苕别无二致。

我一边与村里爷爷辈的老人家攀谈,一边抓拍他沾满泥土的手和风雨雕刻的脸。老人家也不拒绝,依然放松地和我聊天;我也把相机放在堆着的苕藤上,帮着把红苕表面的泥巴轻轻抹掉,一个一个握着或双手捧着轻轻地放进泥巴色的竹背篓,像呵护宝贝娃娃一样,生怕用力过度擦伤了它的皮毛,或者安放得不平稳而呻吟甚至哭闹。

老人家见我和他一样小心翼翼地收红苕,就问我老家在哪里。我告诉他"比这里还要边远还要艰苦的秀山农村,红苕比这里还要多"。

地上手上的红苕,仿佛吸收了太阳的光热散发出迷人魅力,成了我们温暖阳光下最美好的话题,成了我们生活中最重要的篇章。这泥巴一样的颜色,这泥巴一样的形状,这泥巴一样的味道,真正是乡村的宝贝。

陶渊明有"把酒话桑麻"的闲适,我们却有"搓泥话红苕"的质朴。他知道我是市里派来的扶贫书记,我一问才"人和名对上号"——你就是黄安福吗?!

他咧着嘴眯着眼拙拙地笑,讲了一个故事给我听……

我完全被故事的哲理折服了,完全被故事的讲述者折服了。蹲在苕地的我抬起头来,仰望老人家。老人家正一手撑着锄把一手提着一蔸抖落泥土的红苕——你老人家哪里是老农民嘛,你根本就是西方的伊索东方的庄子啊!

快要坐在天台山上休息一下的太阳,用它那一年中最温暖而慈爱的光辉沐浴着我们这一对大地的子孙。

我们两个慢慢地收获着,亲切地摆谈着,我仿佛觉得这就是故乡的一块飞地。原来老人家年轻力壮时当过生产队长,土坎下那条弯弯曲曲的小路,就是他当年带领社员一锄一铲挖出来的;现在我们只是把它拓宽了,铺上了水泥而已。

想起那次会上有人就评他"模范老人"发表反对意见,反映他就村里人居环境整治当众说了很不应该说的话,我当场也就此否定了他的先进提名,现在正好可以不动声色地核实一下。于是在他完全不觉意的情况下,我们摆谈那方面的事情,并引导到群众的反映上去。他脱口而出,把周围团转、屋里屋外弄整干净,当然好喽。政府还帮我们修厕所,砌花台,哪个都没想过恁个好的事情。我细心地倾听着,也用心地感受着——这是一个心口如一的本分农民,一个朴实勤劳的智慧老人!

我顿时感觉虚脱了一样,双脚像深陷于泥沼之中无法站起。我为自己偏听偏信,惭愧不已。我是一个多么草率多么武断的人啊!

满满一背篓差不多六七十斤红苕我双手提起来,帮老人家背上肩背。当他走回家的时候,我拍了两张老人家俯背躬身的照片,说好明天周末买一百斤红苕回家。老人家执意白送,我说必须给钱,不然就去别人家买。

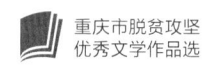

写到最后了,我必须把老人家讲红苕宝贝的智慧故事分享出来。故事讲述得很朴素,可惜没有录音,经过仔细整理,尽量还原故事的精彩——

《红苕和金棒的故事》(中坝民间故事,由厂口厅社黄安福讲述)

过去兵荒马乱、土匪猖狂的时候,中坝村两个邻居一起上天台山躲土匪。富的年龄大一点叫孔方,搜了家里金银财宝一口袋;穷的年龄小一点叫黄地,背了一背篼生红苕。两人在棋盘石(天台山一峰)的岩洞中躲了大半天,肚子饿得咕咕叫。黄地取出一个红苕在衣襟上揩了几下,哐哧哐哧就吃了。孔方只有紧紧抱着鼓鼓囊囊的布口袋,眼巴巴地看着黄地。到了天快黑的时候,孔方实在饿得遭不住了,只有从布袋里摸出一根金条找黄地换一个红苕来充饥。

黄地说:"一天不用钱过得去,一天不吃东西咋个就过不去。"

孔方也说:"一根金棒有时候当不到一个烂红苕。"

深受这个故事的启发,当天晚上写了一首诗《中坝红苕赞》并配图发了微信朋友圈,以彰显耕耘收获的喜悦。获得点赞的同时,副作用也出来了——经常给城里的农二代朋友买红苕回去,我的车也好像成了运送乡村农产品的拖拉机。

现将我的红苕诗分享如下,敬请不吝赐教:

抖落白露出沃土,
红衣丹心报耕夫。
钻石玛瑙虚无价,
宝贝疙瘩不可无。
粉身碎骨献精华,
玉液凝脂清浊俗。
民间长寿土人参,
夏种秋收藏洞窟。

扶贫彩车驶入她的心中

猛虎上山。

钟萍方,属虎,綦江区文旅委的一名科长。山,横山、天台山,綦江高山,闻名遐迩。2018年8月,她被区委组织部任命为驻村第一书记,进驻山上的中坝村,带领干部群众打响了脱贫攻坚的中坝之战。

中华人民共和国成立70周年隆重庆典正在举行,扶贫彩车缓缓驶过天安门城楼前,扶贫方阵紧随其后炫目亮相,彩车上的基层代表——村支书严克美,来自于重庆市巫山县当阳乡红槽村,她是中共十八大、十九大代表。她骑摩托车奔驰在乡村扶贫路上,她不厌其烦耐心动员协调村民修公路,她带领当地老百姓发展产业增收致富……

严克美是钟萍方的大学同学,她的优秀事迹激励着同样充满着青春梦想、洋溢着奋斗激情的钟萍方。

老虎上山要寻找猎物。钟萍方四处奔波寻觅,终于找到正在贵州相邻地区和綦江区种植雷竹的业主张长斌。

3月31日,我们一老一少开着两辆越野车带领村支两委干部驱车千里前往四川深入考察。她打头带路,我跟随殿后。初出茅庐的女孩,车开得规范又自信,颇有大将风范,就像演绎一支充满激情和活力的进行曲。开了二十多年车走南闯北的我,也感受到明快激越的节奏。每次驶过收费站,她都要缓缓靠在右边等我通过慢节奏的人工收费通道,跟上后再提速前行,就像一个虎虎生风的青年耐心等待一个步履迟缓的老人。她还安排车上的人员中途互相换车,让我在进村不久就能够尽快地彼此了解熟悉。

我们行驶在川渝高速通道上,那辆满载历史重任和光荣与梦想

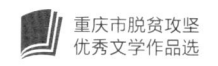

的扶贫彩车,始终行驶在她的心中。

通过整整八个月的追踪,费尽千辛万苦,终于在她像吃甘蔗一样尝了一小节清脆爽口的雷竹笋后,招引到业主投资中坝。雷竹笋比较麻竹笋、毛竹笋、苦竹笋,口感更好,不洗不漂,直接下锅,或炒或炖,畅销不衰,非常适宜高山种植。整个产业规划种植1500亩,采取投资业主、涉地农户和村集体,按产值的6∶3∶1比例分成,创新合作机制,整合各方力量,降低发展风险。到2019年底,栽种1000余亩,涉及全村9个社中的6个社,剩余500亩已作出安排,拟在2020年完成栽种任务。而这500亩,是由脱贫攻坚向乡村振兴迈进必须消灭的撂荒地。

该产业覆盖范围宽,风险非常小。按照合同约定,从第四年投产开始,亩产2000斤,价格按每斤2元计价保证村民收益,涉地村民每亩即有1200元保底,加上务工收入,将大大超过一般种植产业收入。这一产业的成功引进,夯实了六个社薄弱的产业基础,为脱贫攻坚筑牢了产业基础,为乡村振兴积蓄了强劲的发展潜力。

> 脱贫攻坚奔小康,
> 村规民约好规章。
> 大家制定人人守,
> 乡村振兴有希望。

村规民约顺口溜十二块橙红色的牌子,一字排开立在村委会路边的苍松翠柏间,本地的村民也好,外面来检查参观的也好,都感觉亮眼,认为实用。但是,要真正立在老百姓的意识世界,就不是挖坑立牌浇混凝土那么简单。

2019年9月,一户贫困户隐瞒实情,把已经感染非洲猪瘟并多次打药治疗的四头病猪,电话托付驻村扶贫干部推销给其所在单位食堂和社会爱心人士。

当村里的货车司机拉着退回的病猪肉行驶在回村的路上,钟萍方也和村党总支书记及村主任,急急忙忙向那户喂猪的贫困户院坝走去。对歪风邪气的坚决抵制就是对广大淳朴善良村民的保护,就是对中坝村良好对外形象的维护。也许,那辆扶贫彩车还在她的心中缓缓行驶,她的同学严克美还在向她挥手。

去年底,个别村民对脱贫道路项目建设施工混凝土临时搅拌站造成环境影响不满,假借其他村民名义诬告钟萍方和村主任张毓兵与施工方勾结谋利。

在这个事件过程中,我们义愤填膺,强烈要求上级下来调查处理诬告者。钟萍方却告诉我,在进村半年左右的时候,工作曾一度感觉找不到方向,得不到必要的理解和支持。她苦闷、焦虑,压力山大,她独自悄悄地流过泪。而这一次,她明亮的眼睛里云淡风轻,闪烁着坚定的光芒。我仿佛看见天安门前那辆扶贫彩车,仍然在她心中四射的光芒里前行。

沉默了一会儿,坐在同一个办公室的三个书记仰头看着雪白墙壁上的座右铭:脱贫攻坚,决战决胜,不获全胜,绝不收兵!

我们驻村工作队员,步履坚实地走在亲切而又泥泞的乡村。钟萍方,一如既往走村串户。每到农家,犹如亲人归来。婆婆爷爷,叔叔孃孃,哥哥姐姐,见老喊老见小喊小,巴口甜(当地土话,语言亲切甜蜜)。她,仿佛回到了老家潼南乡下。

前年来到陌生的中坝村,直接吃住在村民家里,与计生专干张道琴爬坡二十多分钟到村委会上班,下班走一公里左右的石梯路回家,一起到门前菜园里扯点青菜,一同蒸饭炒菜,如同亲亲姐妹。

去年三月,阳春温暖。小屋基蔬菜基地,一片繁花似锦,地里的萝卜空心变老。驻村工作队和村支两委,兵分两路,参加抢收。张主任带领小分队帮助村民洗萝卜、泡萝卜;我和钟书记加入收萝卜的老

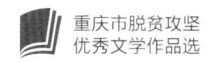

人妇女队伍,拔萝卜。雪白的萝卜,绿色的茎叶,浅绿的菜花,红色的毛衣——在一群老翁老妪中间,红衣女孩特别显眼。身穿蓝卡其中山装的老农黄永槐,躬下身子肩串背带;他老伴和钟萍方双手使劲提起地上的背篓,满满一篓大萝卜与背负老人的满头银丝叠映着,满脸涨得通红的年轻人和青衣白发的妇女,正使尽全力把沉重的背篓提上老农的肩背,谁看见都会想象是女儿回来帮忙干农活。

山下的儿子读小学高年级,正是需要母亲陪伴的时候,而她成天只能吃住在山上的村里。

一天到晚,鞋跟鞋帮老是沾着泥土;嘘寒问暖,充满乡音土语,总是那么朴素亲切;春去秋来,雷厉风行的身影总是忙碌在田间地头。初夏,倒影在绿油油的秧田里;春天和冬天,隐现在迷蒙蒙的雾岚中……

> 扶贫彩车,行驶在天安门前;
> 农家的女儿,出入在农家里;
> 大地的女儿,行走在大地上。

老兵新传

村支两委十个人,两个老兵张毓兵和蒋明兵,我要给他们立传。

张毓兵当村主任,属牛;蒋明兵曾任会计,现任村综合治理专干,代理过村支书,属兔。两人从小一起长大,现在又一起共事,居住在新农村同一栋房子,是中坝村干部里的两个老将,虽然性格各异,但工作配合默契。

按当地说法,两个人属母舅侄儿,张毓兵的堂姐是蒋明兵的妈妈,蒋明兵的外公是张毓兵的伯伯。他们从小经常在一幢房子里进出,在一块田土上劳动,在一口锅里舀饭吃,有过共同的童年和青少年生活。

他们俩是中坝这片贫瘠土地养育出来的耕耘人、遗弃者和守护人。

耕耘人的生涯最难忘。

张家生活条件尚好,父亲当过大队长和支部书记。父母均在农村务农,兄弟三人老幺考上大学。毓兵虽然也上山捡柴,割草喂牛,种地养猪,从高中毕业到成家立业生儿育女,二十来年从跟着大人学做农活到独自种粮种菜,也算成长为故乡土地上一个标准农民。

蒋家父亲在铁路上工作,母亲带着儿子在家务农,典型的"半边户"。当年曾流行的话说,"一工一农,辈子不穷"。那要看各自家庭的具体情况,不能一概而论。蒋家家底薄,父母离异早,明兵就成了"穷人的孩子早当家",十五六岁担起家庭重担,种粮养猪自给自足以外,主要种菜秧卖,起早贪黑赶场,远至当时的巴县姜家、接龙等地。每每谈到过去,明兵满含笑意的眼睛就要放光,略带嘶哑的声音就要提高,让人感觉到他的强烈自豪。他常说:当时,爸爸在铁路上,很少

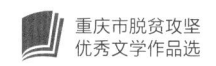

回来;妈妈很辛苦,我就带着弟弟妹妹……我们赶场,首先是菜秧要苗架壮实,天还没亮就出门,担起百多斤重,走三四个小时,到场上卖了,走回来四五个小时,回到家吃夜饭,将将两头黑。几年存的钱,就拿来修房子。虽然是土墙,总算是结婚安家了。他说起自己的菜秧仍然激动不已,那是多少人都比不过他的。在场上很快卖完还要帮着同伴卖,才好一起回来。

我们粗略计算了一下,一天赶场来回要跑七八十里路。那是怎样一种压力和动力的驱动,那是怎样一种精力和毅力的付出,那是怎样一种物质与精神的获得,那是怎样一种人生的拉练和磨砺。

苗架粗壮的菜秧,唱响了他的青春之歌;遥远急促的赶场,铺就了他的人生之路!

家乡到底是偏僻的山村,闭塞的角落,贫穷的地方。当他们羽翼丰满的时候,当他们脚踏实地以土地为命根仍然为温饱而饱尝艰辛的时候,当他们起早贪黑肩挑肩磨也无法缴纳子女读书高昂的学费的时候,他们被迫裹入庞大的打工潮,留恋而又无奈地出走故土,离开亲人,成为生长养育他们这片土地的遗弃者。

毓兵和弟弟租地开厂办企业,成了市场经济的开拓者和成功人士;明兵凭借自己的精明干练和过人品质,在城市繁忙的工地也施展才智,收获丰厚。

子女考上大学离开了家乡,父母和亲人还留守故土,曾经耕耘的土地逐渐荒疏,亲手夯筑和凿砌起来的房屋濒临坍塌,组织的召唤和乡亲父老的盼望日益迫切。作为这片土地的赤子,作为群众的先锋模范,他们义无反顾,回到故乡,成为故乡的守护人。

毓兵从城里回来,没有做什么的打算,本来是安心享福的。有的人拉帮结派想抢"村主任"这把椅子搞名堂,毓兵像一头被激怒的公牛一样,双眼充血,打个响鼻,奋蹄上阵。村里的村民心中自然有数,大多数还是相信脚踏实地的牛。毓兵被推上了乡村守护人的位置,外界人看好像儿子接了父亲的班。

我俩都是"60初",一边喝酒一边闲聊是我们一代人的传统的交流方式。说起明年即将开展的选举,他仍然豪气横生,颈子一昂一杯干尽:如果还有那种人要乱来,我还是当仁不让!酒杯顿在桌子上,砰的一声响。

毓兵为人正直,性情温和,言语不多,村里大小事情,都坚持原则,不媚上不欺下,说话必说真话。对家乡的土地负责,对家乡的村民负责。

他兼村蔬菜生产公司董事长,不太看好集体经济在村里的管理模式,能顶住的压力绝不让步,实在顶不住仍然保留意见。

他没有一般村长的发号施令,平常也被认为疲沓拖拉,关键时刻却总是默默无言地出现在工作第一线。

去年三月中旬,他光着头冒着绵绵细雨,在乐中路拓宽拉开序幕的现场亲自拉皮尺丈量调地,浅短的头发结满了寒冷的雨珠;三月下旬,乍暖还寒,村集体抢收萝卜,他带领民工洗萝卜,两手冻得通红;四月雷竹抢栽的土地里,雷雨前的闷热天气,让他湿透衣背,花白的发桩间冒出了密密麻麻的汗珠,本来黝黑的脸面晒得更黑;去年人行便道年终抢工期,必须赶在11月20日前完成,他一身雨湿两脚泥浆,从寒风冷雨中回到家里常常天已擦黑。

他更像一个用粗壮结实的双手干实事的老实村民,而不是一个用大嘴巴喊别人干这干那自己却背剪双手的村官。细心的人,只有从他腰间又粗又长的塑料链子上挂满的钥匙,偶尔从随身带的文件袋里取出中坝村的公章,才知道:哦,原来他是个村官。

综治委员蒋明兵,刚直不阿,精明能干,雷厉风行,爱憎分明,不怕得罪人。会计出身,记忆力惊人。对集体利益,锱铢必较;个人利益,宁愿让自己吃亏。出以公心,不偏不倚,处理矛盾纠纷敢于亮剑,为人处事说得起硬话。关键时刻站得出来,新冠抗疫敢当尖兵。

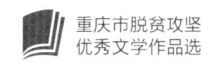

大年三十在城区阖家团圆吃了年夜饭，蒋明兵初一一早回到村里，坚守阵地两个多月没回家。山下暖意融融，山上雪花飘飘。村办公区域和村民集中居住区到横山主干道长达两公里的道路上，他每天背着喷雾器消毒，一次就要两个小时。旧喷雾器用坏了，自己掏钱买一个新的接着干。静静的院落，寂寥的街道，寒冷的细雨，迷蒙的雨雾，他像一个全副武装的防化兵一样，默默地出现再默默地消失，护住了一片净土，保住了一方平安。

儿子媳妇在城里安居乐业，老伴含饴弄孙，一家人就差他为父为爷一个人了。当初，明兵回村工作，家人极力反对。年近花甲的人了，血压又高，眼里容不了沙，情绪激动，确实也令家人提心吊胆。

脱贫攻坚决战决胜了，明年无论如何要在换届时主动退下来，回归家庭。这个就是蒋明兵一家人的迫切愿望，而漫长的乡村振兴任重道远，村支两委青黄不接，这个又是村里面临的棘手问题。

乡村振兴漫漫长路，两个老兵是继续负重前行？还是留给我们默默远去的背影？

我们村的年轻人

毋庸讳言,我们村也是由"3899"队伍在留守,"61"部分都转移到乡镇去了。但是村支两委加上驻村扶贫干部10个人却有7个年轻人,可不可以说我们这个市级贫困村比较不一般,是由几个年轻村官带领众多老人妇女在坚守阵地,在脱贫攻坚呢。

本土村官,除了村主任张毓兵和综治委员蒋明兵两个老兵,其他五人都是七零八零九零后。

村总支书记刘永国,武警部队转业,北大自考专科,办过企业当过老板。村支两委推荐,镇里领导求贤,去年五四青年节"燃烧青春,建设家乡"座谈会最终让他踏上回故乡之路,把青春献给父老乡亲,献给脱贫攻坚,献给乡村振兴。至今,走马上任刚刚一年。作为副书记主持工作,熟悉村情,进入状态。驻村工作队"当仁不让,越俎代庖",帮扶不添乱,凡事大家商量妥当,再由他主持会议履行规定程序。村主任也支持配合,甘当配角。

古人走马上任,今人开车上任。永国书记家在綦江城区,老家麻湾社田园荒芜,老宅倾颓,只能吃住在伯父家里,周末返城回家。去冬今春漫长的抗疫时期,隔天上山进村带领值班防控,2000多元的月薪真是"杯水车薪"。加上车辆折旧、保险等等,完全是倒贴,有人算了账说他是"自费书记"。也有人说刘永国是"本乡本土农民工书记"——本地农民在村社做工,每天70元,不管吃住。30天也是2000多元。所不同的,农民工要做一天活路才有一天的工时费,而村干部就不一样了。

农民工书记还有一层意思——跟村里的农民一样地在田间地头劳动。春天插秧秋天挞谷,开荒种雷竹种南瓜玉米,拿起撮箕扫把带

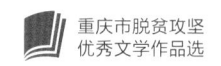

领村民搞人居环境整治。去年秋天,我们一起帮蒋明伦家挞完谷子,刚走到田坎上,就听到一个老年村民笑着说,好不容易挽起裤脚洗干净脚杆上的泥巴,没想到出去当兵读大学了又回来下田。语带揶揄,满含欣赏。

这,就是对乡土的眷恋,对乡亲的挚爱,也是对职责的忠诚。

但是,眷恋也好,挚爱也好,忠诚也罢;除了这些,我们的乡村究竟还有什么能够留住我们的青年,留住乡村的未来?我们苍老的乡村究竟靠谁来支撑,谁来拯救?

八零后的村委会计张道琴,从江津农村嫁到这里的那一天起,就把中坝当成家乡,把父老乡亲当亲人,把猪鸡鸭鹅当伙伴。以前当计生专干,现在当会计,除了尽职尽责完成村里工作任务,娃娃交给婆婆带到场镇读书,自己还要种地种菜、喂养生猪和鸡鸭。骑着摩托车去村里上班,是个女干部;回到家里种地,地地道道留守妇女。健美的身材,红扑扑的脸面,执着的眼神……这,就是脚踏实地的农民后代,能文能武,能上厅堂能下厨房,有文化有知识,有理想有追求;这,就是农村、农业和农民的依靠,新农村的新青年。由于对事业的热爱,由于对党的忠诚,正在积极向党组织靠拢,党组织也在热切地招引大地的女儿成为坚守阵地的先锋战士。

九零后的袁洪静,人如其名,静悄悄地走路,安安静静地做事,看起像个小女孩,实际已经成了两个娃娃的母亲。父母和夫家均在村里,中午下班回父母家吃饭抬腿就到,上班从夫家出门也就千多米距离。丈夫在外打工,自己在村里当计生专干,一边学着为人民服务,一边在家学做农活家务,抚养孩子读书成长。安居乐业,安心本职,日积月累,终将成为一名本分为人,踏实做事的好村官。

本土人才赵昌辉,终究在辞职离村五个月后回到村里,我们和他自己都非常珍惜。昌辉考进西南大学学了农学专业回来,先在镇农业服务中心工作,再回村里工作。一个农民家庭的娃娃,学了农业专业回来,正可学以致用。可是,一天泡在村办公室,哪里有更多时间深入田间地头实践?

脱贫攻坚也好,乡村振兴也好,贫困乡村地处偏远,二十好几岁的小伙,成天跟老农老妪打交道,蓬勃的青春哪里能够得到回响?

他是乡村的梧桐树,如何招引凤凰来?这既是昌辉个人的烦恼,也是乡村共同的痛点。

出走与回归,他经历了反思与确认。这次回来,昌辉判若两人。我用"新耕者昌"四个字来概括。全村1000亩消灭撂荒地任务,他挺身而出承担30亩。在面积上不是最多的,但是在耕作技术上绝对是最先进的,劳动生产效率绝对是最高的——一个新型农业大学生给古老乡村带来的新生与活力。

他在网上购买点播玉米同时施肥的微型播种机,整块地实验下来,提高五倍以上的劳动效率。也就是说,生龙活虎的他,以一当五;他年过半百的勤劳父亲,还有请来帮忙的老农民,被远远甩在了背后。如果玉米苗因为气候或者雀鸟祸害,需要补苗,他也可以身背补苗机像在月球上旅行一样,轻松愉快就查漏补缺,根本改变传统的"汗滴禾下土"的情形。

这样的远离与回归,这样的改变与创造,这样的新一代耕耘者,何为不昌!

中坝村摆脱贫困,不是一朝一夕,而是靠这片土地的赤子,子子孙孙接续为它奋斗为它奉献。爷爷辈的老党员臧兴明躬耕乡土,倒下前还紧紧地扶着犁头。刚刚大学毕业的臧洪,帮着父母把爷爷安葬在一辈子不曾离开的故土,跟着村支书刘永国走进大声喊话都听得见的村民服务中心,以本土人才的身份走进父老乡亲,开始了"回乡知青"的人生历程,参与了千载难逢的脱贫攻坚。从此,春天清冷的水田里投射着他跟在老农身后学插秧的身影,秋天金色的稻浪涌动在他粘满尘埃的镜片上,李家院坝头他耐心地讲解农房改建如何

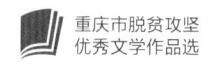

申请,春晚舞台上绘声绘色表演"中坝村规民约"三句半,下班回家悉心照顾八十多岁的奶奶……

中坝的山水养育自己的儿女,中坝的儿女回报故土的恩泽。

少壮派钟萍方作为第一书记已有专文记述,这里就让扶贫干部蒋家笛登场亮相。

中坝村蒋家为当地大姓,据说是湖广填四川最早落脚的地方。家笛有回家的亲切,村民有游子归来的欣喜。追根溯源,入乡随俗,家笛融入很快也很深,一些工作的开展,有的矛盾的化解,家笛如鱼得水。家笛作为年轻干部,又是民主党派人士,在年轻村干部中又是一个小哥,视野开阔,思维活跃,扮演一个融入和引导的形象,包括村里的在校大学生和中小学生,都由他策划系列活动广泛开展扶贫扶智。为此,家笛四处寻找社会支持,幸得重庆阳光公益事业基金会捐赠图书三千册,筑起中坝乡村图书室"人类进步的阶梯";三峡银行捐赠三万元,为中坝"耕读节"奖金池注入金灿灿的爱心。家笛好像我们村学生会主席和少先队辅导员,带领中坝的未来迎着朝阳,奔赴在小康路上;家笛好像文旅产业的策划师,对中坝村的自然景观和人文历史悉心探索,对文旅产业发展动脑筋出点子,下力气抓落实。同时,广阔天地也让家笛像下乡的知识青年一样,接受新鲜事物,学习实践新知,让理想落地生根开花结果,在脱贫攻坚伟大事业中不懈奋斗,奉献青春,收获硕果。

天台山飞出金凤凰

扶贫工作有句名言：进村入户走访，一看粮二看房三看读书郎。我是靠读书走出穷山沟的，也回穷山沟当过老师，大学学费、生活费由政府全额提供。所到之处，眼睛盯着娃娃看。

四月份是全民阅读月，23日是世界读书日。我把举办乡村读书活动的想法跟同事商量，得到了热烈响应。年轻的驻村队员蒋家笛逐个联系建群，我则开始了传统的奔走呼吁。

第一个想到的就是，村里目前学历最高的何文松。见到文松是今年春天在他家里。家长常叫他何松，我说一定要叫文松，文松考上著名研究院的研究生了，肯定是村里最有文化的人了。一个人如果没有文化知识，就没有力量。全家笑得很灿烂，我也看到了这个贫困家庭的期望和未来。

当天跟文松建立了微信联系，后来讨论过兴趣与成功的问题。他也参加了航天研究系统的摄影比赛，其父微信透露说是受到了我的鼓励而为之。文松之所以大学毕业没有参加工作，而是和父母一起扛起重压，选择考研继续求学，正是从小到大的兴趣特长在冥冥之中引领他飞翔；更是脱贫攻坚的好政策减轻了家庭的其他负担，是钟萍方帮他们反复讨论、权衡利弊做出的决定。

文松微信告诉我，受新冠疫情影响，仍然在家上网课。我则思考他们家有石头房子石板院坝、有作为乡村诗人的父亲，也可作为读书活动的地点。

第二个要联络的学生，贫困家庭孩子赵国亮。碰落着田坎青草的雨珠，走到他们在田土包围的院落背后。国亮的三婶正在翻地，放下锄头说国亮在家，可能还没起床。读卫校的堂妹起床了，上午在上

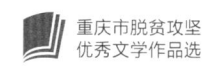

网课。现在的学生自己都说睡得比狗晚,都习惯了晚睡晚起,熬得到三更灯火,听不到五更鸡了。

三婶站在地里,我蹲在田坎上,聊起赵家娃娃们读书的事情来。国亮五个叔伯兄弟姐妹,目前只有三个在读书。大伯和二伯家的两个姐姐先后辍学打工,现已结婚成家。二伯家赵国娅读到高二,成绩又好,苦口婆心劝说都不听,现在后悔也来不及了。作为婶娘也替她惋惜,言语之中仍然带着遗憾。当时,几个娃娃都挤到他们在城区租赁的房子里,两三个娃娃睡一张床。全靠他们夫妇在立交桥下理发剃头,起早贪黑节衣缩食,来填充娃娃们如饥似渴的肠胃,来浇灌娃娃们日益增高增大的身体。

说起娃娃们艰苦而又欢乐的日子,这个贤惠的母亲和婶婶也一说一个笑,圆润的脸庞泛出淡淡的紫色,花白的头发在晨风里不时轻轻飘扬。

春天早晨的空气还是比较清冷,国亮婶娘的嘴唇也微微泛出紫色,我慢慢站起来伸直麻木的双腿。这个时候,一个戴眼镜的女孩子沿着屋檐走出来,原来是下了网课的赵国敏。文文静静的女生告诉我,现在读的职高,正在紧张地备考今年的高考;双胞胎弟弟国彬,职高毕业正在沈阳实习。走进石板镶嵌的院坝,娃娃们的大伯正在磨刀准备去割草,婆婆笑眯眯地凑过来,个子瘦高睡眼惺忪的赵国亮走出来,感觉像一只长颈鹿来到人群一样,总让人心生欢喜。

我们就热烈地讨论疫情讨论读书活动,正在读燕山大学二年级的国亮说上午一般都要上网课,最好安排在下午,妹妹也很赞成。

离开这个喜忧参半的大家庭,我在心里默默地算着这三个贫困户的脱贫账。三个小家一大家,五个孩子三个学成,五分之三,比例过半;但是,落到每个小家差距就大了。二伯家国娅国亮,比例各半;三婶家国彬国敏,百分之百;唯有大伯家一个娃娃国容初中辍学,比例为零,大伯母又是聋哑残疾,未来的希望也最让人担忧。

习近平总书记多次指出,要扶贫扶智,斩除穷根,绝不让贫穷隔代传递。看来,完全脱离贫困,又不原路退回,必须有若干代人的接续奋斗才能真正实现梦想。

第三个大学生相遇纯属偶然。走访贫困户时,又碰到了给我讲"红苕宝贝"故事的黄安福老人。他说再拿点红苕去吃,不然就要烂完了。我便和他进屋看看,客厅的角落一个女生伏在八仙木桌上看书。稚气的女孩告诉我在重庆师范大学商贸学院读翻译专业,叫黄涂静,也爽快地答应来参加读书活动。后来在下班路途,看见她正在用手机拍摄远处的风景,我即放慢车速。女生匆匆收手,看见摇下车窗的我便主动招呼;比在家时更大方开朗的大学生,让人感觉到乡村未来的发展潜力无限。我又不厌其烦地再次邀请她参加读书活动,仍然得到笃定的答应。

昨天,我们三个驻村工作队员集中走访居住在附近乐兴场的七户贫困户,也动员在家的学子参加读书活动,营造教育兴村的氛围。

七户中三户有三个大学生,贺雪莲就读重庆交通大学,周天武就读重庆长寿化工学院,扈信佟就读重庆工程职业技术学院。另三户均有中小学生在校读书,所剩一户儿女均已超过义务教育年龄,进城打工了。

就读的学生包括大学生,都享受着学费减免和生活费补助等教育保障。孩子们都了解政策,端着满碗饭菜感恩党和国家的关爱培养,对未来充满信心和期望。特别让我觉得了不起的是周天武,父母在外打工,自己独自在家上网课,家里收拾得整洁干净,学习安排得井井有条。去年八月村里耕读节请他代表领取奖学金的新生发言,看来是选对了人。

客厅墙壁上,右边是中坝村贫困户信息栏,左边贴满了各年级各种奖状,一边是困苦的家庭现状,一边是奋斗的前进足迹。凝视着这个家庭的"信息栏""光荣榜",我感慨万千,拍照留存。

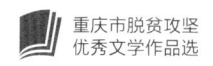

告别出门,我拟写的春联仍然鲜艳夺目——再苦再累培养儿女,勤学勤思孝顺父母;横批:苦尽甘来。

看着读书活动群里人数不断增加,交流互动日益活跃,我们对中坝的未来更有信心和底气,放眼山水如画的中坝乡村,好像看见一群金色的凤凰在天台山的上空展翅试飞。

诗在眼前

怀揣梦想,走进诗情画意的中坝村,令人心旷神怡,放下行装,走近父老乡亲,顿觉柴米油盐酱醋茶迫在眉睫。贫穷的土地出产大米红薯萝卜白菜,贫困的物质生活也养育精神富裕的诗人。

尖山子社的何银全就是我接触很多了解很深的贫困户,他是中坝村年轻的共产党员,也是这片山山水水和坎坷生活滋养出来的乡村诗人。白居易有言"文章合为时而著,歌诗合为事而作"。我和何银全的以诗相交,不关乎远方,而就在眼前。

从4月底建立微信联系以来,我和钟书记帮他卖猪给娃娃筹学费,第一次推销夏天的槐花蜂蜜,主动约请他写作共产党员的初心使命。7月25日他第一次发给我和钟书记一首诗表示感谢,我也第一次写诗回应。从此,我们诗词唱和,一发不可收,竟成为诗友。

何:《赠驻中坝龙俊才、钟萍方二位扶贫第一书记》

> 九州同庆乡村梦,同心同德正逢贤。
> 俊才扶贫点子多,龙游中坝夏雨绵。
> 委身藏头天台脚,只为中坝把梦圆。
> 舍家弃友扶贫路,排忧解难身不闲。
> 钟爱一生情系民,千家万户暖心间。
> 脱贫伟业与天齐,谁说女子输与男。
> 只待秋来鱼米香,望月赏菊齐开颜。

龙:《答银全赠诗》

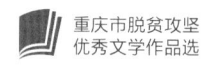

> 顶天立地男子汉，遭逢灾难只等闲。
> 轮椅春秋何所惧，携妻带子昂首天。
> 打草圈豕累有获，招蜂酿蜜苦变甜。
> 白发渐添子成龙，漫天彩霞酬银全！

获银全诗，拜读再三，深受感动激励和鞭策，草就七言古体答谢。

何：《谢俊才回》

> 吾乃摇尾可怜人，苟延残喘度余生。
> 富贵本是上天定，肉身哪能逆天行。
> 坐睹环顾傍眼冷，坦笑枯木不是春。
> 今遇蛟龙吐甘露，润泽穷壤仔生根。
> 难能俊才视为人，拱手谢过进黄昏。

读俊才回，甚感惶恐，字词穷表，不及万分。

我即刻回诗：

> "初心"全家金，使命一生银。
> 何出卑泄言，抬眼赏远晴！

何银全家是中坝村养蜂大户，银全本人也很神奇，就像一只蜂王一样招引山中的野生中蜂，为他采花酿蜜。为了更好地推销何银全、黄永会、蒋明伦等贫困户所养野生中蜂土蜜，我找龙舟广告的老总周云仁兄帮助制作包装。约何银全一起创作广告语，结果我们都不约而同写成了诗。

何：《中坝土蜜》

中蜂访花酿蜜忙,坝野百花争相放;
土净水纯环境好,蜜甜味醇飘芳香。

龙:《横山中坝蜂蜜甜》

千树万草花飘香,精灵飞舞采蜜酿。
色似琥珀甜胜饴,智仁勤苦可分享。

何诗更贴切地反映了中坝蜂蜜的特性,我和朋友就把它完整地设计在贴瓶广告里,郑重其事落上诗人名字。联系电话设计留空,由养蜂村民各自手写。这样既统一品牌,又各自销售;既出售独特的天然产品,又宣传乡村的历史文化。养蜂人喜不自禁,自己也在扶贫工作中一边学习一边创造,接触蜂蜜心也甜美。

初冬拍摄何银全两口子割蜂蜜的照片,每个蜂桶必须留一半蜜给蜜蜂过冬。他的观点是:人类因为强大夺取蜜蜂的粮食。你不给蜜蜂留下部分度过寒冷无花的冬季,来年你又到哪里去割蜜?他用诗的语言表达:我给你遮风避雨,你帮我采花酿蜜。他还说有些养蜂人冬天喂食白糖,那样的蜂蜜就大不一样了。他摇头说那叫人心不古,人心不足!中坝村八千多亩土地,山水田林资源丰富,他叹息还有很多养蜂资源没有充分利用。我们十分兴奋地一起策划发动更多的村民养蜂。我请他义务当顾问,他也豪爽地答应,为能给乡亲帮忙指导感到自豪。于是,我写诗相赠,共同憧憬甜蜜的未来。

龙:《赠中坝"蜂王"何银全恳其带领村民开发天台山养蜂资源》

天台土蜜非天赐,何仁养蜂何甜蜜。
蜂王带领千百万,绿水青山皆金银!

(注:仁养,乃银全以感恩仁慈之心敬蜂伺蜂,珍缘惜源,把养蜂

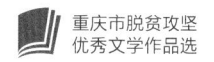

生产科学技术上升到人生哲学思想的高度和境界。)

悲秋,中国诗人多数好像脱离不了这一宿命。或触景生情或借景寓怀,《诗经》《楚辞》有秋诗,宋玉悲秋首开先河。芸芸众生也不例外,感时花溅泪,恨别鸟惊心。乡村诗人何银全,身处逆境,成天足不出户,只能阳台瞭望。秋风萧瑟,冷雨绵绵,自然就"外感风寒,内蕴成诗"。

何:《秋雨伤怀》

> 细雨纷飞,心绪秋蔓;丹桂孤影,墟烟月寒;
> 池清气淡,冷水残盘;何以谢秋,旁多语闲;
> 垂泪伤量,前世今怨;夜闻水滴,叶落枝颤。
> 秋来夜雨,雾厚气寒。心生绪乱,甚是伤感。

龙:今逢重阳菊正黄,夕阳远山沧而桑。

屋漏偏逢连夜雨,何家土坯猪圈垮塌一半。六头肥猪正在长膘催肥,多喂一天猪菜就等于多得一份收获;发奋读书的娃娃特别争气,考研成功等待学费;瘟疫蔓延进山村,猪贩子趁机杀价。步步紧逼,时时惊心,何家不得不紧急卖猪。我和钟萍方里应外合,一边联系乡镇屠宰场检疫屠宰,运输通关过卡;一边联系单位食堂购买消费,诚心帮扶。连续两天打电话发微信,事无巨细都得经手,我们两个扶贫书记别人都说成了"猪书记"了。紧急运作,卖猪成功,皆大欢喜! 何银全感激不尽,以诗表情。

何:《龙钟二位书记百忙中为农民卖猪——谢表衷肠》

> 谢语无奇难表情,拱首多言无奈虚。

书记为民争分利,今捧丰获泪湿衣。
一心为民小康路,回家伴亲无归期。
民亲好官赞不绝,君笑初心忠不移。

何:一把野菜半把糠,几滴汗水得肉香。

开学钟声催娃急,父母不忍泪两行。
杀猪卖肉换苦钱,送子越山奔学堂。

龙:《帮扶贫困户推销农家生态猪肉有感》

昨日农家猪,今朝食堂肉。
苞谷和野菜,半年喂成熟。
离开山与乡,奉献无保留。
换回辛苦钱,儿郎得书读。
来世不改命,主家佐老酒。
城乡同凉热,粉身碎骨酬。

写到"换回辛苦钱,儿郎得书读"句,不禁热泪纵横,童年往事历历涌目……

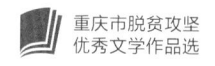

老社长

老社长,年龄老,资历老,对土地感情深,所以社员们都叫他老社长。老社长姓宋名中杰,我们中坝村杉树嘴社上一届的社长。

他家石墙青瓦老房子,倔强地伫立在扶贫干部所住白墙琉璃瓦楼房右前方,独占鳌头,雄视圣灯山。正房石头小窗口和偏房屋顶亮瓦的灯光,就像他们家的信号灯——早上6:30亮灯作息,晚上9:00熄灯休息——与太阳在这个偏僻山村的运行差不多。

主宰全家作息的当然是老社长。50多岁的大儿子一年三百六十五天几乎都跟他一起,像个旧社会的长工,一生只与房前屋后的土地打交道,有时候邻近的女婿也加入进来;社长家属70多岁的老年妇女,负责一家人的伙食和几头猪的喂养,人多势众的时候,就在山头上喊女儿们过来打帮手。

这个传统的家庭,过着传统的生活,善良淳朴勤劳,知足和睦平静。

老社长中等偏高的个子,身板结实有力,面盘紫棠油汗,头发胡须花白,颇像屋后天台山冷峻的岩壁;喉咙发音,莞尔一笑,露出一口洁白的牙齿,如果不注意他手中的烟斗,你会觉得他是一个纯洁无瑕又略带羞涩的青年。

他常年穿蓝布中山装,内穿毛衣或深色衬衫,脚上几乎都穿一双老式解放鞋,冬天休闲时偶尔穿穿高帮皮鞋。

在田地间的工具,锄头、镰刀、背篓、农耕机、割草机五大件;玩具是永不离身的三寸竹烟杆和装烟叶的塑料袋,永远皱巴巴的。

老社长不当社长多年了,现在改口叫他组长更合适。他经常带领两三个精干妇女,帮种植大户春种秋收,朝晖夕阳中荷锄背篓的剪影,是村里难得的诗意抒情。

去年横山旅游旺季,村里请他把上天台山的羊肠小路砍出来。他带领一胖一瘦两个妇女,十几个工天就把一条荒芜十多年的捡柴山路砍出来了。

胖而年轻的妇女挥着镰刀,披荆斩棘;瘦而年长的妇女手持木叉,清除杂草荆棘;他站位居中,背负油箱,手握电动斩草机,像个大力士左挥右舞丈八蛇矛所向披靡。电机轰鸣,刀刃飞旋,荆棘杂丛纷披落地,荒废的林中小路又重现天日。当他们砍到山顶,老社长接过我送去的老荫茶,一饮而尽,露出腼腆的笑容,袒露的胸肌老辣饱满,汗水顺着胸膛流淌,叶片尘埃粘额贴脸,老帅老帅的样子,可以想见年轻时候肯定是个乡村型男。旁边两个妇女,也许还会是相互吃醋的粉丝!

像往常一样,起床看天看一眼老社长家灯光和炊烟。天正在拉开红色的序幕,升起的炊烟快要消失。我以最快的速度穿衣抹脸,闯进社长家。正好,老社长收拾农具准备出门,老伴正在收拾碗筷。

几分钟后,我们就出现在杉树嘴临崖边的石板小路上。老社长背篓上压着一袋化肥,含在嘴里的烟斗时不时袅一缕烟雾,我也背着背篓跟随其后,肩上扛一把锄头。你如果远远看见我们的身影,会认为或者是父子出工,或者是兄弟同劳。

穿过涛声清扬的松林,听着春鸟清晨的和鸣,踩过两节炮软湿润的田埂,一片令人震撼的土地展现眼前。

层层叠叠,一望无垠的梯田完全取代了曾经的芭茅(当地称为马儿生)荒野,天空瑰丽多姿的云霞代替了前几天烧荒的遍地狼烟。

褐黑色的土壤像松软的面包,玫瑰色的霞光好像给它抹上了一层奶油。老社长站在高高的田坎,看着开辟出来的土地,长长地吐出一缕青烟,在晨光的照耀下恰似一座雕塑。远处冬水田弯弯曲曲的田埂上,急匆匆走来一个背篓妇女,影子在田水里快速地移动。我问

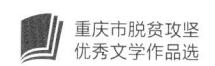

是哪个,老社长说是赵某某的堂客,叫杨利碧。我惊叹道,走得好快呀。老社长面带微笑地说,那个堂客做活路也英武哦。听着这个时髦的赞词,我目不转睛地盯着那个矫健的身影,走过三根田坎跳下一溜台土,顺着刚刚开垦的土坎,迎面而来——原来正是随着老社长上天台山砍路的赵家媳妇。当时她持叉挑草,左右开弓;现在是背篓握镰,行走如风。

转身过来,老社长已经走到田园和荒野连接的地方。我提高嗓子问赵家媳妇,老嫂子,你六七十岁还要来帮老社长开荒吗,她说我刚刚满六十九,老社长才较(读二声,当地土话,说话干活厉害之意)哦,七十几了还一点都不倒威(当地土话,英勇不减之意)!

这样背着的互相赞美和欣赏,实在听得太少了。这是多么激动人心的事情,让人不禁回想他们在故乡的土地上那些激情燃烧的青春,以及辛勤的播种和丰硕的收获!

帮着用镰刀割开尼龙口袋,老嫂子装满一竹篓颗粒肥料,十分娴熟地给打好的玉米窝丢肥。时而躬身低头,时而挺身伸腰,紧卷的发髻俏丽精致,消散了色彩的太阳迎面照耀,矗立的剪影恰如土地女神,让人惊叹不已。你会情不自禁地想起一句经典之语——土地是一切财富之母,劳动是一切财富之父。

脚下的土地从清明节到现在一周时间,完全翻天覆地,变了模样。斩除的草木烧成灰烬,板结的泥土翻耕得松软如酥。用脚踩踏,蓬松柔软,富有弹性,随便抓起一捧搓揉,三五几下便成了汤圆。凑近鼻孔吸气,纯净的泥土气息混合着草木的烟火味,真让一个农民的后代心旌荡漾。我不禁扑下身子尽情地呼吸,从沉睡中苏醒的土地散发着蓬勃的气息,好像来自远古,来自家乡,悠远而绵长。

寻着突突突的马达轰鸣,踏着蓬松的土地,我急切地奔跑过去,像一个陶陶醉汉,感觉有些踉踉跄跄,手舞足蹈。

迷蒙的双眼定睛一看,老社长又驾着他那头红色的铁牛,在斩除杂草、抛洒灰烬的土地上奔跑,像一个无敌将军驰骋疆场。近处密密匝匝的褐色毛草,随着晨风俯仰,像纷纷溃败的敌阵;远远的天台山,岿然不动,给这场洪荒之垦拉开了宏伟的背景,竖起无言的丰碑!

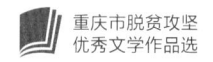

我认的农民小兄弟

四海之内皆兄弟。

进村扶贫一年来,我认了一个农民兄弟。认识他之前先认识他嫂子,他的两个娃娃,而认识他本人是在一年之后了。

进村当月,走访了所有的贫困户。从全村脱贫攻坚信息表就知道小屋基社任天国的基本情况——

贫困人口:3;致贫原因:因学;住房情况:安全;饮水情况:安全;是否脱贫:已脱贫,享受政策;是否低保:否;家庭基本情况:任天国(户主,42岁),在渝北天来酒店做维修工,月收入2000多元;儿子任兴晨(11岁,乐兴小学四年级),任兴建(7岁,乐兴小学一年级);区级帮扶人:某某某;驻村工作队责任人:某某;帮扶措施:务工指导。

第一次走访到他的家里,只见到他的嫂子谭世兰,照顾着天国73岁跛着脚的母亲,91岁清健的外婆,四个娃娃(嫂子两个,自己两个)在学校读书。

房子石头砖头混砌,一楼一底;粮食以大米、红苕和玉米为主,还要卖点余粮;四世同堂,老人长寿;娃娃读书有义务教育保障,关键是缺乏父母培养陪伴——天国和哥哥在外打工,自己的老婆离婚出走。

种地、喂猪、拣柴、煮饭、照顾老小,全家重担压在一个四十多岁的农村妇女身上。愁苦显现在过早沧桑的脸上,坚强晕染在硬茧多皱的手上,节俭显露在磨损破洞的衣服上。

而任天国在外务工收入十分微薄,寄回家抚养孩子的钱入不敷出。当时,我判断这是一个既不负责又不能干的父亲。妻子离开了,自己最好在家务农,同时照顾好娃娃,一举两得。否则,在外务工挣点钱,娃娃成长耽误了,将来又培养两个打工仔吗?!

嫂子说，天国还是很负责任，经常打电话回来过问娃娃学习，娃娃也很听话。

第二次是在六一儿童节，四个娃娃都来参加村里的活动。看到娃娃们活泼可爱，父母又不在身边，心生怜悯，就给任天国打电话询问工作情况，也想给他介绍一个收入更多的工作。一个几乎从胸腔发出的声音告诉我，到另一家酒店搞水电工程维护了，包吃住缴保险还有2500多元，比以前还好些。务工指导看来没有必要，只是建议他尽量抽时间回来看看娃娃，电话那头软绵绵地略带忧郁地"嗯嗯"答应。

国庆节上班第一天，细雨霏霏，村里按计划为老人们过重阳节。当时乐中路路基拓宽了，水稳层还未铺设，一路泥泞不堪。我克服了一次侧滑和两次甩尾的困难，兑现许下的承诺——之前走访时答应开车去接两个老人。一个古稀、一个期颐之年的老人还能过几个重阳？

谭世兰，这个家庭的媳妇、妻子和母亲，被村里评为"敬老爱亲模范"，高兴地答应上台给两个老人洗脚。当我像开碰碰车一样到达路口，几个男人正在房顶换檩子和瓦角。谭世兰说房顶掀开了，不抓紧盖好，一家人都没办法住。我只好带着两个娃娃以及他们的婆婆和外祖祖，顺着泥泞道路往下坡方向绕回村民服务中心。

两个孙孙非常懂事，一个牵一个老人上台坐定，再和其他模范人物一起，端热水上台为婆婆和外祖祖洗脚。蹲着的八个模范只有这两个是娃娃，垂髫之手捏着黄发之脚，一搓一揉一洗一抹，台下多少观众眼睛湿润，主持人钟萍方也语调哽咽。我透过镜头看到的不是绵绵冷雨，而是流淌在心间的热泪。无娘儿天照顾，穷人的孩子醒得早。我想，有其父必有其子，天国对娃娃的教育应该还是到位的。

冬天终于过去，春天姗姗来迟。我们逐户走访统计外出务工情况，得知任天国原工作的酒店压缩人员，还窝在家里愁出路。实在找

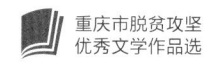

不到工作就在家里养猪,他想办5万元无息贷款买5头母猪,反正娃娃由他离异的妻子带走了,有的是时间。听到这个宏大的计划,像面临重大危险一样,我们立即入户帮他分析利弊。利:一是他以前在家养过猪,每年5头猪生100头猪仔,可赚10万元;二是利用贫困户小额贷款,不承担利息。弊:一是他一个人养5头母猪,精力、技术和饲料都跟不上;二是要现搭猪圈,购买母猪价格特别高;三是猪瘟风险仍然存在。一旦防控失败,贷款还不起,立即就返贫,就等于烂泥田搬桩——越搬越深了!

核心的一点:他只能稳扎稳打,步步积累;不能异想天开,一朝致富。

经常带他在外做工的王朝平是村里的党员,也是他的同学,非常赞成我们的分析。我当即也联系了集团系统的渝开发物管公司,帮任天国落实了新的工作。全家都高兴,推了豆花,一家七人加上我们共十人,吃着滚烫鲜嫩香辣的豆花饭,端起土碗老白干,为天国重新找到稳妥又熟悉的工作庆祝。

饭后,我带着他到村委会为他手写了一份贫困户工作推荐函,到卫生室开具了健康证明。送他回家的路上,我试着问他两个问题。一,他对离开的老婆有啥看法?答:当时接受不了,现在也理解了。跟着我十多年也穷怕了,人往高处走嘛。二,老婆把娃娃接过去了,你还管不管?答:自己的娃娃咋不管呢,一定要让娃娃好好读书,将来不像我这样,打工都困难。

一言既出,驷马难追。我们当即约定:一,每周末给娃娃们至少通一次电话,必要时视频聊天;二,给娃娃们的生活费从500元增加到800元,从五月份起。三,寒暑假,至少带娃娃们出去玩耍3次。

小兄弟言语虽然平和,语气仍然绵软,语速也十分缓慢,但是绵中带刚,透过后视镜看到他的眼神是诚恳而坚定的。

下了车,天国回家收拾行李准备明天去报到。挥手告别,突然发现这个经历离婚有着两个孩子的青年兄弟,其实还有几分帅气,宽厚的胸怀,温和的态度,历经磨砺后的沉稳。如果自己没有考上大学,仍然在农村可能还比不上他呢。

我本农民的后代,嘴里的红苕味都还没吐干净。让我在心底暗暗认了这个农民小兄弟吧。

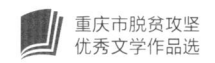

跟着大哥学补苗

星期五下午,我开车不是回家,而是去冉家嘴找贫困户陈裕昌——四月中旬了,今年的猪仔还没有买。

刚到陈家前面那个转拐,远远就看见他在路坎下一溜坡地里劳作。我把车停在水泥路端头,陈裕昌也隔着一丛灌木抬头望着我。他一如既往地笑着问龙书记你走哪里去,我说周末了,来看看你啊。他感到意外地解释,我在补苞谷苗苗。这时我注意到他手里握着一把短柄小锄头,身边装着一撮箕嫩绿的秧苗,地里生长着浅浅的玉米苗,裸露的土地杂草顽强地生长着,显得干硬粗糙。

他告诉我,鼠年祸害大,苞谷秧秧遭雀鸟害了。画眉和斑鸠这些鸟儿,它把秧秧根上的苞谷籽刨来吃了,苞谷秧就闪了劲,有的枯死了,大多数要长得慢点。

我说你忙吧,我来帮你。他嘶哑着嗓子说,我耍着耍着地做,不然累得很。听着从喉咙缓慢地挤出来的声音,看着满头浅短的白发,满面干净的笑容,两眼单纯的神情,我始终觉得他是一个口头上说自己命苦,实际上一直笑着与命运抗争的憨厚农民老大哥。

我接着前天和钟萍方上门走访商量的话题,还是劝他今年最好买一头母猪,为明年做准备,猪的价格我估计不会大幅度降下来的。

他还是坚持明年猪的价格会降下来,今年就买两头喂成肥猪。一头保障全家吃油和肉,一头卖钱。坚持或许就是一种希望。也难怪他,去年遭怕了。一阵猪瘟像风一样吹过,他家——准确地说他一个人喂的生猪无一幸免。一头300多斤的母猪,两头200多斤的架子猪,六只两个多月的猪仔,总共损失17000多元。九头猪吃的,除了红苕苞谷,主要就是各种野菜,都是他跪着腿割回家的!而且,保险也没有买,一点微薄的赔偿也没得到。本来买保险的钱也是由政府承担,是我们政策宣传不到位,还是他自己疏忽大意了?去年我帮他家写的春联就是:跪着半条腿,撑起一个家。

今年绝不能再出现这种情况了。他说钟书记还资助了500块钱给他,等各种产业补助一共4000多元发下来,下个月就去买猪仔。

猫腰穿过树丛,走下坡坎走进褐黄干硬的土地。我说你继续补苗吧,我看看就会的。他就躬下身子,右手用力把锄头挖入苗窝,左手从撮箕里取出两根苞谷苗插进锄开的泥缝,右手取出锄头,与左手一起将泥土一按,一窝苗就补上了。由于他腰椎受损多年,两只膝盖也搭不上力,人就成了一个三角形,腿不能弯腰不能弯,只有让屁股高高翘起,斑白的头部低低埋下,一俯一仰,一窝苗才能补上。满满一撮箕苗子,一亩多地天黑也补不完的。

我弯腰提起撮箕,把苗子递给他,他就只管补了。他还不好意思地笑道,龙书记哪能让你来做农活嘛。我说我从农村出来的,以前也干过,再来体验一下。

我跟在身边,伸手拣秧苗一递;他一锄一插一按,一俯一仰。我们进入了短暂的沉默劳作,就像我在老家跟着父亲或者大哥一样。他虽然略喘粗气,但进退俯仰有序,动作熟练;我却时左时右,时前时后,忙而且乱。也许我在努力回忆过去的农事体验,也许我在体会眼前这位大哥的艰辛。从旁看,他站起身来像土坡上那棵孤立的柏树,饱经沧桑;勾下身子像三角形的两边,头与双脚钉入土地。从前看,像一匹低头吃草的白鬃马,吃得非常专注,地上的草却少得可怜,只有咧开嘴唇啃食草根;又像一个烧香拜佛的老人,给土地公和土地婆敬香叩拜,祈求风调雨顺五谷丰登。有时我一个退步又跟在了身后,他的两腿两手和身子,就像几片干枯的竹片插在干涸的土地,极力遮挡灼热的阳光保护柔弱的秧苗。

一块地补完,我觉得基本掌握了要领,主动要求换一换。他指点

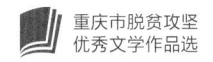

配合,我埋头苦干。眼里的一锄土一插苗一按泥,在自己手上就变得疙疙瘩瘩,拖泥带水;一俯一仰一移步,感觉心虚冒汗,有时踉跄摇晃。我学着蹲下身子,降低重心,踏稳泥土,平心静气。锄地时选准湿润多肥的苗窝,插苗时三指夹住顺着泥缝嵌入,按土时趁他不注意多刨几下细碎湿润的泥土假装自己很老练……

他一边指窝一边递苗,一边讲这两亩玉米地一亩红苕土两年白种了,遭野猪糟蹋了,三亩谷子最下面那丘田也遭了一半。我很不解他为什么还要继续白辛苦,他说今年要早点想办法预防它们。这些从下面树林里跑出来的害物,太厉害了。

一株苗一株苗补下去,一行地一行地退到身后,我的动作越来越轻松,他也觉得我是真的来帮他。他谈老实话,哀叹自己命运很苦。儿子小学勉强毕业,四十多岁,媳妇跑了,在外面打工东晃西晃找不到钱,一天想女人都想疯了。去年回来出门400块钱路费都是借的,还要我去还钱。自己呢,先后两个老婆跟着只过了十多年都死了,后头这个老婆的儿子犯了事媳妇被拐走,带了两个孙孙来,就靠我一个人抚养。现在好多了,两个孙女打工了,时不时给我点钱,知冷知热;最小的孙崽崽读职高,正在家里上网学习。

我的动作越来越熟悉,老大哥也越说越轻松。他宽慰地告诉我,前年去乐兴医院治疗25次,花了3000多元;去年只去了3次,今年一次都还没有去。以前喘起来觉得很累,现在只是喘,并不觉得累了。我像医生一样帮他分析,说明你身体越来越好了,只是支气管有点炎症,以前是肺上有炎症。并且叮嘱他这把年纪了,一定要将息着,上坡下坎,大太阳天,寒风冷雨,蛮干不得了。如果有什么闪失麻烦就大了!

说到兴头上,话语也流畅了,语速也加快了。他回忆当年修观音石水库,一餐就要吃斤把米,挑泥巴抬条石,从早干到天黑,一个冬都没息过一天……

最后他说,只要今年顺利,明年就喂一头母猪,猪仔就不用花钱买了,还可以卖猪仔挣钱……

一大两小三块地的苗子补完,撮箕里的苗也差不多没有了。他带着我走向田坎上那棵枝桠繁茂的樱桃树。满树的樱桃刚刚泛黄,红的只有少许。他说我们摘樱桃吃,我说根本就还没有成熟,只能欣赏一下。他摘下一枝五六颗的小枝,弯曲枝条把那颗快要红的最大的樱桃递到我嘴边。看着他两眼和满面的憨笑,顿时感受到一个大哥的疼爱,我只好张嘴含下咀嚼。同时接过树枝,模仿着递给他吃第二颗最大最红的樱桃,他迟疑一会儿也憨笑着含下咀嚼。两个老男人,这时好像都回到了童年。

咀嚼着快要成熟的樱桃,微微的果酸和清甜,刺激着味蕾满口生津;聆听着斑鸠、画眉和竹鸡的鸣叫也觉得十分的悦耳,暂时原谅了它们对老大哥的伤害。

我们走上回家的大路,挥手离开之际,老大哥突然异常激动起来,两眼闪着晶莹的光亮,但又喔嚅着说不出话来。看着他黑色外套里面衬着红色T恤,浸润着油汗和尘土;低头一看,自己也是黑色的立领休闲外套,内穿着红色圆领T恤。顿时,我也喔嚅着说不出话来。

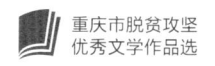

乡村有医

中坝村来了乡村医生吴和平,村子上空飘来了一朵吉祥的云。

去年下半年,村办公室搬到了隔壁的磐石院落,吴医生就把原来的一间医务室扩成了三间。诊疗室一分为二,内室安装诊疗床位一张;把原来的村党总支办公室改为留察室,安装了三张床位用于输液,相当于住院部;另设了独立药房,存放药品和简单的医疗器材。

吴医生是一名全科医生,在距离五公里的乡场开了一个诊所,由妻子驻诊,自己作为驻村医生,要么开门迎诊,要么开着电动三轮车上门诊疗。和从前的赤脚医生相比,已经鸟枪换炮,不知道哪个送了他一个形象的雅号——摩托骑士。

第一次接触他,就被他深厚的人民情结所打动。汶川地震发生,他关闭了设在重庆九龙坡区一个街道的诊所,义无反顾奔赴汶川救灾。等他回来不是鲜花和掌声,而是诊所被盗,而且一直没有破案。尽管遭遇如此事情,他仍然保持一颗善良之心,一怀宽仁之情,就连微信名都一直使用"汶川志愿者吴和平医生",并且在自己的微博上撰文以明心志。《请给穷人一份尊重》,进入热门微博。他本人也离开主城,来到百公里遥远的中坝做一名乡村医生。

中坝高远而寂静的上空飘来了祥云,忍受病痛的村庄获得了抚慰。

割草农妇王白花,聋哑多重残疾,文盲,贫困户。她每天割草两背篓,饲养一头小水牛。自己像一部机器人,没有休息,没有节假。背篓里牛草高高地堆上去,一米五不到的身子被低低地压下来,山坡草丛是她艰辛的世界,小水牛是她相依为命的伙伴。孤独冷漠、无声无息、嘲笑和戏谑她天天承受。就是这么一个值得同情和赞美的人,常常受到别人讥笑,有时在家也受到虐待。吴医生经常听见她诉苦的哑语,看见她的伤口和眼泪,看到她的病痛和求助。吴医生除了及时给她擦药包扎,给她水喝,两次气得发抖,语无伦次,找到我们要求送她去大医院检查病情,谴责拿她不当人地开玩笑的村民,咬牙切齿地责骂她的丈夫"真是冷血无情的动物",要求找派出所处理他。

一颗医者仁心,一腔悲悯同情,真是少见。我们替王白花打抱不平,上门找她男人问罪;同时多方联系,帮助王白花进城看病;我们用言语和行动,引导村民善待和尊重她;我们评她为"自强模范",给她奖励和保护。

这,就是一种不易察觉的力量,一丝温暖的春风,一缕明媚的阳光。

在这之前,村民头痛脑热生疮害病,下半村的步行去乐兴场诊疗,上半村的去巨龙场看病。村卫生室的乡村医生每周来一次,每半年入户寻访和简单体检一次。农村合作医疗保险得到普及,贫困户的基本医疗也有了保障。但是,疾病不跟人预约,病痛的乡村仍然在呻吟。

去年冬天,卫生室门庭若市。被慢性病、老年病、季节病紧紧缠着的村民,不是诊疗拿药就是躺倒输液,忙得吴医生中午饭就吃方便面,有时还要他妻子帮忙照应。每天经过卫生室门口,我都要庆幸地想,要不是吴医生来了,这个有四五百老人和妇女留守的村庄,一定会被病痛折磨得痛苦不堪。每每看到他一袭白衣的身影,我都心头踏实,仿佛看见了这个脆弱村庄的保护神。

新冠病毒防疫期间又值新春佳节,吴医生让就读高中的独生女宅家抗疫,自己则驻守在偏僻的山村,和村干部一起坚守一线。一户村民的亲人从武汉打工回来团圆和上坟,这户村民连续近一个月的体温监测就成了他每天的一项重要任务;家住綦江城区一个发生疫情小区的一对年轻夫妇带着孩子回中坝村老家躲避,第一时间和村

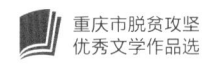

干部上门劝返便成了他必须攻克的难题;村庄的三个防守路口,本村回来的外村经过的,测量体温宣传劝返,弄得他真正成了摩托骑士。

一年多了,村里陆陆续续走了七八个老人,"九九"队伍日薄西山,岌岌可危。只有这一次,我们成功保住了一个老农民可贵的生命。

像牛一样耕种了五六十年的老农民,万万没有料到自己居然差点丧命在自家脚下的田地。67岁的代学华,答应周末牵牛犁田,给天影社的摄影爱好者当模特。临时却说脚肿了,不能再下田。我踏着青石楼梯上去看望,他躺在家徒四壁的大床上,连灯都舍不得开。只见他那和脸面额头一样褐黑的双脚露在薄薄的被子外面,右脚肿胀如屋角的红苕。我问他去村卫生室治疗没有,他说痛得很,下楼都要拿扁担挂起,弄了点草草药敷了还是消不了。我立刻打电话请吴医生上门治疗,吴医生马上发视频过来说正在给两个病人输液,一会就过来检查。

下楼时,代学华的老伴又说没有钱,我说只管治疗。

下午回到家接到吴医生电话,说代学华犁田被划伤严重感染,必须打破伤风针,否则有生命危险。之前他眼睁睁看着一个姓王的老人因为舍不得钱打破伤风针,最后丢了命。老代的儿子在外面打工,耗子喝米汤——只够糊嘴,孙子落地媳妇就跑了,老两口老实巴交也只有在土里刨食,孙儿的学费都是城里的好心人捐助的。

如果代哥子有个阴差阳错,这个濒临贫困的家可能就雪上加霜了。我就对医生下死口:你要负责把老代的脚治好命保住,钱你不用管。

当天已经晚了就输液消炎,打算第二天从镇卫生院买破伤风针回来打。

星期天,吴医生开车到乐兴卫生院买破伤风抗毒素。由于要做相关检查,只好打120找救护车把伤者送去医院。破伤风皮试是阳性,乐兴卫生院和綦江区疾控中心没有替代精制破伤风的针药。吴医生只有通过自己在主城的妹妹联系买药,终于赶在下班前找到替代破伤风针剂最好最安全的药品,自己从乐兴打摩的赶到綦江城区再坐长途车从妹妹那里拿药回村里,连夜注射……

星期一,代学华脱离危险;星期三,完全恢复!

从代学华一楼石头二楼砖墙的房子出来,看着老哥子犁了一溜的水田好像静静地等待着主人,不禁深深地吐了一口气。老嫂子说多亏了我出钱救了老代的命,今年猪喂肥了一定要好好感谢。我说,留得青山在,不怕没柴烧。代哥子的命是吴医生救的。今年孙儿读书的学费,城里的好心人肯定要继续捐助。

回到今非昔比的村卫生室,骑士的三轮摩托稳稳地停在门口好像随时准备奔驰战场一样,走出卫生室大门的吴和平身穿白褂犹如天使,憨厚的笑眉笑眼透出善良和真诚,戴着防护手套的双手虽然略带拘谨却已是回春妙手。

我用心灵与他紧紧握手,我深深地感到踏实和庆幸——咱乡村有医了!

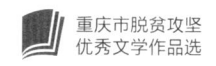

抗疫时期的读书沙龙

新冠疫情像寒冷的迷雾,笼罩着整个山村,笼罩着漫长的冬季,一直蔓延到了春末。勤劳的农人三三两两听命季节的指令,把希望的种子播入醒来的土地;滞留家乡的莘莘学子,网上听课,课余帮做家务和耕种。

春暖花开,勤耕苦读,各尽本分,一个村庄艰苦地生存着,不屈地站立着。

冒着浓密的雨雾,村里的大学生,纷纷回到了曾经的小学教室,墙壁裸露着青石肌理的图书室,开始了一次与世界的握手,一场与未来的对话——中坝村青年世界读书日读书沙龙分享。

我们期待,从贫困山区出发,携手走向世界;我们感觉,中坝离世界并不遥远。

周天武首开头炮,推荐了老舍的《骆驼祥子》,黄涂静、田红玉、李佳杰分别推荐了余华的《活着》、柴静的《看见》、刘慈欣的《三体》,他们的视野目前还停留在国门之内。

衣裙飘飘的蒋洲亮,落落大方地走到三面视线集中的位置,用普通话开始了发言。她推荐美国著名作家海明威的《老人与海》,这本影响她成长的小说。

她的体会是:我们从小到大被家人呵护着,朋友亲人保护着,许多人给了我们很多的帮助。我们活着不仅仅是为了自己生命的存在,还是那些对我们寄予希望的人信念的延续。她认为,无论遇到什么样的困难都不应该轻易放弃,轻易地感到失望和绝望,真的是一种罪过。那些关心我们的人从来没有放弃过我们,我们又怎么能轻易放弃自己?!

紧接着赵国亮走到前面，一米九以上的个子看起来像山村的一棵千丈树。他先是提了一个问题，有点像老师讲课那样。然后侃侃而谈，介绍犹太人尤瓦尔·赫拉利的《人类简史》，最后得出问题答案。宽大的手里只有一小块纸片，因为他读了四遍，就在高考前还手不释卷被老师逮住；今天他也逮住机会，展示了一个生涩的脱口秀。

扈信佟推荐了著名作家狄更斯的《孤星血泪》，坚定"不要被金钱腐蚀了人性"的信念。

无独有偶，蒋红推荐了罗伯特·青崎的《穷爸爸富爸爸》。她先读的英文版再读的中文版，所以用英语介绍了书名，直接拉近了与世界的距离。她的体会是：不做金钱的奴隶，要做金钱的主人！借题发挥，还谈了对投资理财的认识。她根本不像一个在校大学生，更像一个胸有成竹的投资高手，沉着冷静，波澜不惊。

已经在村里做本土人才的臧洪，推荐大仲马的《基督山伯爵》，分享了登山与读书的观点。他口若悬河，激情朗诵，体现了一个学长的风范。

按照策划还要谈谈抗疫热点，由此我们看到了新生的力量。

周天武对疫情的感触：当我们安安静静窝在家里觉得无聊、惶恐、焦虑的时候，却不知有多少人签下生死书，在抗疫的一线上，没日没夜在为我们跟"敌人"作斗争，为的就是保卫我们的这片家园。在我们中国人最重要的除夕夜，在习总书记的指挥下，全国各地的医护人员驰援武汉。许多企业并不是做医疗防护的但都纷纷上马赶制口罩。其中，五菱汽车企业提出：人民需要什么，我们就造什么；武汉十天建成1000多张床位的火神山医院。这些都体现了我们国家的强大、团结，我们才能这么快地控制住了疫情蔓延。用网上这样一句话来表达我内心的感受——"此生无悔入华夏，来世还做中国人。"

田红玉作为一名护理专业的学生认识到：其一，面对疫情一定不要无故地恐慌，我们应该携起手来共同抗击现在唯一的敌人（新冠肺

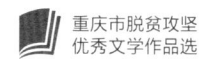

炎);其二,要勤洗手,饭前饭后都要洗手;其三,勤通风;其四,出门在外一定要采取戴口罩等相应的护理措施。她的自我感受是:以前觉得,护理这个专业就是医院的服务员(打针挂水,铺床叠被,照顾病人等),这次疫情让我认识到了护理人员的伟大。同时,也希望自己认真学习,热爱自己的职业,像他们一样救死扶伤。

最后,是谈家乡的变化和对家乡的回报,我们听到了未来的声音。

赵国亮分享道:"以前我们到乐兴上学,都是靠走路,一个单面就要走一个多小时。现在路修好了,生活和学习的条件都好起来了。这要感谢国家的扶贫政策。前两年我考上了大学,也享受了国家扶贫的教育资助政策。上大学的学费和生活费资助大大减轻了家庭负担,我的父母在建筑工地打工也能安心工作,不为高额的学费而焦虑了。"

去年暑假,他回村参与过脱贫攻坚社会实践,在图书室陪伴过小学生读书,所以深情地建议:同学们团结一心,寒暑假回到家乡,为村里的弟弟妹妹们辅导,引导他们多读书读好书。

黄涂静深有感触:今年因为疫情,在家中待了三个多月,对家乡一角一落的变化有了新的感知,其中感受最深的就是家门前的马路。记得念初中的时候,这条马路还是那种小石块混着泥土铺成的乡间小路。路上杂草丛生,一有车驶过或者风吹过,便是尘土漫天飞扬的景象。念高中的时候,泥泞小路变成了结实而干净的水泥路。没过多久,水泥路也变得越来越宽敞,路边也配上了节能环保的太阳能路灯。而不久之后,这条路将经历第三次变身,变成和城里一样的柏油路。还有一个变化就是,随着时代的发展,村民们的环保意识也增强了。垃圾不再像以前一样被随意丢弃在某个路边或是崖边。就在我家不远处,那有一个垃圾箱,村民们将垃圾丢到里面,垃圾被定期运到固定的垃圾处理站。这是环境改善走出的一小步,更是人们灵魂升华的一大步。我看好我的家乡。中坝,未来可期。

李佳杰读初中的时候,每个星期五从三角镇到乐兴场,再从乐兴场走回村走了一年。当时从乐兴走回来还是特别累的,尤其是晚上放学没坐到第一趟回乐兴的车,到家可能都八九点钟了。有时候没电的话,还要摸黑走。这位言语朴实的"过来人"这样说道:"这一年,可能是我读书以来感觉最累的一年。但是现在好了,村里的路也打好了,灯也安好了。原来在巨龙场往家里走的话,路上的石子又多,沙又大,碰到下雨天走回来一身都是泥,真的让人头疼不已。现在成柏油路了,走路心情都变得美丽起来了。原来晚上从来没有出去散步的习惯,黑灯瞎火的也不可能会摸黑出去散步吧。现在也不一样了,路灯从家门口可以一直亮到巨龙场那边,晚上出门散步也感觉很舒服了。这个学期刚刚回来的时候看见我家地坝旁边的围墙,修得挺好看的。以为是外公他们修的,一问才得知,原来是村里筹资修的。"

"现在,农村和城里的感觉也相差不大了,可能在不久以后,中坝村就真的会成为村中城吧!我学的专业是物业管理,希望以后我也能回来,用自己所学为村里做出一份贡献。"

昨天,图书室面对面的交流;今朝,微信群里再次分享。

聚拢燃起冬夜的篝火,让它越燃越旺,温暖捧书的你我,散作故乡满天星斗,让它闪闪发光,照亮天涯游子照亮儿时同窗。

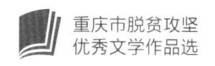

孤童

要说我们村的留守儿童,家住大屋基的代明杰是真资格的。他具备下列几个条件:一是家住在村里;二是父母不在身边;三是快要到读书的年龄。

站在大块青石板铺就的晒坝,视野越过几丘快要栽秧的水田,一笼翠竹一棵香樟掩映的一楼石头二楼红砖的房子,就是孤童代明杰的家。只有六七十岁的婆婆爷爷照顾着五岁多的他,生活来源主要靠城里打工的父亲寄一点钱回来;婆婆爷爷在房前屋后田土里刨食,只能提供基本的粮食和蔬菜,包括起码的零用。

当我走过那道石板砌成的田坎,一个背着背篓头发花白的农家妇女喊了我一声"龙书记"。旁边站着一个壮壮的男孩,仰着红扑扑的脸,一双明亮的眼睛看着我。我伸手摸摸他粗黑的头发,婆婆弯下腰把孙儿纠结歪了的裤腰理好,叫他喊我"龙爷爷"。他害羞地喊了一声,就跑到一边去了。

看着屁颠跑着的背影,婆婆述说着孙儿的身世。

五年前,孙儿出生,一家人喜不自禁,代家单传下来又有香火了。婆婆爷爷苦一点也有了更大的劲头,田里种谷子,土里苞谷红苕两季间种,儿子计划继续外出打工找活钱。为了一家人的未来,为了儿孙长大成人,一家人的活力再一次被激发出来。

孙孙刚刚满月,儿子和媳妇出去赶场。几天后儿子回来了,蔫头耷脑的,媳妇却再也没有回来,本来就残障的媳妇不知是走丢了,还是被人骗走了。好像是梦中来了一个女人,给代家送来一个男孩,又从梦中悄悄走了一样,连儿子自己也说不清楚。懵懵懂懂失魂落魄的儿子也离开这幢老房子,婴儿的哭声在冰冷的石头屋子不时响起。

陪伴着的,只有爷爷的沉默寡言,婆婆的偶尔抱怨和唠叨。

前年,一位姓宋的城里人租了旁边的土墙老房子,请了寨子里的能工巧匠帮忙修缮。代明杰的爷爷自然也参与其中,帮忙敷墙盖瓦。三岁多的孙孙,是这个石头土墙院落仅有的两个孩子之一,偶尔也在院墙角落好奇地瞅瞅。当你看见他时,他急忙躲闪开去。

宋先生是一个成功人士,时而优游世界,时而隐居乡村。宋先生第一次看到这个孤独的娃娃时,娃娃正坐在地上用石子画圈圈,喊他一声小朋友,娃娃抬头看看,眼睛含着疑惑,也不搭理。继续埋头画画,时不时还傻笑一阵。另外那个小孩路过,他也不一起去玩耍。

宋先生敏感地发现娃娃代明杰是一个自闭的孩童。

常常发现只要他和邻居小朋友一起玩耍,别人无意间说起爸爸妈妈,他马上就不吭声了,要么就是大声喊着"我也有爸爸妈妈",要么就跑回家去再也不出来。

从此,宋先生就像亲爷爷对亲孙孙一样给予这个孤单的孩子关注和关爱。

喊他到家里玩耍,聊天,看书;教他喊人问好,拜拜再见,说普通话;带他走田坎,捉蚱蜢,和狗儿赛跑;带他爬天台山,看天看云,喊山听回音;带他到巨龙场和乐兴场镇赶场,买本子和画笔,回家学画画;经常帮他拍照片,发朋友圈,让他自己欣赏……

当我走进这个村庄的时候,这个娃娃已经变得开朗了阳光了。多远看见你,他都会爽朗地喊两声:"龙爷爷";你一喊,他也会像一只小狗儿一样跑到身边,扬起天真无邪的红脸蛋对你微笑。

看着孙儿一天天长大,婆婆爷爷也一天天高兴起来,也一天天看到身后的希望。但是,忧愁也从来没有停止过钻进他们日渐稀疏的白发和阴影不散的心灵。

婆婆说,孙儿幼儿园没能上,学前班今年该上了。儿子在外面打工也只能顾得了自己,学费都没有着落。我就跟她说,不用担心,我

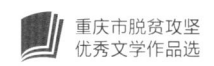

在社会上帮他们寻找爱心人士帮扶。如果一时找不到,我给他们保底。幼儿园已经错过了,一定不能再错过学前班了。

一双粗皱的手捏住你,你会感到它的沉重和轻微的颤抖。

5月16日,临近六一儿童节的时候。我在朋友圈发了六幅宋爷爷拍的照片,一个山村留守儿童亮相出来。简短的求助信息如下——

留守儿童的梦想!六一儿童节即将来临,留守儿童期盼已久!我们中坝村学龄儿童代明杰——是否有好心人怜爱地探究他清澈透明的眼眸深处深深的期盼,并伸出援助之手圆他上学的梦想!婆婆爷爷垂垂老矣,父亲外地打工难以抚养,他的生活里再也没有其他亲人,所以他对这个世界充满着无限的期待……

有人赞扬这个娃娃好有灵气;有人欣赏他身处逆境还那么阳光,可怜可爱的娃;有人询问这个幺儿的妈妈在哪里;有人,也是我的好兄弟说:把他交给我怎么样?有人,也是我的好妹妹跟我私聊,也想资助这个孩子。

经过密切的商量,并征求婆婆爷爷的意见,同意把代明杰交由我的好兄弟,一位不愿透露姓名的领导干部帮扶他读书,直至大学毕业。我的好兄弟赓即通过微信转来两千元,作为学前班的学费。在村里六一儿童节的活动现场,我也代为转达了爱心人士的真诚关爱。婆婆带着孙孙上台领取纪念品和资助红包,爽朗的笑声和爽快的一声"高兴",给热烈欢乐的现场增添了更多的惊喜和感动——坐在泥地上默默画圈的孩子,走上了众星捧月般的舞台!

暑假过后,这个中坝孤童变成了一个真正的学前班学生了。

我用微信方式转达孩子婆婆爷爷的感恩之情,捐助的好兄弟回信说,让孩子记住习爷爷,让孩子感恩整个社会。

最小的长字号

渝东南民谚:一碗米煮两碗饭——队(对)长,组(煮)长。农村最小的长字号,人民公社时期设生产队,叫队长;之前设互助合作社之后设生产经营合作社,叫社长;现在改为村民小组,就叫组长了。总之,队长(组长)就是农村最小的官,比芝麻还要小得多,相当于麦芒或者谷粒的尖尖,近似于尘埃。

中坝村在籍六百多户,近一千五百人,设九个村民小组,分布在横山东北端南北两面,类似于半坡氏族。从西向东,从北到南,分别是杉树嘴、厂口厅、新龙湾、麻湾、尖山子、冷浸(当地人念作庆)沟、陈家岩、冉家嘴(据说此地从古至今没有冉姓人居住,是廖家大户染坊旧址)、小屋基。

为了不再发生像冉家嘴类似的以虚传虚,我们把九个组的名字依次雕刻在村民服务中心十公分厚的青石板上。如果开村民代表大会,各组可以依次排立;也是学习古人结绳记事,为后人留下依傍。

九个小组各有其长,大家仍然习惯喊社长,我私下看待作九大金刚。社会上有种说法:上面千根线下面一颗针,所有大小事务就像线一样,要从那颗细小的针鼻子眼里穿过。村党总支和村民委员会,就像那个近视眼和老光眼都难以看见的眼儿。这一级组织的工作,如果不可上推只可下卸的话,那就是社长了,那就是推进土地里面去了。

九个组长里目前只有一个六十九岁的老党员。从党是领导一切的角度来看,这个"尘埃层面"肯定需要加强。九个组长只有两个住在附近的乐兴场,可以说大家还是坚守在阵地的,场上的也能召之即来来之能战。九个组长平均年龄超过城市人的退休年龄,最年轻的

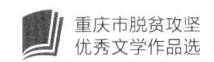

也是年过半百。这个也不足为奇,他们所领导的队伍番号叫"3899",平均年龄比他们还老。工人"老大哥"和干部、知识分子、解放军"子弟兵"退休了,他们还在干,谁叫他们是"农民伯伯"呢。

他们确实在勤勤恳恳地埋头苦干,带领大家一起撸起袖子加油干。他们深深地知道,小康生活不是天上掉馅饼,幸福日子都是靠勤劳的双手奋斗出来的。化用一句著名诗人艾青的诗句:为什么我的双手常常沾满泥土,因为我对这小康生活爱得深沉。

老党员刘贵均,虽然住进了新农村的高楼,但是他家三亩田土从来都是精耕细作,没有荒芜一分一厘。去年栽秧挞谷,我们驻村工作队都去帮了忙。在五月清冷的水田里,看到他满头花白的头发与插下泥土的青青秧苗相映衬,我踩住了脚下的土地,我的心在轻轻地颤抖,我发出了"恳随父老叩地拜,浅水如镜云天阔"的感慨。

他曾经当过比麦芒更大的村官,石坪村和当时的中坝村合并后,他就降级当了麻湾村民小组组长。他位虽卑微,却未曾忘记先锋的职责。去年冬天一个傍晚,雨雾迷蒙,寒气四起,我开车回村,看见他带领六七个老男老妇,迈着干练的步伐,行进在回村的路上。头戴斗笠,身披蓑衣,肩扛锄头,说是雄赳赳气昂昂一点也不夸张,因为他们得尽快赶回家,吃饭填饱饥饿的肚子,脱下泥湿的衣服。如果再来一桶温暖的泡脚水,那就更加心满意足了。

雪亮的车灯前,老队长的队伍在铿锵前进;我只能慢慢地跟着,跟着这支留守乡村的队伍。夜雨霏霏,弥漫了车窗,濡湿我双眼:谁说我们的部队老了?我们的部队仍然年轻!

住在场镇的程洪志,距离他的队伍和阵地五公里,一旦前线需要,他就会火速到达。去年四月谷雨前两天,在冉家嘴抢栽第一批雷竹。他担竹苗一趟又一趟,汗湿了整件圆领T恤,满额满脸油汗和尘土。他是做了前列腺癌手术的,血压也高得吓人,多次喊他歇一歇,他噘着嘴唇鼓着眼睛就是不听。我们心里都想着一个问题,大家不抓紧抢栽入土,头顶杲杲烈日晒干了竹根,那就损失惨重了!幸好,抢栽两天,谷雨大雨,雨后继续战斗,四天栽完约两百亩。

看着曾经的荒芜重新摇曳着青青翠竹,村支两委干部和他的队伍,以及一身尘土的队长们,可能看到了很远的地方;我却想到了竹笋炖土鸡,我们中坝将来的美食。

小屋基社的石平福,姓石的石匠,半辈子跟石头打交道,真是天生注定。不知是石头的幸运,还是石社长的幸福。

村里改建村民服务中心以后,陆续修建两处观景平台。前一个工程,他只是主力队员;后两个工程,他就是施工队长,我戏称他为石总石老板。

虽然从来都是长衣长裤,但是从头到脚除了指甲和牙齿都是黑黢黢的。他带领村里一帮跟石头和水泥作对的硬汉子,挑抬凿砌,夯筑挖掘,样样都干。扬起的尘灰蒙住他们的头发,溅起的泥水沾满他们的衣裤,褪色的解放鞋里溜滋着汗渍,裹缠胶带的双手茧疤重着茧疤,他们从来也没有抱怨。尽管一凿一凿打石头的石队长,刚好碰到了曾经一根一根种卖菜秧的蒋会计,有时会在工程计量上斤斤计较;尽管喜欢新材料新工艺的老石匠,会和崇尚原汁原味农耕文化的我在材料的取舍选择和安装工艺上针锋相对。最后,在他们的手里仍然展现了农耕气息扑面的"天台夕照"和"中坝村情陈列馆",在他们的脚下依然垒筑了站高望远的景观艺术平台。

路过的村民流连休闲,远道的游客摄影欣赏,看得见山,看得见水,留住了乡愁。这就是对这个黑黑的石匠黑黑的队长最大的认可,也是我们最大的欣慰——我们村有敢于跟石头硬碰硬的队长和他的队伍!

金刚中的金刚,最年轻有为的蒋明超,尖山子组的组长。一个刚柔相济,内内外外一把好手啊!既可柔情似水,暖心如春;又能雷厉风行,豪情仗义!

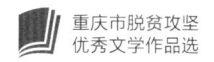

去年获得全村"敬老爱亲模范"称号,第一个端着一盆温热水,走上"庆国庆度重阳"活动台上,蹲下身子,帮八十三岁的母亲脱下袜子,捧着母亲的双脚轻轻地放入水里轻轻地搓揉,母亲满脸幸福的笑意抹平了沧桑的皱纹,儿子抬头微笑好像回到了童年。在场的幸福老人、孝顺儿孙,暖意满怀,热泪盈眶。

他和身体羸弱的妻子,起早贪黑,一年喂养三头母猪,出售六十头猪仔,仅此一项就收入十多万元。

在兄弟间排行老六,但却是拼命三郎。队里人行便道修建、雷竹栽种管护,村里的景观台施工、临时运输跑腿,他总是驾着自己的三轮摩托,风风火火,忙忙碌碌,从不拖延,从不计较。总是咧开厚厚的嘴唇,皱起飞扬的鱼尾纹,笑道:没得啷个得!

在傍晚的苍茫中经常看见他驾着三轮摩托,驶向尖山子的方向,仿佛凌驾着雄骏的天台苍龙,飞腾起来,飞奔远方。

晨拍

今天是6月18日,重庆直辖市成立23周年的纪念日。身在贫困村扶贫,也义不容辞参加这一天的"百万市民拍重庆"摄影活动。

几十年来,形成了一个习惯。心里有事,好像就自然在身体里设置一个闹钟。早晨6:30,比平常早一些就自然醒了。走到阳台,看见天上的云彩,飘带似的形状,玫瑰一般的颜色。

哦,今天毕竟是一个值得庆贺的日子。

早起劳作的村民

迅速下楼,开车出发。

拍摄的第一站,养殖基地百凤园,现在应该在装箱。昨天杀的200多只土鸡今天要运送到主城,交给帮扶我们共建生态扶贫基地的重庆城投路桥公司。10分钟,快速到达。路边栅栏里的孔雀没有像平常那样哇啊哇啊地叫。今天来得太早,它们似乎还沉睡在甜甜的梦里。基地静悄悄的,悄悄地来的我也悄悄地离开。

返回的路途中,贫困户叶茂会的女儿正在当窗对镜梳头,女婿田刚推着摩托车准备出门。邻居五保老人周正福,赶着一群鸭子穿过林中小路走向田野。沿着弯弯曲曲的田间小路,那群摇头摆尾的鸭子被轻轻地吆喝到了鱼塘边就迫不及待地跳进水里,不停地把头伸进水里,把水带上颈项和背上,开始了清晨的沐浴。它们一边欢快地沐浴,一边高高地立起身子拍打翅膀,一边追逐嬉戏,好像洗掉了一个晚上的尘埃和浑浊的气味,是一天非常兴奋的开始。而老人则慢悠悠然地抽着叶子烟,淡定地和我聊天。我抓紧用相机拍照,用手机录像。背景是翠屏一样的天台山,淡淡的晨雾从沟谷慢慢地升起来。

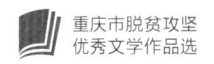

鸭们玩高兴了,就争相爬上塘坎。老人就慢慢地跟着,它们也摇摇摆摆走进旁边的稻田,钻进青葱翠绿的、密匝匝的秧苗丛里。

我拍了一张周正福红红的脸庞,冒出一缕青烟的叶子烟杆,背景是绿油油的秧田的照片。

我赶紧告别,小跑回到叶茂会家。这个时候,叶茂会这个中老年女人正在给瓷砖贴面的花台做清洁,女儿正在给站在步行器里的孩子喂早餐,田刚骑着摩托又回来了,黄毛狗儿温驯地趴在墙边。我借着明朗的晨光,拍摄了几张一家人早起忙碌的景象。田刚告诉我,他早晨回来4:30了,昨天晚上在百凤园帮忙宰杀土鸡。我一惊,看见他的眼睛,右眼红红的,还在充血。这才知道了,刚刚到百凤园,他们都还没起床的原因。

我又问叶茂会,你老伴呢,还在睡懒觉吗?她笑着说哪里会啊,他在那边扯草去了。我顺着她的手势看过去,一个老人正在地里勾着腰,把肩背高高地耸起,把头低低地埋下。一个62岁的男人,只比我年长四岁的农民兄长,背已经驼得像弯弓了——村里最年轻最坚韧的弯弓!

鱼塘坎上的拥抱

拍摄了他们全家早起辛苦的照片,匆匆忙忙开车去尖山子。我要去看一看另一个养殖大户李天全。等我把车停在路边,就看见他的妻子田晓霞正背着一背篓青草走向田湾的鱼塘。就在这个时候,李天全也挑着木桶走向鱼塘,把桶里的苞谷籽倒进喂食的木头槽子和石头盘子。圈养在棚里的麻鸭和白鹅放出来了,兴奋地嘎嘎哦哦,挨挨挤挤扑进鱼塘。

此时,一个非常动人的细节让人两眼发热——田晓霞背着青草走到塘坎尽头的下坡路,站在下方的李天全迅速伸出双手,好像要拥抱他的老婆一样。男人一边提醒"慢点慢点",一边迅疾旋到老婆身后,伸出双手把老婆的背篓接下来……

两人一起,抱起青草抛进鱼塘。鸭子和鹅们扭转头朝草堆游去。

补疤手镯同在身

趁他们忙碌的时候,我反身回到田坎上。老妇女主任陈孝梅穿着红底黑花衣服,正蹲在苗圃除草。她告诉我,今天给毛叶丁香除草。老两口租了5亩地,种植花木,每天都没有空,每天都要这样慢慢地做活。

她像绣花一样侍弄脚下的花苗。我拍摄了几张特写镜头,让我感觉到了她的特别之处:左手拿着小花撬,腕上套着玉手镯;右手不停地把那些细小的杂草轻轻地扯起来,抛到地边去。右腿的膝盖处居然有一个一寸见方的补疤。黑色的补疤,精细地打在蓝色休闲裤上,颜色略有区别,针脚却很细密。这是一位非常讲究的妇女,一位非常节俭的妇女,一位也非常爱美的妇女——衣服花色鲜亮,裤子朴素大方,合身得体,非常干净整洁,不像一般的妇女那样邋里邋遢。如此优雅娴熟的妇女,走在城市的大街上绝对会有不错的回头率。

我猜想,她种的毛叶丁香,红叶石楠,红榉木,春天夏天的主角——杜鹃,肯定会花木繁盛,走俏畅销。

亦步亦趋石级路

当我再次回到公路上,看见老党员周正康背着背篓走过来。一直想去他家再看一看,因为我听说他有一句狠话,这是钟萍方告诉我的——我一年跪着也要把那两亩地种出来!

我把车上的一个盒装慰问品拿下来送给老党员周正康,说这是我们单位党支部到村里来搞活动送给你们的。我走前,拎着礼物;他走后,还拄着一根竹竿。看着他亦步亦趋,就问他腿是啥毛病。他说,就是两只膝盖疼痛,医生说是骨质增生,也没得办法治。今年栽

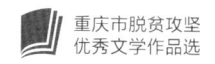

秧,自己栽了一天多,帮蒋明福栽了一天多。后来完全遭不住了,要把腿从泥水里拔出来硬是痛得站都站不稳。兄弟周正福给他拔了火罐,才稍稍好一些。我放慢步子,不停地回头招呼他,慢一点,慢一点,不要着急。我问他,入党多长时间了?他回忆了一下说是一九六几年入的,刚刚搞完"四清"运动。我就说,那不得了,老党员,你的党龄,跟我年龄差不多了,真佩服你。

走到了家门口,他老伴正在石板路上清扫那些厚厚的青苔。老党员就给老伴说,龙书记还没吃早饭。我说不用了,刚才还喝了牛奶。我就走进他们家的土墙房子,问有多少年了。他告诉我,解放后修的差不多六七十年了。我看还牢实坚固,走进厨房看看他们的饮水。他老伴说,用的山泉水,从石缝里流出来的,比自来水还好。我就用一个铝合金瓢舀了半瓢,走到院坝仔细观察,确实非常清亮。这时候,早上放鸭子的周正福老人也赶来了,从提袋里面取出一些工具,用碗装了小半碗白酒,就给老党员两腿膝盖打上了五个火罐。一会儿从膝盖渗透出来一点点瘀血,周正康饱经风霜几乎残疾的双腿就像两只杂木制作的划桨。

这时候他老伴喊我吃开水蛋。我一看时间,到10:30了,跟百凤园的老板约好的去拍摄他们装箱的照片,得赶快过去。就把他老伴之前端出来的白开水喝了一口拔腿飞跑。他老伴也追到院坝,一个劲地喊吃开水蛋。我跑了几步,猛然觉得不应该辜负这么淳朴热情的心意。于是又转回身来,走进厨房。他老伴用电磁炉煮了十几个鸡蛋已经装在几个小碗里。我就匆匆忙忙吃了一个,老党员一家才笑着喊我下回再来。

让拔毛的鸡鸭飞

沿着人行便道的台阶气喘吁吁地跑上公路,开车直奔早上去过的第一个点——百凤园生态养殖基地。几乎所有的孔雀都非常热闹地叫唤起来,好像欢迎我一样。

很多装好的包装盒陈放在门前水泥院坝,我马上拍下了他们正在装袋的情景。听得出来叶老总感冒还没有好,老书记代文江倒还精神,他的儿子装箱动作也很麻利,外面停了一辆长安车整装待发,一种自豪的感觉油然而生——我们村的生态养殖产品马上就要运送出去了!我问叶总这一单有多少只土鸡,他说有280只鸡,20只鸭。我问是不是百凤园最大的一单,他说到目前为止,是最大的一笔生意。

回首仰望,太阳快要当顶。林间的鸟叫传来,林下的鸡鸣传来,一片欢腾景象。

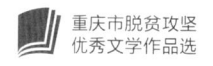

先锋

在廖家大院,我见到了中坝村早期的共产党员廖世珍。她今年85岁,一身绵绸夏装,青面布鞋,精神矍铄,步履稳健。她帮我打开了那座庞大的保存完好的廖家大院——她出生的宅院,也帮我打开了那段艰辛而又光辉的历史岁月。

老奶奶热情地介绍,深情地回忆,几十年跟着党走,艰苦奋斗。她1954年入党并选为村妇女主任,后来当了副乡长,参加了当地的水库和公路建设。

她亲切地关心我们驻村干部,热情地邀请到家里吃豆花饭。她说驻村扶贫非常辛苦,就像她们当年刚刚参加工作那样。她说了一句工作上的经验之谈:八步之内就有群众工作。这是綦江县解放后第一任县委书记说的噢。老人家十分慎重地补充了一句。

当她知道我们要在今年的8月举办第二届耕读节,对全村新学生和优秀学生进行表彰奖励。老人非常高兴,她给我说一定要给耕读节捐款。她现在靠退休金生活,但是必须表达一番心意。后来,陪伴她回老家避暑的小儿子悄悄告诉我,老人要捐666元,祝福村里的娃娃读书顺利,工作顺利,人生顺利。

这位老前辈党龄比我年龄还大,握着她的手仿佛走进了幽深的时光隧道。

中坝村的第一个共产党员叫廖世福,是廖家的一位兄长,1953年就加入了中国共产党,也是解放后中坝村的第一任书记。廖世福曾组织村民在秋收以后起早贪黑,肩挑背驮,走羊肠小道,步行数十里,送公粮几十万斤。另一位兄长廖世金入党前参加了抗美援朝。她还深情回忆了今年92岁的杨金书嫂子。杨金书1954年入党,担任中坝村妇女主任26年,是第一个出席綦江妇女代表大会的中坝妇女,是村里目前年龄最大的老党员。

今天我特意到杨金书女儿的家里,拜访了老人。去年7月1日,我们搞了一个不忘初心的党建活动,征集了村里各个年代的优秀党员践行初心的事迹。杨金书老人口述了她的初心,印作册子的第一篇,激励年轻党员继承光荣传统。

我给她汇报了以前的村小和村公所已经修复一新,她们曾经锄掘锤砸、靠两只手刨出来的乐中公路已经变成了宽敞的柏油马路,成了綦江最好的乡村公路。清健的老人容光焕发地告诉我,过几天她要回去看看,要我代问村里的党员同志好。

我把老党员的照片发在中坝村脱贫攻坚工作群里,钟萍方书记马上赞扬道:慈祥的老人,依然绽放着共产党人的光芒。

四位老党员都出生在廖家大院,好像一个特别的小组一样,既是兄弟姐妹,又是革命同志。其中两位老人历经风雨,依然健在,初心不变。

昨天,我专程到乐兴场走访了老党员冯广明。他和老伴正在临街敞开的家里包粽子。我上门看望,他非常高兴。我说,想去看看你种的地。他马上穿上凉鞋带领我穿过古老的石板路,走到绿油油的田坝。他指着几块梯田自豪地说,这四块田就是我种的。稻秧颜色已是暗绿,好像比别人的长势要好一些。他告诉我,大概两亩多地,要产2000多斤稻谷。我才想起去年产的2000斤新米委托帮忙销售,而他自己吃的是上一年的陈米。他又指着稻田边缘的山坡上一块密密匝匝的玉米林说,我还种了两亩多玉米和红苕。我问他一个人栽秧、挞谷需要多长时间,他说还是要请两三个人来帮忙,用的是脱粒机。我说那今年你提前告诉一声,我们组织几个人来帮忙。他非常高兴地答应:好,到时候请你们来吃新米饭。

他今年74岁了,糖尿病比去年还严重些,记忆力明显不如去年

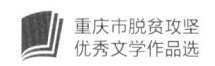

了。但他说,这一点地每年唰个(方言,表示肯定)都还是要种的。我又问他除了种地,平常有什么爱好娱乐没有?他说没有,就是种地。我说你农忙时候种地,农闲的时候就没事情了。他是这么说的,农闲的时候,你只要愿意天天在土里田里,都有事情做。只不过呢,你可以慢慢地做,比如说这几天,你就可以到苞谷林里去除草。农民嘛,只要你愿意种地,每天总是有活干的。

离开时,他非要送给我才包的粽子,说是自己种的糯谷,没打农药,清香。青青的粽叶和新鲜的糯米,散发着淡淡的芳香,老党员执着于土地的深深情怀,更加激励人扎进乡村扎实工作。回到村里,我就直奔百凤园,看看新建农家乐的进度。

百凤园的老板叶光辉是青海油田退休的老干部,属于"石油工人一声吼地球都要抖三抖"那种人。他回到农村,志在山野,创办了这个珍禽和土鸡养殖的农旅项目,当上了天台山最大的"土鸡司令",饲养了上万只各种各样的土鸡。园里有二十几种珍禽,比如说孔雀就有四五种,还有黑天鹅、大雁鹅、火鸡等等,作为观赏;其他的三黄鸡、乌骨鸡、珍珠鸡、贵妃鸡、来航鸡,作为餐桌上的美味佳肴。担任基层党组织领导干部几十年,退了休本应回到老家忠县颐养天年。但是,他身心不老,共产党人永远年轻。他上穿深色T恤,下着牛仔裤,起早贪黑像个非转农的农民工,要么是在茂密的树林下,在茂盛的草丛里,精心饲养珍禽土鸡;要么开着他的小车,给城里的顾客送去刚刚宰杀的生态土鸡。57岁的人了,还像一个小伙子。经常看见他一身汗衣,手脸黢黑,头发里沾着草屑,鞋上裤腿上衣袖上也沾着草屑和泥土。

从他洪亮的声音,从他闪光的眼神,从他有力的双手,从他黑黑的脸膛,从他侃侃而谈的言辞,从他每天晚上要喝的二两老白干,你就知道,他是一个理想主义者,是一个退而不休的实干家。

现在也退而不休帮助他创业的,就是中坝村刚刚退下来的老支书代文江。代书记正在搅拌水泥石灰,帮助修建农家乐餐厅。他们把半风化的石壁用红砖垒砌,既保障了安全,又做了餐厅的艺术墙。他们别出心裁,在上面镶嵌了几扇磨子,几排猪槽,几个茶壶,整个建筑采用旧木材修旧如旧,散发出亲切的农耕文化气息。我们三个人坐在皎洁的月光下,一起制作了一副体现百凤园精神文化的楹联——"听松涛今朝品百味,赏晚霞来日行千里"。

老书记去年刚退下来,也应该含饴弄孙,享受天伦之乐了。但是,这个项目是他在任时招引进来的,是村里最大的养殖企业。租赁了120多亩农地,让流转土地的村民有了土地的租金收入,还常年解决了三四个村民的就业。去年冬天的一个下午,我到他们喂养土鸡的管理棚,60多岁的老书记晚上就住在里面。一个电热开水壶,一个红外烤火炉,一张简陋的木架床,就是老书记的家具用具。我去翻了他的枕头,我看见了最独特的,也最难忘的一个枕头——一袋喂鸡的玉米!

养殖场所在地海拔近千米,从冬天到初夏,云雾缭绕,湿气很重,寒冷异常。就在这么恶劣的环境,老书记还发挥余热,倾力帮助企业走出困境。因为他知道,这个企业关系到几十户人家流转土地的收益,关系到几个村民务工的岗位,也关系到整个村农旅产业的发展。

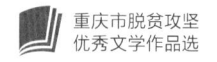

题记:全面建成小康社会,一个也不能少;共同富裕路上,一个也不能掉队。

牵手

在我的工作照片里,一个身体壮实健朗、短发坚硬如钢、语言斩钉截铁的男人,总是出现在中坝村的田间地头,贫困户院坝门口,面对贫困户时,眼神充满关切和温暖,直击问题时总是如炬如闪电。

他抓住村里最重大的问题,也抓住最细微的东西,而且像钉钉子一样,紧钉不放,直至解决。

他就是区里挂片的副区长蒲德洪。去年春天到村调研,他再次提出要解决蔬菜基地管理的问题,人才的问题,财务的问题。后来的巡察、审计也提出了这个问题。两年多时间,蔬菜公司投入很大,却连年亏损。蔬菜专业合作社成立之初,他都认为发展高山蔬菜特别是水晶萝卜,壮大集体经济,这个路子是对的。这个产品,在中坝也是很适宜的,但是必须选好管理人员,按照公司制度执行,加强基地管理。两年亏损,主要原因不外乎人才和管理问题。在他多次检查督促下,镇里进村深入指导,通过村支两委多次研究决定,把基地承包给了村里专业种植大户,加强了管理,提高了效率,堵塞了漏洞。南瓜丰收的时节,通过蔬菜公司总经理黄登华了解得知:2020年上半年雨水多、鸟害大,但仅豇豆茄子海椒和糯苞谷,收入就达15万元,下半年的萝卜和莲花白不出意外,预计全年收入扭亏为盈。

蒲副区长,他对自己联系帮扶的贫困户,也非常地用心用情,细微之处见精神。贫困户传永华危房改造时,蒲副区长像个房建办的工作人员一样,做好"三到场"。一到场查勘画图放线,二到场督促实施,三到场检查验收。二到场的时候,新房的基础已经打好正在起墙体。蒲副区长双眼一盯,浓眉一皱,指着施工场地问,传永华的兄弟危房改建应该拆除的这间旧房,为啥还没拆除?商量好了拆出来让哥哥修成两间平房,为啥变成修一楼一底的单间?该拆没拆的危房夹在中间既不安全又不雅观,你们哪个擅自同意的?严厉的三问问得镇里领导昂起的头顿时垂了下来,一脸苦瓜地解释,传永祥非要拿来装柴草,思想工作做不下来啊!蒲副区长硬是坐在长凳上,把传家兄弟找拢来再次喊醒,做到了两全其美。既不折不扣地执行了拆旧建新的政策,杜绝了多占土地,又保障了安全,美化了环境。

陪同入户走访贫困户张世容家时,蒲副区长问她多长时间吃一次肉,生活有什么困难,每个月吃药要多少钱?张世容说很久没有肉吃了。打开她家的冰箱,里面有冰冻的鲜肉,也有几块腊肉。领导就很温和地要求她说实话,把情况说具体说仔细,有什么困难也如实说。看见她家院坝有一块水泥预制板、一个石水缸和碓窝乱放着,闭路电视线不规则地乱牵,破烂家具和柴草胡乱堆放,当即就安排帮助进行清理。因为张世容有高血压,有一点半身不遂。大家把那块预制板抬起来放在石水缸和石碓窝上面,往外边挪出去,既成了一道围栏,又可以晾晒农作物。

这样的院坝,整齐又干净又宽敞。张世容自己感到满意,大家也非常舒心。

今年初的一次专题会上,区里有关部门的同志对村里面的工作讲得很宽泛,基本上只能算一个表态性发言。最后,蒲副区长苦笑一声,说了一句很有讽刺意味的话:你们都管宏观,你们都讲大的,我来讲小的,讲点具体的吧。他就把村里涉及脱贫攻坚的方方面面讲得很细致,无论是基础设施,产业发展,贫困户的"两不愁三保障",还有贫困户家里面的明白卡,帮扶责任人的手册等等,他都做了仔细深入的调查研究,最后指出问题来。那个医疗保障,他就觉得这个太粗了,必须写清楚当年,或者是半年,发生了多少医疗费用?报销了多

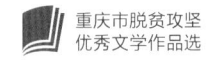

少医疗费用,自己承担了多少医疗费用。后来这样做了,任何人看着这个表,就一目了然。

最近一次,检查完工作以后,他指出村委会宣传专栏应该更新了。贫困户传永华,以前是列入"加油户",经过各级帮扶人的真诚帮扶、检查督促,人家已经改正了那个不良习惯,就是上街打麻将的问题。你们现在还是把别人列在加油户里,那就不利于激励贫困户及时改正错误,一天天变得更好。

这就是中坝村,最高级别的帮扶责任人。他真的就像一颗钉子,一颗可以移动的钉子一样,钉在中坝村这块脱贫攻坚的铁板上。

去年初夏某一天上午,一位知性的中年女士带着几个人,走到原来村办公室门口,刚好碰到割草回来的王白花。这个贫困户的残疾人,看见外面有人来了,就有一点人来疯那个样子,手拿镰刀,嬉皮笑脸。走过去拉着那位女士的手使劲摇。女士也没有像有的人一样抽手避开,而是很慈善很宽容地握住她的手,笑着跟她说话。虽然与这个哑巴,只能以微笑、握手这些肢体语言交流,但是女士还是非常耐心的。有人拿手机拍照,她主动把一身泥水、衣服沾着草屑的王白花拉在身边,拢着她的肩膀合影。

在场的钟萍方介绍,这就是区政协副主席、区知联会会长周宗容。

就这么一次握手,就这么一次合影。对一个农村妇女来说,会不会给她带来很多、很长时间的快乐和幸福感呢。

周宗容非常关心扶贫扶智这个板块的工作,每次下村走访一定要逐户寻问义务教育落实情况。我们要建乡村图书室,搞中坝村脱贫攻坚和乡村振兴的人才培养计划,在秋天新学期开学前举办耕读节。知道我们的方案,她也非常高兴,当场答应回去想办法,帮助我们实施。后来,村支两委带动村民自主捐赠,两天就收到捐赠2万多元。周副主席通过知联会资助了5万块钱。去年8月29日,举办耕读节发放奖学金26700多元。今年,我们要继续举办耕读节,表彰奖励各级各类的新学生,同时还要奖励在校生中的优秀学生和三好学生等等。今年享受奖学金的人会更多,发放的金额也会更多……

3月14日,我刚刚进村的第二天晚上,一个贫困户的户主蒋昌海就去世了。次日上午九点左右,当帮扶责任人蓝远森握着蒋昌海老伴李光秀的手时,这个60多岁的老妇人一直泪流不止,哽咽着说不出话来。从中我看到了悲伤,看到的更多的是感激。后来我才知道,在蒋昌海生病住院期间,这位区农业部门副主任、区扶贫办主任多次到医院看望。为了让贫困户家庭尽量节约开支,蓝主任动员家人、朋友,尽心关照帮扶。他的这种行动就像一个在城市工作的妹妹,对一个农民哥哥的关心,对一个农村嫂嫂的贴心帮扶。

我们在讨论帮扶责任人这个群体典型人物跟事迹时,钟萍方介绍了罗涛,区农业农村委一个80后女干部。她帮扶的对象是五保户陈世敏,一个老鳏夫。他的最大的问题不是钱的问题,每个月有800多块钱,房子也没有问题,而是患有严重的高血压,特别不讲卫生。房前屋后乱七八糟,脏乱差;不刷牙,不漱口,衣着也是脏兮兮的;爱喝酒,本来像他那种身体,还应该戒酒。

罗涛怎么帮助他呢?这个非常年轻的女干部,到了他家里面走访,仔细查看了屋里房外的情况,关心他的身体,劝他少喝酒,要讲卫生。第二次来走访,就给他买了全新的棉絮、被套床单,牙膏牙刷、肥皂香皂等等,把原来床上黑黢黢、脏兮兮、油渍渍的换下来,把新的一套铺上去,驻村工作队员一起把房前屋后进行了整理,现在才像个样子。

如果我们的帮扶责任人对贫困户都这样,心连心,手牵手,在小康路上还有谁会掉队呢。

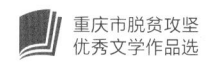

出村女孩

刚把车停在綦城一个小区门外的路边,等待叫金子的本村女孩出来。

一辆香槟色的宝马车停在前面。从后排座下来一位女士,披着短发,穿着白色上衣,下穿深色短裙,右肩挎着一个小巧的坤包。关好车门以后,驾驶室的玻璃窗打开,从里面抱出一个娃娃。她伸手抱起娃娃,抚摸他的脸蛋,轻轻揪他的鼻子,亲了亲他的额头。朝车里的人挥手拜拜,带着孩子进入小区。

与她擦肩而过的是两个年龄稍小一点的姑娘。一个穿着粉红的长裙,一个穿着白色的T恤和牛仔裤。穿T恤的姑娘也抱着一个娃娃。她们迎着我的车走过来,估计是看见了我打着的双闪。我打开车门走出车外。穿粉红长裙的姑娘,低声叫了我一声:龙书记,我就是金子。指着旁边那个同伴说,她叫玉儿,她陪我一起回去,可以吗?

我让她们慢慢上车,尤其是照顾叫做玉儿的女孩,因为她还抱着一个襁褓中的孩子。

我们爬上九道拐盘山公路,慢慢地朝村里开去。一路上才知道,金子的小孩已经送给了一对失去女儿又不能再生育的夫妻。小孩只有半岁多,刚刚断了奶。因为她跟孩子的父亲根本就没有办理婚姻手续,而现在他们的感情已经彻底破裂。两人都没有正式的工作,而且之前还生了一个孩子,已经5岁多了。现在,孩子在父亲家里。每天,金子还得回去辅导孩子的作业。

玉儿抱着的孩子,看不出来已经一岁多了。孩子的父亲虽然没有离开,但是啊,也在外地打工。她只能这样陪金子回村,通过聊天知道玉儿至今也没有办理结婚手续。

真是人以类聚。金子比玉儿大一岁,两个是同村的同学、闺蜜。我暗暗地叹口气,用长辈一样严肃的口气地规劝玉儿,早一点办理结婚手续。不然,就没有法律来保护自己和孩子的合法权益。

唉,两个女孩,自己都还是20多岁的孩子,我们村贫困户的孩子。

一个小时以后,我们一同回到两个女孩的家乡。她们回来,要做两件事情。第一件事情,给金子办一个送养孩子的证明,证明她无力抚养的情况。我跟村里面的书记、主任一块儿进行了商量。其实,他们也知道这个女孩的家庭情况,确实很贫困,确实也没有更好的办法。因为现在,金子已经重新结了婚,而且已经有孕在身。对于一个20多岁的女孩来说,要做三个孩子的妈妈,确实不是一件容易的事情。因为前两个孩子的生身父亲,据金子说根本就不管孩子,只顾自己打游戏,像个大孩子一样。他们大的孩子跟她现在的丈夫还要亲热得多。按照她的话说,娃娃很巴人。她的老公还抽时间陪伴他,陪着她大的孩子玩耍。

玉儿抱着孩子,金子拿着一纸证明,给证明盖章的碰巧和她们又是小学同学。惊喜热聊一阵以后,她们走出村办公室。透过树丛明朗的阳光,她们一起走回老家,去做回村的第二件事情。金子要去给她去世不久的父亲上坟,玉儿要回去看望生病的母亲。望着这两个善良单纯而又坚强的农村女儿,我替她们感到生活的沉重,人生的艰辛。从跟她们短短的接触中知道,也许她们并没有感觉到这么多。就像现在,她们只是一个劲地朝前走,不管前面是明媚的阳光,还是密布的阴云,她们始终走在弯弯曲曲的田埂上。

一个多小时以后,两个穿着时尚的乡村女儿又回到了村委会。除了一直抱着的那个孩子,两人又拎了两个塑料袋,里面装满了新鲜的苦瓜、黄瓜、豇豆、茄子,还有刚刚能吃的李子。按照约好的时间,我又送她们回到城里。

在回城的路上,两个闺蜜照样叽叽喳喳说个不停。回了一次老

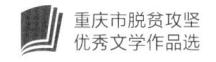

家,好像去赶了一次场,好像回去参加了一个同学聚会,或者是走了一趟亲戚,颇有收获的样子。我也顺便问了一些她们回乡的细节。知道了金子的父亲是因为打工受伤,瘫痪在床十多年。母亲精心侍候,最后仍然没有办法保住父亲的生命。现在,母亲又回到了自己的老家,寻找自己最后的归宿。玉儿呢,母亲的病是慢性病,现在有了医疗保障,费用不成问题,彻底治好还要些时间。而她的父亲,也在外地打工,只有农忙时节和春节才能回来。要么是收割油菜、插秧、栽红薯,要么是挞谷子、收红薯。当然,全家最高兴的是春节回来,一家人团聚,打糍粑,吃腊肉,给祖先上坟。

  进入城里以后,先是把玉儿送回家。她的丈夫是个厨师,正在店里上班。她回去继续带小孩,家里还有公公婆婆等着她回去弄晚饭。

  金子先要回自己的新家,一会儿再去娃娃父亲的家。在车上她告诉我,她和娃娃父亲分手时商量的,父亲管孩子的学费。我计算了一下,一年两学期,不过就2000来块钱。金子说,除此以外的费用全由她负责,每个月几百千把块。一年下来,几千上万。娃娃正在长身体,穿的鞋子、穿的衣服,刚穿在身上要不了多久就短了小了,又要买新的。虽然就几十上百块钱,但是一年下来,还是有得账算。娃娃在生父那里一个月,在自己家里一个月。昨天她回到娃娃生父家里,大约一个小时的家务就是辅导从学前班回来的大儿子。检查娃娃当天的作业,还要签字。等她做完这些事情,差不多他家里的饭也弄好了。一起吃晚饭,陪陪孩子,也是情理之事,但是孩子的婆婆从不留她。她也硬气得很,自从分手以后从来不再吃一顿受气饭。我告诉她,这样对孩子恐怕也不好。她无奈地说,那也是没有办法的事情。

  到了下午接她们的小区门外,看着金子走进小区的背影,再看看她们给我留在座位上的几根黄瓜苦瓜,心里默默地祝福她,祝福她们,珍惜现在的幸福家庭,做一个好妻子,做一个好母亲,过一世好生活。

苦桃

初夏的早晨,走访麻湾老党员周正康家。从横山到圣灯山的连接公路下坡,左边缓坡茂林,右边悬崖陡峭。岩壁上一棵苍老的大树倾斜欲倒,暗黑多皱的枝干结满琥珀状晶体的桃胶,暗绿单薄的叶片感觉缺乏应有的水分。老党员告诉我这棵苦桃可能逃不过老天爷安排的厄运了。这棵苦桃虽然无花无果,但是总是一棵活生生的树,一棵历经风霜雨雪的树,总应有它生存的空间,有它扎根的泥土啊。

拂开斜挡着的苦桃枝丫,沿着人行便道拾级而下,擦耳穿过马栏屋基雄壮磅礴的巨石阵,眼前一亮,连绵起伏的梯土豁然铺展开来。

从青翠葱郁的苞谷行列中露出一张笑脸,咧开嘴热情地招呼我。花白的浅发桩衬着硬挺的迷彩服,饱满的额头蜿蜒着生活的弯路,这不是曾经酒后到村委会闲逛的周正新吗?!

再往后看,一个疏发苍苍的老农抬起头来,生机勃勃的苞谷林簇拥着孱弱的身子,苞谷棒上的红缨与老翁的银须映衬着。走在前面的周正康说,是周正新的父亲,八十几岁了。

我一边向老农问候,一边问周正新:咋还不出去打工呢?

还没找到工作噢。

那就在家里种地吗?

找不到钱,还是想出去找活路做。

那你以前干得最好的活路是啥子?

都在建筑工地打泵。

好,我帮你想想办法。

我又问薅草的老翁苞谷的收成。他的回答让我再次明白祖祖辈辈都守着几块薄地,仅凭勤劳的双手肯定不是个办法。

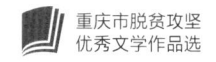

走进老党员家石板院坝,又看见坎上院坝一个老婆婆佝偻着腰朝苞谷地一步一颤抖着慢慢走过去,好像手里提着个茶壶。

坐在长凳上,老党员叹了口气,说:我那个兄弟真是命不好啊。

兄弟姐妹四个,现在一个人跟着父母。他有一个女儿,已经出嫁了。兄弟的老父亲心脏不太好,累不得。他母亲从楼上摔下地,做了几次手术,脑壳不怎么管用了。那个兄弟文化水平太低了,小学都没毕业。人又老实头脑简单,就在本村打工做活路,得个老婆都被别人拐走了。只有眼巴巴地坐在门前那墩大石头上望啊望,望得都有点神经兮兮的了。那个时候他女儿才两岁,好不容易把娃娃养大一点,自己又好上了一个女人。那个女人死了老公,拖着三个娃儿。我兄弟又本分,结婚证也没扯,就倒插门去了,在那里一待就是七八年。现在好了,两个姑娘现在已大学毕业,在城里找了工作。那婆娘就跟女儿到城里了,她小儿子又不学好,就把我兄弟赶回来了。等于是我兄弟帮别人把儿女养大,自己空着两手回来,真是人财两空。回来又不好说,就说在外地打工去了。

回到村办公室,想起第一次看见他的时候,背着一个牛仔包,拎着一个塑料桶,还有一个塑料茶壶,茶垢斑斑的。走过村办公室门口的时候,我一见他微红着脸,神情落寞地走着,就知道一个打工的村民回来了。

我就主动问他,兄弟,怎么就回来了呢?

他说,没有活路做了。

我说,又没到过年,怎么没有活路做了?

他说,反正找不到活路了。

我就问,出去多长时间了。

他说,一年吧。

那,一年找了多少钱呢?

两三千块钱吧。

我心里在想,别人一个月也找两三千块钱,你一年才找两三千块钱。看着他红着脸,红着脖子。我在暗暗地判断可能好酒贪杯,东游西晃。

第二次是在年底的时候。有一天下午,大概三点钟。不知不觉他又红着脖子,大摇大摆地走进我们驻村工作队办公室。我就站起来问他,有什么事情吗?他顺口就说,没事。当时我们几个正在开会,我就说,没有事你就到外面去,我们正在忙。他马上改口说,有事情。我又闻到他口里冲出来的酒气,心里一阵厌恶。你喝了酒跑到村里面来做啥子?他还是叽叽呱呱地嚷了几句。什么房子哟,什么政策哟,什么看病吃药哟,前言不搭后语。大家都觉得他确实是喝了酒,在这里无理取闹。

今天,我才坐下来慢慢地思考,前后三次,判若两人。究竟前两次是他的本性流露,还是这一次他体现本真。总之,这是一个很孤独的人,很冤苦的人。我就通过村书记找了他的电话,电话一通我就自报家门。他一下子就紧张起来说,龙书记找我有事吗?我就核实了一下,他这么多年的遭遇,他父母的病情。最后问了几个很核心的问题。

第一个问题。我说去年你喝了酒跑到办公室来究竟有什么事情。他回答说,也没有什么事情,也有一点事情。别的扶贫户有这样有那样,我们什么也没有。我就跟他解释,贫困户是根据家里面的收入、住房、上学和就医等等情况,公开评出来的。你不是贫困户,你有兄弟姐妹赡养父母,你自己能够劳动,你就没法评上。现在已经全部脱贫了,这个事儿你就不要再想了。

第二个问题。我说,你帮那个女人养大了三个孩子。现在他们都不认你,因为你们根本没有办结婚手续。你要想到自己过了这么多年有女人有家庭的生活,这样你也应该想得通了。而且,辛辛苦苦养大的孩子终究还是会感恩的,就当行善事,善有善报。

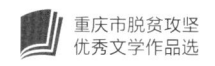

第三个问题,你想出去打工,挣钱来干吗?现在在农村也可以养活自己的。他的回答,出乎我的意料。他说要给我妈老汉养老啊。听到这句回答,我真的很欣慰。我说你这么有孝心,我一定会帮助你。

第四个问题。出去打工挣到钱你还去找女人吗?他叹了口气说,现在不想这些东西了。我就劝他遇到有合适的女人那叫缘分。找个伴嘛,互相陪伴。如果没有这个缘分,就安安心心回老家安享晚年。他也很爽快地答应,要得。

放下电话,我沉思了很久很久。这个农民兄弟,与路边倾倒的苦桃何其相似啊!像这种农民兄弟也不止他一个人。他们缺少文化知识,生存能力很差,连个老婆都守不住,找个"过婚嫂"都娶不回来。到了五六十岁了,还孤身一人。我也苦口劝他趁现在身体还好,出去打几年工。挣一点钱回来给父母养老,也给自己养老。父母百年归世了,自己还有女儿啊,将来也会儿孙孝顺,老来享福的。

只要他真正听到心里去了,大家再想法帮扶一把,我想他这样本本分分老实巴交的农民兄弟不会像倒毙路旁的苦桃,而应该像他种在地里的苞谷一样——老得金灿灿的。

乡愁

> 故乡是一种乡音
> 听到它的呼唤
> 你就能回到亲人身旁
> 无论你走到海角天涯
>
> 故乡是一轮明月
> 仰头刷你的脸卡
> 它就能带你回家
> 哪怕你漂泊异国他乡

中坝的游子遍天涯。浓浓乡愁总让他们魂牵梦绕,家乡的发展变化总离不开他们的深情奉献。

前几天,綦江暴雨成灾,中坝新修的公路多处塌方,村支两委立即分头察看灾情,组织党员和干部群众,还有公益岗位人员抢险救灾。而远在新疆的拳拳游子第一时间也想到家乡,担心父老乡亲的安危。

昨天早上8:20,看见老乡发了条山洪肆虐、道路塌方的视频,他立即询问灾情。另一个老乡告诉他:大山下面老屋场。他说没印象了,经过的兄弟媳妇黄永会用语音告诉他,他才哦了一声,说那个地方在很多年前就这样,一下大雨就要被淹。并告诫道:好危险,请乡亲们一定注意个人安全!

就这么一问一答,简短朴实的话语,勾起他儿时的记忆,引起他对乡亲们的担心,传递他亲切的叮嘱,让我这个驻村干部也眼热

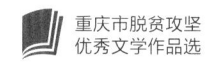

心暖。

他叫蒋昌福,我与他素昧平生,几乎都是网上神交,也通过他家族的兄弟姊妹了解一些。他出生在冉家嘴,年轻时参军离开故乡,部队大熔炉的千锤百炼让他走上了领导岗位,山高水长关山难越隔不断思乡情意——他是中坝这座大山飞出去的雄鹰,也是中坝村群最痴情的游子,隔三差五他都会与乡亲们在网上互相问候,传递讯息,排忧解难。

我一直默默关注他在家乡微信群里的一言一行,猜测他是一个党政领导干部,政治觉悟高,理论水平高,家乡情结深,为人处世忠厚。党组织的部分微信学习材料,我就是通过他的转发学习的。

今天一早他就转发了庆祝中国共产党99周年生日的学习视频——热烈祝贺建党99周年,为党献上最诚挚的祝福。我认真看了两遍,觉得很好立即就转发到村党总支微信群。

我想给村党总支提个建议,请蒋昌福做家乡党组织的理论辅导员,经常在总支群里发布最新资料,引导学习讨论。如果回乡探亲访友,还可以专门请他搞讲座。让乡情和亲情作为桥梁和纽带,让支部网上学习得到加强和提升。

在中坝村群,我认为蒋昌福是一位有分量有水平受村民普遍尊敬的长者。

如果说长江黄河奔腾千万里连接高原和大海,网络上的天地正气也能够清风荡涤浊气,清气浩荡乾坤。

年轻党员王朝平,曾经在村里工作并担任团支部书记,曾经背着工具和器材走村串户为乡亲们修电器,在群里也柔中带刚,坚持释放正能量。既能从村支两委和干部的角度介绍一些情况,也能代表村民提出一些问题和建议,相当于对村支两委也是一个亲情监督。去年五四青年节、七一党的生日,他请假回村参加,每个月主题党日活动,他也尽量回来参加。在重庆主城做到所从事专业的主管,也把同学儿时伙伴像兄弟一样带着。他时刻怀念家乡,心中装着兄弟。

与王朝平一样年轻的党员蒋明科,对家乡火热的爱,对家乡未来执着的追求,对童年时光无限的眷念,对朋友对同学的深情厚谊,往往在群里不经意就体现出来——火火的小伙,火火的乡情!

蒋明科曾经像血性的游侠一样,在贵州、广西甚至更遥远的越南闯荡江湖,从事各种行业的尝试和历练。也许是谨记"父母在,不远游"的古训,也许是老婆娃儿的难舍牵挂,如今他回到了綦江城区,既可以在城里打拼挣钱,也可以回家照顾父母双亲和妻子儿女。

最近,利用家里宽敞的房屋优美的环境,悄然开起了农家乐——取名长生田农家乐。大家开玩笑说,母亲做总经理,父亲做总采购,妻子做总接待,自己当总厨师,两个三五岁的娃娃随时营造一点儿孙绕膝三世同堂的乡村氛围。他在去年五四青年节座谈会上,热情洋溢发表对乡土的挚爱,对乡村振兴的向往和设想;今年春天,他在村群异想天开纯情浪漫,要把家乡的野果野菜开发出来,弄得群里沸腾一片,激情涌动,好像童年的伙伴一下子就跑回了故乡的山川原野。

今天,他把理想进行实践,他把幻想变成现实,让青石红砖老屋冒出袅袅炊烟。

当中坝的游子回到梦里的故乡,当远方的客人在中坝流连忘返,当村里的广播响起,中坝村清朗的上空总会传来《中坝村歌》优美的声音——

  中坝是我家,我家在中坝,
  我们都爱大中华;
  中坝是我家,我家在中坝,
  我们共建小康家!

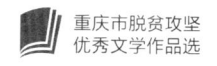

忙啊，盲！

拖着裹满泥水的齐膝长筒靴，吃力地拔出秧田，走到田坎下石板铺就的院坝，用自来水洗去靴筒上柔软滑腻的淤泥。主人黄三习惯性地卷叶子烟，老伴一个劲地劝我不要洗，重三复四地喊我吃碗开水蛋。我一边埋头冲洗，一边客气推辞。换上自己穿来的休闲鞋，虽然也是长期沾满泥土，总觉得合脚轻松。

从扯旱秧到下田插秧，差不多半天的体验，腰酸背痛告诉自己——好个农二代，你"农转非"太久了，不能再硬撑了。土墙青瓦的房屋，大块石板镶嵌的院坝，屋后苍翠欲滴的青山，眼前层层叠叠的秧田，风拂的初夏，云游的午后，主人钟爱自己的山阿老屋，我也把它赞为乡间独栋别墅。

宽敞的院坝，粪便随处可见，刚刚从田里上坎的十多只鸭子，大摇大摆走进院坝，才从竹片和铁丝网围栏放出来的四十多只土鸡，兴奋地迎接会合。有争先恐后啄食苞谷粒的，有张开双臂作欢迎拥抱状的，有嘎嘎咯咯叽叽喳喳的，有比赛似的随地大小便的，鸭毛落地，鸡毛飞起，臭气烘然，叫声嘈杂。五头水牛还在山林草地悠然吃草，房屋左边独立的牛栏看不见牛，周围杂草丛生，牛粪臭味阵阵飘进鼻翼；石头猪圈里三头白猪身影晃动，哼哼哈哈，不甘寂寞，似与外面的鸡鸭相呼应。

农耕机具，镰刀锄头，背篼箩筐，柴火干草，长凳木椅，衣物鞋袜，自来水管，食槽水盆，泥沙土块，污水横流，不堪入目，难以驻足，难以稍坐。看着老两口灰头土脸，双手沾泥，我还是忍不住说，无论如何花点点时间，把屋里屋外环境卫生打扫干净，免得生病，住家也舒服。两口子并不惊讶，而是差不多异口同声地辩解：我们一天到晚都忙啊。

我也感觉无奈,只有转身离开。黄三老伴又大声喊我,并指着我的上身不好明说。我一低头才发觉,身上还穿着她男人临时给我穿着插秧的长袖夹克。

在两口子和那只懂事又强悍的犬王的目送下,我轻快地踏上水泥小路。

是啊,他两口子就是一年四季在忙,一天到黑在忙,不然三四十亩田地他们咋个种得出来,几十上百的鸡鸭猪牛咋个养得出来?之前,曾听与他们特别亲近的蒋二说过,他两口子经常头戴矿灯加班夜战,栽秧挞谷。今天,和他两口子扯旱秧时,头发花白,面色近于泥巴,属虎与我同年的女主人,低声告诉我不愿与人换工互助。原因很简单,别人帮你做事,站着光摆龙门阵手脚不动,我们是谈话归谈话,脚不停手不空,一天挞七八百斤干谷子,连续十几天收完全年稻谷!她半蹬泥腿,一边快速地扯秧、抖泥、用一根干稻草束成一小捆,一厢密密匝匝的秧地转眼裸露出褐色潮湿的泥土,身后站立着一个个捆扎的秧苗。

是他们真的不讲个人卫生吗,是他们真的不爱护环境吗,我看确实是忙,农忙时节一天到黑累得精疲力竭,连弄饭吃的力气都没有了;那农闲时节呢,不乱丢乱放,收拾理顺,清洗打扫,这些根本就不在他们的眼睛里,完全处于他们的视觉盲点!

你认为他生活在垃圾堆里,他觉得吃的用的尽在眼前,丢也方便拿也顺手。祖祖辈辈都这样过来了,自己也这样过来几十年了。

另一个村民小组的名人,外号"酒罐"的更厉害。老伴进城带孙儿去了,一个人在家,鸡鸭吃住与主人同屋,灶台上瓢翻天碗覆地,大锅小锅人畜吃的分不清,从头到脚成天泥土灰尘,脚上鞋上裤腿上从来都是泥土沾染和包裹,忙了田土里,还要忙街上做的小生意,别人吃了夜饭在路边歇凉摆龙门阵了,他才端碗混杂菜饭或者糊涂面,边胡乱刨食边笑嘻嘻走拢来。听其他村民传他的神,有一次夜阑风凉,

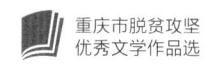

大家三三两两回家，他居然用脚把不锈钢盆碗沿路踢着，哐当哐当回家。而他的姐姐嫁在邻社，屋里屋外，收拾得整整齐齐，干干净净，一身衣服从来也不马虎，都是干净整洁，说话轻言细语，做事有条不紊。同胞姐弟，迥然不同，我真纳闷。姐姐家的女儿在军医大学医院上班，邀请到家里吃饭。听到军医的母亲含笑抱怨父亲，锄头镰刀，鞋子袜子，哪里进屋哪里丢，这里给他拣了他那里丢，父亲无奈地辩解，一天到晚忙不空，涎皮赖脸笑着。我们说几句养成好习惯不咸不淡的话有啥用，就连极爱整洁干净的老伴也拿他没得法，几十年都将就过来了。

冰冻三尺，非一日之寒。习惯的养成从祖祖辈辈开始，习惯的改变也非一朝一夕。

他们确实是忙，但更是盲。我们拟写了《人居环境综合整治顺口溜》，详细列出室内的堂屋、厨房、卧室和厕所清洁卫生要求，室外明确垃圾清理、鸡鸭鹅圈养、柴草农具放置、檐沟院坝清扫、花草树木绿化美化等十个方面，在村委大门口，立起牌子展示，每天喇叭宣传，每个月评比光荣户和加油户；参与结对共建单位的党员、村里干部和驻村队员，还有帮扶责任人，进入农户带头清理清扫；上级部署人居环境治理经费和项目，改厕修路安灯、修檐沟砌花台，进行院落风貌改造，全村环境卫生普遍有所好转和提升，但是做得不彻底，保持更困难。今日收拾整洁干净，明天又是脏乱差臭，样样要政府出钱修建安装，自己不爱惜不动手收拾维护。一个路边院落，青石花台修好了，栽花泥土运到了，喊他三番五次，就是不动手把泥土铲进花槽。他还振振有词，是你政府修的运的，你们村干部该干！

冬去春来，我们组织党员和村社干部填土的条石花台，还是姹紫嫣红、瓜果飘香。村民有的栽了杜鹃花、扁竹根、紫薇花、指甲花，有的干脆种了丝瓜黄瓜和豇豆葱子，倒显示出一派朴素的农家烟火气息，让人感到十分亲切和温暖。

题记:贫穷根源深,斩草必除根。

根

冷浸沟,顾名思义,三个字带水就是冰,让人不寒而栗。难怪当地人要读写为"冷庆沟",好像加上了一点喜庆之意,时间久远了可能就慢慢变化了,或者干脆申请改名赋予新的时代含义。冷浸沟组的陈文明,名实不符,老态龙钟,邋里邋遢。

风烛残年,不敌风雨。七十多岁的人了,去年还喂了两头肥猪,一阵猪瘟袭来,两头都死了,保险也没买,村干部也只有干着急。看着他提着一大瓶老白干,踏着一双难以辨认颜色的塑料拖鞋,从微微扬起尘埃的泥结石路走回家,汗水从黝黑的颈项流进厚实又汗迹斑斑的蓝布中山装领口,口水有时也从积满牙垢残缺的牙缝溢出,停下车和他摆了一会儿龙门阵,才送他回到孤苦伶仃的家。

作为一个五保老人,政府每个月按时发给八百多元的生活补贴,比农村低保高出一倍,在偏僻的乡村可以过上很好的生活了。然而,陈文明却过得很窝囊。几十年前的老木房蕴含着深藏的尊严和深厚的底气,门前的石板院坝也显示出大户人家的气派。房间里面却又黑又乱又脏,整个人都好像生活在垃圾堆里一样。后来,帮扶责任人区农委的帮扶干部送给他全套铺笼帐被,和驻村队员一起强行帮他铺好,不知几个月来又怎么样了。

每每路过冷浸沟都要顺便看望一下,知道他血压高担心不小心摔跟斗,经常劝他按时吃药。今年春上,有一次他居然回答:我板板(棺材)都没得着落哦,我吃啥药哦!我就给他算账,三四千块钱一年多就存起了,他就说没得钱。我劝他走个半小时到村卫生室买点高血压药,每天吃起。他始终坚持等乐兴医院的乡村医生免费送药。

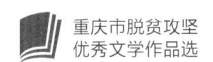

喂养的几只鸡鸭倒是关在竹片围栏里了,但是房前屋后又恢复一片狼藉,还在等驻村工作队员又去帮他打扫收拾。我说,你今年猪也没喂了,多少抽点时间就可以把屋子收拾干净,自己住着也舒服卫生。他总是说,等它。

一个人一旦失去寄托久了,只能算是活着而已。

前几天,乐兴医院乡村医生进村开展卫生知识培训,给六十岁以上的老人免费做健康体检。我当面过问了陈文明高血压药的问题,医生告诉我他每年都有两千多元的药费,完全够了,只是他自己没有去医院开药。穿着白大褂的年轻女医生,取下套在陈文明手腕上的血压计,答应下周反馈体检结果时给他送到家里。他一边扯两下污垢不堪的衣袖,一边口水涎滴地笑着:你看嘛,我说等他们送来嘛。

看着陈老汉满足的笑脸,我也轻轻苦笑了一声。

杉树嘴,我和打造民宿居住在村的摄影爱好者宋先生实地考察过,确实名不虚传,真是岩崖突兀,高峻峭拔,有一石笋依山挺立,形神皆似,杉树茂密,挺拔朝天,四季苍翠,既是修房造屋的上等木材,又是保持水土生态绿化的好树种。

中坝地灵人杰,因地制宜,就地取材,从古至今才有了泥坯土房、砖石老房、实木暖屋和现在的砖混新屋。杉树嘴得天独厚,前人修房造屋,多用木料,遮风避雨,很是幸福。

樊瑶夫妇两个儿子,一个远在广州,条件不错;一个就在主城大渡口区核心区域,二老投靠一儿居住大渡口。留在村里就两间木屋,柱头、板壁和落地穿枋腐朽不堪,老瓦处处破损,屋漏瓢盆桶碗接雨。樊瑶是个十分勤劳的人,有时回来种点蔬菜,也种一两丘田的稻谷,将就窝在岌岌可危的楼上。

经过鉴定,该房属于危房,不可居住,应该自行拆除。村里镇里干部多次宣传动员,要么拆除保留地基,要么让儿子们支持点钱,就在当地买点木料,重新起房,也是她家完全能够解决的。但是,拆建都不接受,只要回到村里,总要到村委会,碰见哪个就扭到哪个反映。我曾经在路上遇见她微微跛脚走路,搭她回村,从此以后扭到我要求政府帮她修房子。我给她解释,她家在城里自有房屋居住,政府没有政策给她改造危房。她始终认为,只要扭到费(方言,不依不饶,死缠烂打之意),政府就会给。后来,村干部都不愿怎么理睬了,她还是见人就诉苦叫穷。有一次我启动了引擎准备开车,她也扒着车窗喋喋不休,说干部见人做事不管她家死活安危,对干部和政府愤愤不平。

曾经听到村民背地反映,她在其他场合显摆炫富,说在广州的儿子又买了一套好几百万的房子如何如何。这种当面一套背地一套,一天就伸手向政府要要要的行为,虽然是个别现象,总让人难以理喻。耐心解释吧,她又怀有希望,不言放弃;不予理睬吧,又一天黑起脸到处说你坏话,真是麻烦透顶。

最近一次,晚饭后散步,从田间走到农家院子。樊瑶还在地里摘嫩南瓜,她男人则悠闲地坐在低矮的屋檐下歇凉。问他咋也回来了。他有意提高嗓音回答:准备回来修房子了!那次到村委会怒怼村干部为啥不帮修厕所的一脸怨怒变成了得意,疤痕纠合的国字脸也变得柔和多了。

在黑灯瞎火里生活久了的中坝村民,看见横山镇大坪村和天台村,以及遥遥相望的巴南区圣灯山村的灯火辉煌,自然羡慕不已。

去年秋天,中坝村的客厅——厂口厅社也亮起来了,而且灯火通明,因为我们安装的是太阳能路灯。一不用担心交不起电费,二还能够通宵达旦照亮。老百姓欣喜若狂,奔走相告,灯下加夜班抹苞谷方便了,路上散步歇凉的人多起来了,日入而息的生活方式逐渐改变了,丰富多彩的夜生活让村民欢欣鼓舞。但是,手长衣袖短。我们毕竟是贫困村,帮扶单位捐助始终有限,第一批路灯花了24万元,安装了80盏,主要布置在横山环线到乐中路端头、村民服务中心以及几家养殖大户处。

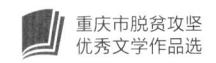

明亮的世界对村民的吸引是不言而喻的,特别是单家独户,远离大路,爬坡下沟,更是向往光明。幸运的村民紧靠路边,自然借光,喜不自禁;有的村民自力更生,由子女网络购买自费安装微型太阳能路灯,照亮自家出入路口和宽大院坝。尖山子社长蒋明超家门口灯光通明,虽然单家独户但是亮堂又安全,两口子经常在雪亮的路灯下切猪菜做家务,延长劳动时间,创造更多财富。

应该说一灯既亮,百家效仿。我们也大力宣传,甚至帮助网购,可是收效甚微。不少村民找到村里,要求人人平等,利益均沾,像路边灯下人家一样享受路灯,像养殖大户那样安装路灯……这就是好事做得越多,反而村民的意见越多,对扶贫工作满意度越低的根源,也是老百姓普遍存在的"不患寡而患不均"自私狭隘的思想意识!

当时,村民服务中心院子里计划有一盏,考虑不破坏优美的自然和人文环境,就另购三盏瓦数小的巧妙安装在三棵杜英树上。剩下一盏暂时放在路边,家住新龙湾一条沟谷的田老鼠(外号)看见,口中伸出耙齿,硬是找我要灯:我一家人住在那条山沟沟,黑灯瞎火的,反正我要把这个灯扛回去。最先,我以为他是开玩笑,就笑着答复他:你扛得回去就是你的。后来他多次打电话找我,情绪激动,言辞激烈,我才知道他真是矮子过河——安(淹)了心的。

只有耐心解释,强行劝住。居然有如此对待集体财物的,真不可思议。村规民约里面关于"集体财物不侵占,公共设施要爱护。水电气路和生态,资源环境要保住"一节,家家户户都张贴宣传了的,咋个会有这种事情发生呢?

时隔半年,我去他家体验农活。那天下午,村里人居环境整治施工队刚好到他院坝安装路灯。平躺在青石板上的黑色灯杆被工人逐渐支撑起来,田家两口子的脖颈也随着灯杆慢慢地仰起去,双眼闪烁出喜滋滋的光芒。旁边那根结满鹅蛋大个果子的梨树,在五月的和风吹拂下叶片飘扬,沙沙作响,好像悦耳的笑声在幽静的山谷轻轻荡漾。

锦绣家园

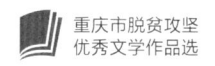

九九艳阳天

九九艳阳天。

中坝环绕着海拔六百到千余米的天台山麓,早上浓雾弥漫,午后艳阳高照。走在乍暖还寒的大地上,春天的耕耘已悄然进入繁忙。

春雷震荡,阳气上升,万物复苏,雷竹笋正在破土。从东南沿海迁移而来的新作物,经历了近一年的风霜雨雪,在这片陌生的土地上生根发芽,欣欣向荣。那笔直的茎干是那么挺拔,那轻盈的枝叶是那么苍翠,泥土中的须根正默默地吸收营养,伸进大地的深处。对于中坝的村民来说,这个春天第一项重要任务,就是扯下口罩给这些"外来户"送上新春的第一份礼物,那就是充足的肥料。

在家的村民都动员起来了,山上山下人影绰绰。男人脱下厚厚的冬衣,挥舞银锄给每一根母竹除去杂草好施肥,给每一片土地梳理沟渠好排水,锄锹起落,银光闪耀;妇女们呢,提着五颜六色的塑料桶,把珍珠一样的化肥撒在每一根母竹的脚边,淡绿色或白色的肥粒纷纷洒落,在阳光中闪烁。男人们在前面抡圆双臂,女人们紧跟着轻扬素手;男人们默默耕耘,挥汗如雨;女人们欢声笑语,像给孩子逗乐喂食。忙碌劳作的人群像一波彩色的浪潮,漫过原野漫过山岗;翠绿的竹篁像一片云彩,飘摇在曾经荒芜的土地,飘扬在埋头苦干人的心中——每一个人都希望春笋破土,获得应有的回报。

全村六个社引进栽种千余亩雷竹,占据梯土三分之一,是村里目前最大的产业。我们胜券在握!我们相信,不出两三年,中坝的土地将更加苍翠繁茂,眼见的是绿水青山,收获的是金山银山。

春雾消散,艳阳普照。金黄的油菜花映衬着老党员张兴全夫妇安静默契的身影。他们给褐黄色的土地除草、翻土、琢细、薅平,像和面粉一样侍弄得可以呼吸新鲜的空气可以吸收春阳的光热,再把金黄饱满的苔种植入肥沃的土壤。沾满泥土的双手缓慢而虔诚,弯曲的腰身低埋的头,像安放珍贵的生命和美好的期待。

让所有的希望都生根发芽,开花结果!

中坝村阡陌纵横,忙种忙收,随处可见。厂口厅路边,一脸双臂双脚黝黑发亮的蒋明伦挥铲垒土,把黑色的农家肥和入黄色的泥土,再精心拌细拌匀。他在准备稻谷和玉米育苗的秧地土壤。今年继续种植二十多亩田土,保持"脱贫致富带头人"和"种养殖大户"光荣称号,多卖一些高山生态新米和糯玉米,让休闲避暑的客人尝到山乡更多的香糯,让全家在全村带头迈进小康社会。

临近中午,一个身材瘦高的老农带领两个年轻人熟练地给花木施肥。绛色的石兰球、红艳的春娟、白色的李花,映衬着年轻人鲜亮的衣服,一群鸭子和云彩在池塘里悠然游动,好一幅春光明媚的图画。

老农面熟但不知姓名,一问得知叫周自模。他曾经带头主动为抗击新冠恶魔捐款五百元,令我竖起大拇指表示敬佩。跟在身后那健壮的青年和略带羞涩的女子是他的儿子和媳妇,春节回老家暂时不能返城复工,就帮着老汉移苗追肥,管护苗圃的花木,把家乡的春天打扮得花枝招展,令路人游客驻足欣赏。

我看到了这片皇天后土美好的未来——她的子子孙孙都不会让它荒芜沉寂,永远会让它物华天宝。

春天不但是播种的季节,同时也是收获的季节。中坝村,被誉为"天台山后勤保障基地,重庆人休闲康养宝地",每年出产水晶萝卜、冰雪白菜、青红辣椒、盘龙豇豆等高山蔬菜五六百吨,质优价廉,水晶萝卜闻名遐迩。

走进精耕细作的蔬菜基地,二三十个菜农正在抢收萝卜。翠绿的叶片覆盖层层梯田,一直连接着周围茂密的森林,浑圆饱满的萝卜从地里到手里,从手里到筐里,堆成小山,闪着瓷白的光亮,间或一些

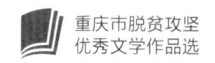

田地开满浅白色的碎花,那是来不及收获的过季萝卜。它们在忧伤地装点原野,它们将枯萎凋零腐烂入泥,再回报赖以生长的故土。

天台山脚,梯土层叠连绵,鱼塘点缀其间,倒映云影天光。

顺着"田小梅家庭农场"醒目的牌子望出去,男女老幼一群人挥刀提篓正在收割。墨绿色的西兰花鲜嫩娇美,嫩绿色的青菜头盎然生脆,雪团似的莲花白冰清玉洁。收割的人呢,既有整天跟泥土打交道的农二代,还有成长在城市回乡帮助家人的农三代农四代——像回乡的知识青年,农村的广阔天地让他们大有作为,故乡泥土的芬芳沁人心脾,也许会流入血液浸入骨髓。

每每看到如此新鲜如此生态的菜蔬,就像牛儿看见鲜嫩丰茂的青草;念及农产品如此贱卖伤农甚至腐烂于泥土,总会难受地叹息揪心地痛。我们三个驻村干部就不由自主地打电话预约购买,村民们就收割装袋,放在田边地角;我们就把自己的车当成"货拉拉"开到乡村路上,打开前后门窗和后备箱盖,满实满载,运回城里分送分享。

行驶在今非昔比宽敞平坦的乡村道路上,呼吸着清新自然的春天气息,瞥望着苍翠和灿烂的春日景象,多少次即兴天游,放声高歌——

> 九九那个艳阳——天嘞,哎哟,
> 五十八岁的老哥——呀,走在乡间……

诗意天台山

> 天台夫如何？
> 横山插青峰！
> 白日摩云天，
> 入夜矗星空。
> 圣灯遥呼应，
> 老瀛夕阳红。
> 冬雪飘银纱，
> 春岚漫腾龙。

天台山，綦江名山。挺拔于横山东北端，最初相约登临的朋友执拗地称之为横山天台峰，并建议区里申请改名，我也觉得一字之改就把两山的相互关系交代得一清二楚。

派遣綦江扶贫仅仅半年，竟然造访再三。化用李太白诗句来表达我对它的情有独钟：相依两不厌，唯有天台山。

首次攀登天台山恰在初夏向晚，随着客居山麓十年的朋友及其田园爱犬，侧面寻路而上，因为激动曾踏空晃悠险些摔倒。纷披杂草，鼠窜荆棘，登临山脊，身贴木鱼石，手抚风动岩，极目南北，薄暮四起，暝色渐浓。于是，匆匆而上，悻悻而下。

时至仲夏，午后跟老社长宋中杰查看他们斩草砍丛，重新开路。我们直接从峰头梅子岗跋涉而上，快步穿越平坦开阔的槐树林，洁白的槐花随风纷扬，犹如日照雪景，阵阵芳香徐徐飘来，沁人心脾。不禁深深呼吸，频频吐纳，林间清新自然的空气缓缓弥漫脏腑，化作美妙诗句：

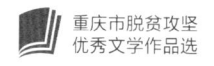

> 夏日飘雪天台山,
> 沁人芬芳弥宇寰。
> 杜鹃声传花讯飞,
> 闲卧槐荫何思还?

从诗意沉浸中抬起头来,老社长已躬身登梯跃上山颈项的土脑壳。我只得快步跟上,西行百余步,木鱼、风动二尊景石依然山梁,木鱼石稳如磐石,风动石摇摇欲坠;枯草干枝弃之两旁,曾经荒芜丛生的柴郎羊肠道重见天日,脚下柔软而富有弹性,干草淡淡清香迎风飘散。山岭如龙脊虎背,狭窄处仅可一人行走,让人有飘飘欲仙之感。左右两侧,陡然跌落两百多米,山麓环道恰似青带围护,外侧梯田则金浪微波,徐徐铺展,匍匐在形态各异的高低悬崖。

伫立山顶,极目远望,众山如碧海拍浪,奔涌而来,不禁激情澎湃,诗兴遄飞。

> 渝南佳峻多锦绣,
> 巍峨千仞天台山。
> 登临绝顶放眼望,
> 四面奔涌碧澜远。

略坐片刻,尽情欣赏罢,再沿山背前行约二里,穿出小片摇曳有声的松杉树林,峭壁耸立如刀砍斧削,惊现眼前。急步狂奔到石壁前,一座石庙俨然矗立,高约三丈以上,虽有杂丛掩映,仍然庄严不减。庙门石柱楷体楹联保存完整:西湖二月景,南海一枝春;拱形庙额精致典雅,正楷镌刻:普陀山。倚靠门口,抬头即见正壁一尊观音佛像慈祥端坐,令人肃然起敬;仰望石窟穹顶,全为长条青石纵向镶嵌;居中一石镌刻文字清晰可见:中华民国三十五年瓜月下浣吉旦。

沿石壁左方擦肩上行,侧身仰望,石壁峭立,危乎高哉,苍鹰盘旋,白云悠然。低头凝视,一方石刻依稀可辨:天台山,綦阳名山也。上有古刹,进香者众。其由中横二山来者日以百计,悉由此上……

绝壁尽头似若无路可走,驻足依壁远望,但见一石门悄然屹立,若与石壁天生连体,将陡峭山路截为两段,在浑然的天空框出一方云彩,真有一夫当关,万夫莫开之势。据称为过去当地大富人家抵御盗贼垒砌的坚实寨门,也是躲避兵灾匪患的坚固工事。

欣然踏出石门,别样风景豁然呈现。天台龙脊虎背绵延起伏,茂密丛林簇拥苍山褐石,地老天荒,不问岁月。莽莽天台山犹如金龙横空,逶迤腾挪在霞光万道之辽阔西天,壮丽无比!胸中诗句奔涌而出,但是哪能描绘这天台夕照景象之万一?!

横山巍峨天台笋,
万道霞光射苍穹。
老瀛遥呼圣灯应,
三峻辉映暮色中。
(注:老瀛指綦江区境内老瀛山;圣灯指巴南区境内圣灯山)

在天台山砍柴割草半辈子的老社长,手持镰刀,铜头铁臂,皱纹汗渍,虎口白牙,得意洋溢。儿时砍柴的山路重现脚下,没想到老了还多次登临,更没想到的是从前是上山砍柴,而今是上山观景;昔日让人吃尽苦头的山峦,如今也让人领略它的美好。

一行人步出倚天石门,披草丛穿树林。迷路在野猪出没的老茶林,纵贯过人迹罕至的擂鼓坪,大家双脚奋力跺踏,地层果然砰砰雷响,我们举杖追逐坠山的落日,终于狼狈地钻出丛林,不期然脚踏天台古刹遗址,趁着余晖归去,回眸森森参天古树,斗转星移空余惆怅。

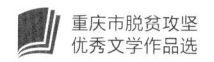

国庆假期,重阳前夕,邀约文人雅士欣然登上山岭,秋阳艳艳,金风习习。丛丛火棘好像熊熊燃烧的火焰,数尊景石依然默默守护。我们快步流星踏起歌声,回音震荡群山深壑,村庄鸡鸭争相呼应,友朋融乐于偏村奇山。秋空霁海,寄情山水的好季节;仁者乐山,仁者长寿的真秘诀。

如此奇山壮景,实在不忍独享,当天发微信朋友圈,分享心得:

  天台耸翠横山巅,
  农夫寄寓白云边。
  春来秋去光阴迫,
  仁者乐享日月慢。

锦绣乡村

锦绣乡村何处寻,天台中坝静待君。

驻村扶贫以来,许多朋友都想去参加帮扶,经常就会问一个问题:去中坝村怎么走,中坝有什么景点没有?

我常常会告诉他有两条路通达。一条沿渝黔高速、綦万高速,上横山抵达;一条沿渝黔高速在巴南一品下道,顺着一品河或者跳石河走乡村公路抵达。而且,我总要像导游一样诱导一句:乡村公路进村,山重水复,美景无限。

那就让我带你沿着乡村公路直奔中坝美丽乡村吧。

当你驶过溪流伴随、青山迎送的乡村道路,从山脚的乐兴场进入中坝村,你会情不自禁地想起陆游优美而富于哲理的诗句——山重水复疑无路,柳暗花明又一村!

道旁,盎然春意扑面而来。梯土连绵,绿色田地里萝卜、白菜正在有序采收,每年两三百吨装入城市菜篮子;坡岭起伏,青青翠竹随风摇曳,新引进的雷竹长势喜人;田埂土坎随意曲折,桃红李白,疏疏落落,与成片金黄的油菜花遥相呼应。鸡鸣犬吠,牛羊哞哞,春鸟啼唱,充盈耳畔,回响山川,传达出浓郁的农耕气息。如果到了初夏,那必是连绵的稻田生长着绿油油的秧苗,犹如碧海浪涛随风起伏荡漾;金风送爽,秋阳灿烂的季节,金色的稻浪又是铺天盖地,收割的乡民虽然顶着烈日汗流浃背,但是丰收让他们心里充盈着踏实和满足,让他们晒得黑里泛红的脸上洋溢着自信和幸福。

这,就是中坝八景之"田园牧歌"。

远方,满目苍翠,层峦叠嶂,森林茂密,好像一位饱经风霜的老人伸开双臂要热情地拥抱你一样。你会沿着蜿蜒盘旋的乡村公路,更

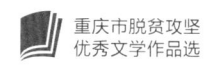

加热切地驶进幽静的山阿,也会在一片茂林修竹旁停车——一幢规模宏大的全木结构青瓦大院会吸引你步入看个究竟。

这,就是中坝八景之"廖家大院"。

大院坐落山腰,雄镇一方。苍松翠竹三面掩映,院前田园依依,云天开阔。院内全木结构的正房和厢房堂堂正正,梁柱穿枋雕刻精美;厅堂神龛肃穆安然,其上横匾"瑞气盈庭"四个赵体大字,字迹清晰,墨色饱和,仔细辨识,一笔一画均由花枝勾勒,暗纹托底,精致绝伦;做工精致的门窗保存完好,板壁上20世纪五六十年代的标语仍然保持着深沉的红色;规规整整的台阶,方方正正的院坝,大块石板镶嵌有致,苔痕斑驳。

据介绍,这个大院历经百年风雨至今岿然不动,主家枝繁叶茂,人才辈出。

从大院后面继续盘旋而上,到达陈山脊梁。苍松翠竹摇曳云影,阵阵松涛悦耳动听。如有雅意松下瞭望,田园风光尽收眼底,远山云树透迤无穷。村里策划除却松下杂丛,铺设露营基地,吸引游客休闲纳凉,尽享中坝八景之"松林夏午"。

帐篷搭在林下,吊床挂在树上,柔软的松毛铺地,凉爽的清风徐来,阵阵的松涛回荡,紧张疲惫的现代人离开喧嚣的尘世,享受惬意的闲适光阴,让山村的宁静和清新荡涤心灵的躁动,让大自然的孩子回归她的怀抱。

进村至此,步步高升,海拔500多米不觉升至1000米山岭。透过疏朗的松林,你可俯瞰一座黛瓦为盖青石为墙的院落,那就是中坝八景之"磐石堡垒"——又一处人文景观——废弃十年的断垣残壁复建的村民服务中心。歇山式的屋顶、青石铺就的庭院、开满石花(花一样的银色苔藓)的院墙,以及点缀墙根的石头水缸、猪槽、碓窝、石磨,无不保留着农耕文明的古朴风貌。悠悠的岁月呈现出斑驳的光影,足以让远行的后代触摸到故乡历史的脉搏跳动,寻找到先辈的奋斗精神。

顺着山岭,穿过白墙黑瓦的"巴渝新村"居民街,便可于山梁最瘦窄处,驻足欣赏中坝八景之"云海日出"。

山梁宽不过百米,长约三百余米,了无遮挡。西边田畴层叠铺展而下,东边坡岭横连纵展,徐徐沉降,树木郁郁葱葱,村落散布其间,颇有"暖暖远人村,依依墟里烟"的乡愁画意。目力所及,横看成岭,纵看成峰逶迤绵延。

尤其吸引眼球的是中坝新的一天拉开帷幕的时候——清晨日出,天际辽阔,紫气弥漫,云海翻腾,龙腾虎跃,莽莽苍苍,气象万千。你的心胸会豁然开阔,你的热血会瞬间沸腾,你会充满希望与活力地拥抱新的一天!勤劳的乡民,正铆足精力地走进田园,春种秋收。神圣的太阳啊,你赐予大地以无穷的光热,也赐予人类以无尽的恩惠。

恋恋不舍地收回燃烧着灿烂的目光,继续西行踏上天台山环道,你就像一只小小的蚂蚁一样爬行在山腰。如果正逢端午前后,漫山遍野的洋槐开满洁白的花絮。远看犹如飘雪,纷纷扬扬;近嗅恰似蜜园,芬芳清爽。这片上世纪末退耕还林的槐树,不知陶醉了多少远道的游客,不知勾起了多少故乡游子的回忆!

这,就是中坝八景之"天台飘雪"。环道旁一尊巨石上刻有书法名家錾子先生的"天台快雪",字字苍劲,犹如古槐虬枝。

中坝是一个名副其实的山村。境内天台山高耸入云,最高峰海拔1361米,矗立于连绵起伏的横山之巅东北部。如果说横山是一骑奔驰如风的骏马,那巍峨的天台山就是骏马那迎风猎猎的阳刚鬃毛,挺拔险峻,雄奇壮美。

从千米海拔高度的环道再攀登三百多米,即可到达山顶。中坝八景之"天台远澜"宏阔壮丽的大景,将毫无保留地展现在你的眼前。四面青山重重,犹如辽阔大海的碧涛,奔涌而来,势不可挡,永不停歇。侧耳倾听,仿佛雄浑昂扬的涛声,此起彼伏,响彻云霄,激荡

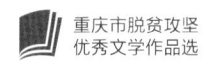

天宇!

你可想象夏夜登临,或月明星稀,或繁星满天,城阙落山麓,手可扪星辰,蛙鸣如潮,清风劲拂,凡尘了无,飘飘欲飞。那是多么诗意的良辰美景,多么缥缈的仙境!

月升日落,黄昏夕阳。当彩霞满天的时候,你应当进入"中坝一日游"的最后最靓丽的景点——"天台夕照"。你将乘兴返归,拄杖下山,穿过被夕阳照射得绚丽多彩的槐树丛林,踏上环道旁的那古朴厚重的观景台。

这个时候,落日含山,西天熔金,天台山像一只金色的凤凰,振翅欲飞,翱翔寰宇。高峻的圣灯山、神奇的老瀛山,与它一起静穆在无边的落日余晖中,拱卫苍穹,地老天荒,劳作了一天的山村也随之归于平静,安宁与祥和融合于四起的暮色,你劳顿的心灵会得到温柔的抚慰,你澄净的经脉会注入永恒的能量。

中坝，我为你歌唱

中坝，一片神奇的土地，我被你吸引陶醉。

阳春三月，肩负使命、怀揣梦想，第一次踏上这片土地。进村伊始，区派第一书记钟萍方和村主任张毓兵陪同，走访几户贫困户家庭，嘘寒问暖，了解社情民意，深感沉甸甸的责任和任务的光荣艰巨。走过田园山丘，稀稀疏疏的脆红李开着洁白的花，密密匝匝的萝卜薹开满浅绿色的花，羽毛鲜亮的鸭子在冬水田觅食欢叫，粉墙黛瓦的农房掩映在绿树翠竹之间，临崖一带浓雾冉冉升腾，弥漫过茂密的芭茅，仿佛给高耸的天台山裹上一层缥缈的白纱，连绵如屏的山峰更显出绰约的风姿。

直觉告诉我：我们可以欣赏随处可见的美丽风景，但是我们得小心翼翼地把脚下坎坷不平或者泥汀溜滑的小路踏成大道，从希望的春天走进生长的夏天再走进收获的秋天和富足的冬天。

站在天台山脚的梅子岗，中坝全村一览无余。山势龙腾虎跃，九社分布两翼；坡岭松林苍翠，台地田园连绵；道路九曲回肠，房屋聚散点缀；涧壑幽深雾绕，峭崖挺拔鸟鸣；春寒虽然料峭，春意已经盎然；贫穷不可惧怕，致富必可期待。

横山作为休闲避暑胜地闻名遐迩，而横山之峰的天台山却默默无闻；天台山下的中坝村，距离主城百公里，名列市级贫困村！

中坝村借势横山，发展都市观光农业和休闲旅游，势在必行。来自区文旅委的钟书记信心十足，村主任也点头首肯。富在深山有远亲，客走旺家门。首先要把中坝宣传出去，把客人和投资业主吸引进来。

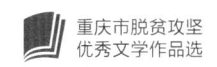

中坝，我要热情地为你歌唱，我要用歌声让你声名远扬，近悦远来，为你雪中送炭为你添砖加瓦，为你插上腾飞的翅膀！

中坝，一怀纯朴的乡情，我被你深深感动。

驻村帮扶开始，我的微信朋友圈停止其他内容发布，只作为脱贫攻坚专题宣传，只作为中坝村的形象传播。扶贫作为党和政府重大的战略，自然成为社会高度关注焦点。点赞的关注、热切的评论，节节攀升；上山来休闲的，进村来帮扶的，异常踊跃。

在九龙坡区文旅委当领导、音乐创作实力雄厚的朋友彭斌，从事少儿艺术培训的老总范春，登天台山望远，倚观景台弹琴，进贫困户走访，汲天台山泉泡茶，吃农家饭菜走心。一次次游览考察，一次次愉悦感动，目睹满目的青山，放眼金色的稻浪，耳闻鸡犬的欢叫，注目炊烟之袅袅。他们也冒出同样一个冲动，要为中坝写歌，要为中坝歌唱，歌唱她优美的自然风光，歌唱她纯朴的乡情民风，歌唱泥土的价值和耕耘的意义，歌唱内心深处的向往，歌唱城市和乡村共同的未来——我们的中国梦。

村歌，一首深情的恋曲，我为你倾情创作。

在雄峻的天台山上，我们沐浴着悠悠的凉风吹拂；在收获的田间地头，我们感受父老乡亲的辛勤；在休闲度假的白昼，我们深入村庄农户采风；在松涛激荡的夜晚，我们热烈地创作词曲；在"春之声"的西郊沙龙，我们一起试弹试唱，激情涌动，思如泉涌，如痴如醉……

那段时间，我们都沉浸在中坝的意境里；那些日子，我们既是乡村的游客也是中坝的赤子。我们注目她的身影和面容，我们倾听她的欢乐和忧愁，我们用赤子之心与她同频共振。深情的歌词，优美的旋律，好像天台山林中的清泉淙淙流淌，恰似父老乡亲深情的呼唤在耳畔回响，犹如故乡游子的思念绵绵不断，也抒发着热切的向往、诚挚的赞美和殷切的期盼——

这里的山开野花
林中清泉流人家
这里天台风光美
凉风悠悠如氧吧
满天彩云漫坡红霞
令人心醉叫人爱煞
我们勤劳奔小康
共同建设美丽的家
……
这里父老爱庄稼
云中梯田涌稻花
这里乡情淳又美
炊烟袅袅美如画
远方客人请你留下
百鸟朝凤都安了家
我们一起手牵手
共同建设美丽的家
……

春晚,一场欢乐的盛会,我为你尽情歌唱。

当金灿灿的玉米颗粒归仓,当金色的稻谷变成雪白如玉的大米,当红衣丹心的红薯抖落泥土悉数窖藏,当平坦宽敞的道路铺展到村村寨寨,当一盏盏太阳能路灯照亮在回家的路上,当甘甜的清泉流进农舍,亮晃晃的水田歇息了,空空如也的土地歇息了,牛和农机农具都歇息了,猪长膘了,鸡鸭肥了,腰包鼓起来了。我们的父老乡亲欢聚一堂,汇聚在青石如磐的院落,摆上八仙桌,烤上木炭火,穿上新衣裳,整理好快乐的心情,洋溢出幸福的笑容——破天荒地享受自己的

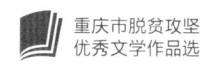

春晚,史无前例的春晚。欢庆的锣鼓敲响,丰收的唢呐吹响;帮扶的嘉宾来了,明星演员来了;精彩的节目让我们眼花缭乱,风趣的小品让我们心花怒放,优美的歌声让我们心情舒畅,喜气洋洋——

> 中坝是我家
>
> 我家在中坝
>
> 我们都爱大中华
>
> 中坝是我家
>
> 我家在中坝
>
> 我们共建小康家

台上的演员深情地歌唱,景美情深,人似天仙;台下的乡亲挥舞手牌,如痴如醉,轻轻哼唱。从祖祖辈辈开始,我们都生长在这个地方,在我们眼里,这些山山水水都司空见惯习以为常。而今天,听见山从歌声里站起来,听见水从歌声里飘出来,看见亲手栽种的稻谷涌动起波浪涌动起丰收的喜悦,看见炊烟升起也勾起流浪时的思念勾起回家的冲动!今天我们真正感觉到自己家乡是多么的令人向往,自己的生活是多么的幸福美好,自己的言行举止是多么的庄重,自己的品德情操是多么的高尚。歌声唱出了一个村子跟一个国家共同的心跳,歌声激荡着胸怀飘扬在村庄,我们热爱家乡我们热爱祖国,我们善良勇敢,我们勤劳致富。歌声是我们乡村最美妙的声音,是我们奋力脱贫攻坚最嘹亮的号角,是我们创造小康生活最优美的赞歌。

今天,我们同时同地用同一种声音,歌唱我们的家乡,歌唱我们的生活,歌唱我们自己!

中坝鸟瞰

进入中坝,犹如回到故乡。

故乡的人和事都装入心里,故乡的景与物都摄入镜头。故乡四季,美景无限,秋冬尤美。

2019年金秋,周末好时光。金风送爽,吹得格外高远的天空了无纤尘。把摄影当成最爱的摄影家老兄弟伙岳涤——一名摄踪处处的职业摄影师,被我邀上山来。我们要在一年四季中光照最好的时候拍摄中坝的宏大面貌,而且采用上帝的视角,把金秋大地悉收镜头。

当晚,我们把帐篷搭在天台山腰的梅子岗。两个大男人克服了"混眠一帐"的不适,但是我们捕捉了星夜和凌晨惊艳绝俗的光影。尤其当金色的阳光像主宰天地的聚光灯照耀大地,我们放飞无人航拍机升空搜寻。最耀人眼目的是大片金灿灿的色块,它是正在收割的稻田,好像天上的金币掉落在村庄掉落在丰收人的手里。它涌动着翻滚着,又像金色的霞光照耀的海浪,仿佛可以听见它那雄浑的涛声,可以闻到它那阵阵的谷穗芬芳。峻峭的山岗,幽深的峡谷,覆盖着绿色的森林,恰似碧波荡漾,长河流淌,你的双目获得清新,你的心胸为之舒畅。密布的道路,从山顶蜿蜒而下,一会儿钻入金色的海洋,一会儿伴随绿色的河流,一会儿缀拾起群落房舍,像巨龙腾云驾雾,像闪电惊震长空……

中坝金秋,遍地锦绣。

二月十五日,2020年第一场雪不期而来,被新冠恶魔封闭在家的我把美丽的雪片当成一纸山村的请柬。晚上十点半,接到客居乡村朋友事先约定的微信,躺在床上的我,丢开手里的书——记录遥远地方的《昨日的世界——一个欧洲人的记忆》,立马收拾相机,戴上口

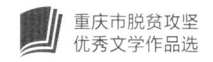

罩,火速赶回横山上的中坝村,并打电话约住在山上的影友,明天一早上天台山拍雪景。

以扶贫工作回村的理由通过防疫关卡,穿过笼罩山梁的浓雾,瞥见路灯下的冰雪世界,尽管寒气凌厉,百里单骑仍然让人振奋不已。电热毯烘烤出潮湿的霉气,深沟壑呼啸着鬼怪般的风声,为了一睹中坝的银色风采,一切都在所不惜!

闹铃叫醒,客居的宋先生已经到达拍摄地点。旭日升上东山,云彩染上红晕,犹豫片刻,忍痛放弃,飞速去接影友——再美的风景都可以错过,朋友的约定不可辜负!

待我们沿着宋先生前行的脚印,迫不及待爬上天台山,朝霞虽已消散,一派银装素裹却一览无遗。

我们抑制着激动和兴奋,像胸有成竹的狙击手,或点射或扫射,瞄准山川、云雾、田地、道路、房舍、森林,不停地俯拍。身为摄协主席的文勇兄,更是体现出家乡赤子的投入,迅速放飞航拍无人机,像遥控一只听命的苍鹰,让它灵活地盘旋、敏锐地捕捉,要将这神奇美丽的风景尽收眼底。

东方云雾弥漫开来,西天蔚蓝逐渐呈现。对这片土地注入绵绵不绝情怀的李红彤影友——当地乡镇前任领导——也从山下的城区赶来。我们相会于天台山最佳观赏点,对着正在冰消雪融的世界,用摄影人的"第三只眼睛"搜寻、发现和创作,用我们对这片土地的共同热忱来深情地定格。

——晨光熹微,朝云披红,疫魔的阴影和生活的沉闷被早春鲜亮的色彩与无限的活力一扫而光;

——山舞银蛇,原驰蜡象,云雾缥缈,龙腾虎跃,磅礴的气势和辽阔的景象,总给人以心灵的震撼和激昂的力量;

——辽阔的旷野,优美的田园,仿佛纯洁的灵魂,抒情的诗行,令人悦目赏心,精神得到净化和升华;

——鹅黄的油菜花,翠绿的青菜叶,土地奉献的果实和欣欣向荣的景象,带给农人以欣慰和满足;

——蜿蜒的道路,屹立的房屋,升腾的炊烟,显示出人间桃源的安宁、祥和与温馨!

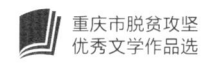

老屋春秋

脱贫攻坚决战决胜的春天来临之际，人们终于从新冠恶魔阴霾中走出来。四月初的一天，刚走到村民服务中心大门，透过茂林修竹，看见一条土黄色的路基穿过田地，转个弯延伸到了大鱼塘边的老房子——六十年前的村公所和村小，现在是老党员周国明一家的住宅。

伴着隆隆的轰鸣，踩着松软的新泥，顺着路基走去，挖掘机伸长脖子开辟着新路，村民胡大文躬身俯背在松林下捡拾败树残枝做柴火，周家的大儿子周正林站在新掘的泥土上向我招手，大声喊我过去看看。

正林薄衣单裤沾着泥点，满脸汗渍未干，活力焕发，眼睛发亮，声音洪亮地告诉我：龙书记，我用好田好土调了四家人的自留地，把这条路修到家门口，足足五米宽。

我说：好！目前村里办不到的事，你能办到，大家受益，都会感激你的。

我问了调地的老人胡大文，还有正在培田坎的妇女黄安学，他们都说修路好啊，说以后摘糯苞谷收谷子都可以用车子推了。

塘里掘起的黑色淤泥，覆盖着黄褐色的表土，让人想起沧海桑田。黄色的路基在挖掘机轮下开拓，像一川洪流滚滚而来，鱼塘边那石头土坯的老屋也感觉到颤颤巍巍。

这幢老房子积淀了中坝村深厚的历史文化，我曾经带城里的朋友参观考察过，准备租来搞民宿开发。随着村里的发展前景越来越广阔，原住村民及在外工作的子女越来越认识到老屋和宅基地的稀缺，流浪的游子也悄然加快了回乡寻根重建家园的脚步。

做好扶贫工作人员的同时,我暗中自觉地承担起这个乡村的档案员的义务。

房主周国明站在土墙前笑眯眯地招呼我,我也更为迫切地走向这个憨厚善良的老人,走进这处承载着这个村庄昨日的荣光和梦想的老宅。

老人家介绍,这房子是1948年赵姓村民修建,解放后主人被划为地主,房子分给了他家。房子排列五间,中间是堂屋。1958年右边两间失火烧过,1962年村里重修作村公所和村小。1973年搬到现在的村委会,他兄弟又花5400多块钱买回来居住。

周国明和同样耄耋之年的老伴,面朝黄土背朝天,一天不停地劳动,他们的口头禅是:"老了不扭(读niú,劳动、活动之意)就要萎(读wēi,萎靡之意)。"这座半个多世纪的老屋,早就风雨飘摇近于摇摇欲坠,看来是要寿终正寝了。

以前用相机记录过的整体形象和里里外外的时光痕迹,在老人家如数家珍似的介绍下,我再次搜寻拍摄如下:

1. 建筑正面

石头圈地,土坯起墙,墙壁上部竹片为经,"三合土"(黄泥、石灰、稻草与水拌和)敷面;堂屋及右边一间墙面上部,土红研墨,芭茅做笔,上书"高举毛泽东思想伟大红旗",铅笔勾线,楷体填红,墨迹清晰,笔画工整,颜色匀称饱和,被堂屋上层挑廊遮住部分;右间上部土红所绘红五星,保存完好;两根廊柱整石雕刻,四棱四方,面宽约40厘米,高约3米;地面原为三合土,凹凸不平,现在被他儿子更换成水泥地面,一平如镜了。

2. 房间里面

堂屋及左两间,一直为住宅,无甚可述;右边两间,上下两层,隐

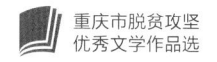

藏宝贝。

先看楼下一层，两间拉通，几根石柱支撑，为村公所会议室，石灰粉墙上还保留当年痕迹，木炭写就有厂口厅、松岭、新龙湾各社座次，妇女主任陈孝梅选举的票数。这个村发生的大大小小事情，均在这个窗含天台夕阳的宽敞空间里决策，全村几百人的命运也由村干部在这个不足百平米的房间精心呵护，附着在这片土地上的村民也许常常会在劳累一天以后关切地窥望小小窗户昏暗油灯的光亮，"社教"干部经常在潮湿的房间一边烤着炭火一边宣传社会主义优越性……可以想象，这里就是全村的灯塔和灵魂，是全村与外界的联络站。

楼上一层，分成若干小间，相当于现在的多功能厅。上楼梯左边小间为包医百病的赤脚医生卫生室，右间为早期超市的供销社代销店，狭窄走廊进去，左边最大的房间做教室，右边两间为老师寝室。特别具有保存价值的是教室上空中间梁木，上书文字——从右至左书：石坪村公所学校大队建修公立，从左至右书：公元一九六二年八月中旬立，依然是脚下土红泥浆描绘的红色文字，庄重大方，与挺拔威严的脊梁像一道彩虹，永远辉映着这方高山天空，像一面炫目的彩旗，高高飘扬在咿呀学童仰望的未来！

仰望着仰望着，我的心也随之飞升，越来越高，越来越远，竟飞回了我遥远的故乡，我童年的村小，那座私家祠堂改成的学校——一个1962年8月出生的乡村孩童成长的摇篮！

3. 房屋院坝

从院坝依稀显露的骨质层可以断言，老宅坐落在整块庞大的山石之上，坚不可摧。可见六十多年前，建房人选址眼光之独到。左边龟背形的石头显露无遗，浑圆饱满，宽大十米见方。外沿优美，徐徐滑落，下临稻田；内靠屋檐处，雕凿碾盘一座。碾盘直径约五米，光滑如玉,几无破损;碾磙闲置,形状完好,爬满青苔;屋檐石坎,钻有小孔,当年拴牛之用,光滑如初。如能还原当初牵牛碾米情景,倒流的时光总会令人陶醉于富足宁静的久远生活。

4. 周围环境

前临明塘,远山遥望;后靠峻崖,松柏常青;东岭逶迤,紫气升腾;西对天台,霞光万道。

5. 历史变迁

据綦江街镇历史文化丛书《龙迹三角》记载,中坝村走过半个多世纪,翻过了三个关键性的坎,留下了深深的足印。

1953年8月24日,綦江县政府批准从乐兴乡的天台、石佛、石坪三个村中各划出一部分设立中坝村。由此可见,中坝设村以来已有67年历史。1981年5月,因地名普查重名更名,将石坪大队改为陈山大队。2001年8月,开展农村行政村调整合并工作,中坝村与陈家村合并为中坝村。由此开始计算,中坝村刚满20岁——正值青春年华!

让我们走出历史的幽深,回到明媚的春光。

眼前正在成型的道路,长不过一里,但是却走过了半个世纪。先石坪后陈山,1962年在这里办公、办学,十年筚路蓝缕,十年开启童智。1973年移至新址磐石院落,承前启后,继往开来,长达三十年,而地处山的东南半山腰的中坝村如同孪生兄弟一般,也是凭借冷浸沟一栋民房做村公所和村小。撤社并村,学童集中到镇读书,村小废弃,十年风霜雨雪,已成断垣残壁。磐石院落复建作为村民服务中心,废弃遗址重获新生。鲜红的国旗高高飘扬,苍松翠柏挺拔映衬;村民服务中心宽敞明亮,党建阵地、农技学校、文化中心、乡村图书室、乡村医务室,应有尽有;村民办事集会、观看电影、表演节目、看病健身,样样可为。

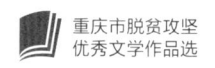

村犬四五只

自古以来,犬是人类最忠实的朋友。而今乡村守护,犬类功不可没。

第一只闯入视野的,是走访第一个贫困户蒋明伦时,在水泥院坝恶吠欲扑的一只母狗,凶恶而且奇瘦,以至于吠得全身微微颤抖,像一片干枯的扁豆。主人一边红黑着脸请我们进屋,一边大声吆喝驱赶龇牙咧嘴的黑狗。防狗,也成为进村入户的本领之一。

后来听说是一只野狗,而且好像咬伤过人,当然更有多人受到过不同程度的惊吓。经常出没于蒋家周围,蒋家也时不时喂它一点残汤剩饭。村干部商量把它就地正法,以免咬伤路人,当然也特别包括上级领导和外来客人。蒋明伦也证实不是他家所喂养家犬,赞同处决。

几个月过去了,我们也常常入户蒋家走访,黑狗虽然也远远尖叫几声,如同发出警告一般,终究没有扑过来;上级领导和来宾也曾多次光临检查慰问,可能是慑于权威或者出于礼仪,黑狗好像躲得不见踪影。一年多了,也许是蒋家驯养了它,也许是人们善待了它。村中心地带那黑狗也时常露脸,对蒋家院坝更是日夜守护,保护着竹片栅栏里众多的鸡鸭鹅们,俨然家犬一般。杂乱的毛也顺了,褐黑的毛色更黑了,瘦骨嶙峋变成了健美体态,尤其不像以前一样见人便吠,而是温驯地注视着,知趣地保持相当的安全距离。

村干部再也无意追究,蒋家呢,也好像顺理成章地接纳了这个不知来自于何方、曾经给人以惊恐的家伙。俗语也说,狗来富。

第二只狗,村犬中的幸运者,也可以说是养尊处优的贵妇——客居乡村的宋先生的宠物犬。名叫田黄,黄毛的中华田园犬。问其出身,不过横山街头的一只流浪犬,遇上城里来的归隐高人,摇身一变成了彬彬有礼、悠雅娴淑的度假者。宋先生寄情山水田园,爱好爬山摄影,田黄自然常常跟随身边,时而前方探路,时而侧翼侦察,时而后随游玩。主人外出云游数日或十数日,接受托付的邻居也会照顾,让它食宿无忧,独享清福。

每当客人入户参观土墙老宅改建的乡村民宿,楼上琳琅满目的百种矿物标本,或者品茗聊天,田黄都会温顺伴随在古朴自然的院落,外来者都不会因为看见它而害怕。当然,每年初夏生产并喂养小宝宝的时候,宋先生要轻声细语招呼一下,保证人犬相安无事,进出平安。

其他村犬可望而不可即的是,田黄经常出现在宋先生的微信朋友圈里,因为它有幸经常陪伴主人游山玩水,徜徉乡村。给人的印象,总是与人为善,温文尔雅,悠游自在。如果村犬都像这样,与安宁的乡村就非常和谐了。

与田黄相反的一只狗,就是我们住所附近一个宋姓村民喂养的,好像未见其面,但是早闻其名,而且是恶名。去年夏天,一次村里搞活动,所住农家乐女主人回来给大家弄伙食。第二周回村,听说女老板被邻居那狗咬伤了脚。据说是用餐时丢骨头喂食,两狗争抢,迁怒于人,真正应了那句乡下老话——为好不讨好,喂狗遭狗咬。百里迢迢回来,辛辛苦苦筹办一餐饭菜,挣了几百块钱,还不够打狂犬疫苗。狗的主人躲得远远的没有露面,被误伤者只有哑巴吃黄连,有苦说不出。

后来,似乎再也没有见过那上门伤人的昧良心的恶狗。也许它遭到了处决,也许它还逍遥他处。

第四只,黑白花色,体态健美。常常奔走路上,有时游走田间,偶尔汪汪大叫几声,远远站着防范。此狗,是否敢追野猪的狗王?

一天下班开车路过,它与我同向奔跑。夕阳逆光下那轻盈而敏

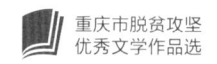

捷的身影,华丽而鲜亮的皮毛,我停下车拿出相机给它拍照,它居然昂首挺胸翘尾,引吭高呼。等我走进路边村干部赵昌辉家石头房屋院落,它也跟随进来和昌辉亲近,舔舌摇尾。我才知道它的情况:小名花花,不但不敢追野猪,连耗子都不咬,真是少管闲事。昌辉解释说,从小就没有喂它血腥的东西,性子里就没有培养好斗和残杀的因子。

我让昌辉带我去拍田园夕阳,好在散步中问他那项相亲的结果,不至于让人尴尬。花花就在身后跟着,后来看见昌辉父母插完秧走上田埂,便欢快地奔过去迎接,陪同回家。又见隔着几块田的土坎上有两只同类在玩耍,便健步如飞,跑过去同乐。

如此健美如此平和如此亲近家人如此尊重客人,真是农家的耍伴,乡村的美宠。

狗王,我一直关注和搜寻的狗王,你在哪里呢,你究竟存不存在,你该是何等忠心耿耿,何等勇敢顽强!

由于上两周处理单位的事情耽搁,赶回村里插秧已晚,我一直遗憾没有过够插秧的瘾。当天下午,我联系到种田大户黄三还在犁田,立即挂根茶树拐杖(主要是防滑防狗防蛇)疾步前往了解情况,准备明天下田。刚走到垭口,降低身体重心,稳步走上陡坡便道,数声雷鸣般的犬吠便从谷底传出,震荡山涧。透过茂盛的松枝,俯看见黄三正在埋头培田坎,一只和花花差不多大的黄狗正对我虎视眈眈。饱满的额头和竖立的双耳,雄壮阳刚;警觉的眼睛、硬朗的嘴唇,以及钢锉般的牙齿,显示出不可侵犯的威严。此时,黄三也抬头,高声爽笑,满脸堆皱,满口露牙。

我们走到他田坎下的土墙老屋石板院坝,他指给我看水田里十六只觅食的鸭子,要我帮他推销;打开竹篱放出一群黄色本地鸡,说一年多了,就喂谷子和苞谷,请我介绍给城里朋友购买;一边卷叶子烟吧嗒过瘾,一边引我看他喂的三头猪,每头两百多斤重了,过年杀一头自家熬油吃肉,我就答应帮他销售剩下的……

也许是我手持木棍,那狗始终与我若即若离。我伸手想抚摸一下它又走开,我一挪步它随即跟着,我就说你这狗温驯。黄三马上高声反驳:它对人温驯,对野猪才凶噢!我失声大叫:它就是我们村敢追野猪的狗王?它叫什么名字?

我迫不及待地追问,才知道寻找这么久的狗王居然就这么不经意地出现在眼前。黄三骄傲地告诉我它叫崽崽,滔滔不绝地历数崽崽的功劳:

去年就是这段时间,它在苞谷土边狂叫,我跑过去,恁个长一头野猪(黄三把双手朝两侧伸开),它一个趟子追上去,一会儿跑回来就跛了一只脚,遭野猪咬了一口。从那以后,野猪来还是来,只要听到崽崽一叫就不敢进苞谷林了。代书记和叶总都还要感谢我噢,它经常跑到对面山头上去保护他们喂的土鸡。上面周国明家洋芋土,野猪来拱,搞得烦糟糟的,还不是它跑去追去撵。周国明亲眼看见的,一点不假啊。这崽崽精灵得很,天黑了喊它"崽崽去帮我找牛",它就带着你到树林里把牛牵回来。有一次丢了一只鸭子,喊它去找,它硬是钻进刺笆笼里把躲在石头缝的鸭子找到了,还咻咻咻地告诉你。

当我问及它的活动范围有好宽时,主人得意扬扬地说:宽得很哦,上半村四五个生产队都去。宋总家黄狗去年下的仔都是它的。我好奇地追问,你咋知道?他说,崽崽到了那里就不走了。好几天后,我才去牵回来的。呵呵!

吾村犬王,这么英勇无畏,这么奋不顾身,这么大公无私,真是忠勇可嘉,护村功高啊!

犬王,你真棒!来,我给你拍英雄照!

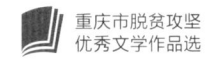

乡音

乡音阵阵，不思归去。

周末，赖在床上，门前那三棵枯萎的千丈树上，又传来十分熟悉的布谷鸟的叫声——布谷，布谷，布谷布谷！声声入耳，令人心驰神往。

进入四月以来，天台山上的坡岭田地，沟涧溪谷，总是回荡着这明亮而又辽远的鸟鸣，就像夏天带雨而来的清风一样，一天多似一天，一阵密似一阵。绿油油的秧苗渐渐站稳脚跟渐渐遮掩水面，碧玉般的苞谷摇曳琼枝玉叶呼啦啦伸向天空，山川绿意盎然，村庄生机勃勃，农人忙碌兴奋。

这是一年四季乡村最动听的天籁。布谷鸟的高亢主唱，在山岭沟涧交相呼应，在田间地头此起彼伏。百灵、画眉、黄鹂、竹鸡们，也争相唱和，农家院落、田园树林的鸡鸭欢叫，傍晚阵阵蛙鸣合奏，演绎着这曲完美的盛夏乡村交响，气势恢宏，震撼人间。

门前三棵高挺而孤傲的枯树和枝条硬挺叶片稀疏的椿树，就是布谷鸟喜欢的歌台。它们常常成双成对，飞临对歌。我也经常在阳台上在树荫下，守望拍摄。鸟鸣声传十里，悦耳动听，荡漾心襟，拍摄却十分困难，布谷似乎为农人而歌，但难以让人接近。当你举起相机，步步接近，它就会像一坨黑石头一样突然坠落，再振翅飞远，飞停到你可望不可即的另一棵树上，重新开始不知疲倦地歌唱。

我在清清的鱼塘边打望过它们矫健的身影，也在苍翠的树林间注目过它们迅捷的飞翔，儿时在家乡的桐子树上捕捉过它们孵化幼鸟时的坚守，但是真真切切近距离与它们凝视和对话，至今没有机会。

今日得宽余,我一定要实现与它们的近距离接触。

把车重新停到紧靠院坝的护栏,向布谷鸟站枝的枯木和椿树靠近靠近再靠近。从厨房顺手拿来两根围裙,悬挂在右边两扇玻窗做遮挡掩护。刚刚布置好掩体,坐在后排座守鸟待音,两只布谷鸟就先后飞临,好像如约而至。等它们开始引吭高歌,我就悄悄伸出长焦镜头,像机关枪扫射一样连拍一气。正面侧面,昂首低头,独唱和唱,近景特写,尽收眼底。它们时而振动翼翅,时而激情移步,时而向远抒怀,时而互诉衷肠,既是情不自禁的倾诉,毫不掩饰的表白,把对美好的追求献给对方,更是歌唱葱郁的山川,歌唱播种的季节,将嘹亮的颂歌献给辛勤劳作的农人。

从此,云天拉开帷幕,春天走向夏日。满山遍野的金银花、洋槐花、桐子花、刺梨花,如霞似雪,一丛丛争相怒放;田畴翻耕,泥坯如浪,牧歌唱响,农人躬身俯背,秧苗绿遍梯田;坡岭连绵,银锄起落,布谷催奏,汗滴禾苗下土,苞谷碧浪涌天。

我在急切地抓拍,纵情地畅想。两只布谷鸟在枯枝间恣意地追逐起来,声音也变成了亢奋的布谷布谷,嘎嘎咯咯。我也把镜头伸出窗外,咔嚓咔嚓。一只惊飞而去,一只紧随其后,两片黑影倏然远去,留下一怀怅然。

我呆坐车内,手握相机,凝目一树空枝,突然想起了另一种鸟站在这枝头如泣如诉的鸣叫——我在老家以及任何一个地方都不曾听到过的乡音。

那种鸟形状与斑鸠相似,个头略小,黑褐羽毛,形单影只,常常在村庄树木枝叶间鸣叫,有时也飞抵门前这千丈树和椿木上独唱,一年四季从不间断,尤其是浓雾弥漫、山川寂寥、寒凝大地的冬天和初春,它尤其叫声凄厉。

狗饿哦,狗饿哦,狗饿哦——

我最初听见,猛然惊心;多次聆听,阵阵揪心。我仔细观察它,追

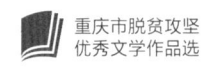

踪拍摄它,还用手机录下它声声紧声声惊声声悲鸣。我找当地村民询问,有的说叫饿儿鸟,有的说叫狗饿雀,总有一个饿字,学名无人知晓。一壑之隔的大坪村也是贫困村,蒋家在湖广填四川中最早落脚的老院子。院中的蒋明春大哥曾经给我讲了一个狗饿雀的悲伤传说,更让我听辨出鸟声中的叙事,犹如杜鹃啼血。

布谷,布谷,布谷布谷——布谷,布谷,布谷布谷——

布谷声声,由远及近,一声领唱,声声和鸣,回荡溪谷,飘扬山岗。我迫不及待地走向田园,举目雨后晴和的村庄,轻轻地舒展双臂,让混合着泥土芳香饱含着秧苗清香的徐徐清风,带来布谷鸟清朗的歌唱,灌注我的双耳,充盈我的胸襟,让我轻轻地飘起。

崖壁观音

丽日西照,秧苗嫩绿。独步青翠葱郁的芭茅丛路,挥杖披斩荆棘,与一棵擎天苍松擦身而过,沿着峭崖拾阶而下大约五十步,左边独立巨石一尊,面西北雄峙,贴身石壁至悬崖,巨石镂空石窟庙宇赫然眼前。石窟高约三米,宽约两米。石窟门柱楹联字迹清晰,右联:莲花千朵现;左联:杨柳度众生,横匾:感应堂。窟内石刻观音一尊,手持宝瓶端坐莲台,慈眉善目,平视众生。

石窟之上,搭木遮雨;窟门之外,垒石为廊。正襟危坐石板,缓举相机,敬拍图片数张。身后悬崖百丈,丛林密布,令人不敢转身俯看。

窟外左边五米,又一尊巨石临空矗立,状似如来稳坐。霞光映照石佛,熠熠生辉。

端详完毕,拾级而上,返回来处。仰望苍松摩云,如虬龙腾飞。金竹野丛中隐隐若见,石窟巨石雄踞其间,便奋力鞭策劈开竹丛,穿行十余步方得以贴近巨石。寻思瞬间,右手抓住一根粗藤,左手拄着树拐,贴着石壁滑落一米,左脚踩住依于石壁的树根,右脚抵住杂丛根部,得以细细观赏石壁所刻图文。从右至左,共有三图三文:第一幅图案,一只朝天引而欲射的弓箭,右配竖排文字为:嘉庆二十二年更名石长贵;第二、三幅图与第一幅图相似,从上至下竖排,右边连配两行文字:道光二十二年更名××,道光十五年正月初一更名长生。

后倾仰望,巨石藤络,浑圆天降,五棵苍松团抱,屹立山崖,危乎高哉!

文图匍匐观赏,单手拍完照片,回身欲返,粗藤弹回原处无法够手,只得五指扣紧石壁凹处,因站立过久,脚乏弹力,只能瞬间抽空上抵石壁凸处。使尽全身之力方得抽身爬上,瘫坐长满苔藓集满松针

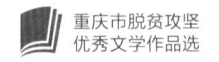

的柔软崖边平地。

此时,夕阳直射,万籁俱寂。

稍事休息,返身回到森林与水田相连处。但闻蛙声四鸣,鸡鸭欢叫,一轮圆月炫目东天,碧空如洗,净明遥远。

沿沟涧盘旋而下,众多孔雀争相欢迎,叫声如同婴儿喧闹。走进百凤园,与代老书记和叶总继续完善百凤园农家乐餐厅、休息茶廊以及环境设计。饭后,老书记听我说了寻访观音庙,无比兴奋地讲了他父亲与神庙的神奇故事,令人震惊和崇敬。

老书记讲,对面悬崖峭壁观音像,早在嘉庆年间已雕刻在庙子依附的石壁上部,不知何时后人才将佛像整体凿起移入庙堂。神庙小巧精致,内层青石拱门架顶,外层搭木盖瓦,与崖壁融为一体。其父潜心礼佛,村人竞相称颂。

说起自己父亲往事,老书记情绪亢奋,话语滔滔不绝。

我父亲人称代幺爷,年轻时分家出来,上无片瓦下无立锥之地,带领儿女来到这块土地,修筑土屋居住。请了最好的伙伴——村里最好的石匠,砍来最硬的青冈树做钢钎,两人一锤一凿像愚公一样,硬是在荒芜陡峭的山涧凿出了四五亩梯田,养活全家。后来帮人犁田耙地,春种秋收,挣了更多田地。人过中年,子女成人,除了喂羊喂牛,其他农务概不理会。最后一头牛摔下悬崖卡在石缝,无法救出,几日咽气,费尽老力弄出掩埋,从此完全丢开家中一切事务,只做三件事情。一是赶场,三天一场,雷打不动。挎一布包,满街捡拾字纸,或丢进溪沟随波逐流,或点火焚烧化为灰烬。街人都说,不要乱丢乱甩,不然要折寿的。二是替人看病,念咒祈祷,往往奇效,但不收钱物。三是潜心礼佛,直至离世,从无一日间断。每月初一十五,鸡叫时辰必带上香纸蜡烛,独往侧面山头石龛观音庙,焚香烧纸,叩拜念经。闲日,同样早起,自家竹篁林下跪拜观音菩萨。每次约一刻钟,口中念念有词,不知其意。长年累月,膝下石头竟被磨损出两个凹凶。此石板,至今还深埋在孔雀观赏园地下。

老父离世当天也未停止,照样跪拜礼佛。早饭时候,端坐木椅,悄然安然,无疾而终,享年一百零二。老母亲也沐浴神光,百零一岁寿终。

神圣的菩萨和农人,在此崇山峻岭敬守因缘,让山中的岁月静然,让涧边的老农长寿,让村民积德行善,让世外桃源平和安宁。

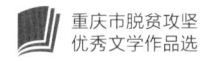

网林

网络时代,群号林立,虚拟世界,现实生活。谁也无法逃避,就看如何应对。

中坝村虽然偏僻贫困,仍然身网其络,不可能自成一片净土。

村支两委目前自建四个微信群一个QQ群,参与若干群。总的来说,运行正常,规范和谐,有效可控。但是也不尽如人意,个中滋味体味很深,值得深刻反思。

网信管理有关规定,谁建谁负责,谁建谁维管。按此原则,本文只探讨中坝村自建群,组织参与群另当别论。

目前,人数最少,运行最佳的,要数中坝村决战决胜脱贫攻坚工作群。成员为村支两委专职干部、驻村工作队员,一共13人,主要用于脱贫攻坚工作,发布通知,沟通情况,上情下达,下情上传,文字图片均有,反应迅捷精准,算是村里最核心最严肃的网络指挥中心。

人数不多,运行正常,就是中坝村互联网+党支部群,一共23人。此群不时发布党的十九大精神学习材料,习近平总书记的重要讲话精神,以及上级组织发布的学习内容。群内党员能够及时学习,提高思想理论水平,提升党性修养和素质能力。

但是,该群建设和发挥作用还有很长的路要走。一是进群人数不足一半,使用老年机,不懂网不进网的老年党员居多。这个很正常,当然也可逐步改善。二是对进网党员的基础管理也不到位,其中十分之一没有使用真实姓名,好像当年地下党一样。这是起码的要求,必须规范。三是最重要的一点,没有将党建的政策法规、信息等及时发布,也没有将村党总支的党建活动及时传播。第四,群管理员本身应该提高水平,加强网络管理和发挥作用。最好由总支书记兼任,让它成为战斗堡垒的组织部和宣传部,充分发挥主阵地作用。

第三个群就是中坝村帮扶责任人交流群,共有42人,主要是区级部门、镇和村对应贫困户的帮扶责任人。此群相当于脱贫攻坚帮扶责任人联络站,工作任务明确,责任人按照要求开展工作,虽不能说成效显著,但也没有出现过失误。概而言之:正常。

第四个群——三角镇中坝村。庞然大物,包罗万象,就像中坝村覆盖率近百分之六十的茂密森林。进群人数多达320人,约占村民总数百分之二十。群管理员,总支书记。驻村扶贫干部也进入其林,与父老乡亲打成一片。

说到该群,有一句江湖语言可以概括:林子大了,什么鸟都有。还有一句话:人上一百,形形色色。何况是在网络,可想而知。但是,学习重庆古代著名女婿大禹治水,疏堵结合,疏导为主,精准把控,维护生态,这是村支两委和驻村工作队义不容辞的职责,也是广大网民群众共同的期盼。

作为中坝村民一个平等交流的微信群,从一般意义上看,也很规范和谐,团结紧张,严肃活泼。有活跃的话匣子,有卧底的闷生,有吐槽的闲人,有维持秩序的志愿者,有关注家乡进步发展的情怀赤子,有各行各业的精英翘楚,有找同学找儿时伙伴聊天喝酒的,有一天到黑打广告发传单的。五花八门,形形色色,应有尽有。你方唱罢我登场,好不热闹风光。

当有的村民对村里一些项目不太了解和理解的时候,村支两委时有失语;当个别人具体的问题不顾事实公开在微信群胡说的时候,有关村干部未予及时回应耐心解释;当有的村民借题发挥随意发泄个人恩怨的时候,村支两委没有立场坚定态度鲜明地及时疏导和制止;当网络没有体现村民权利,比如知情权、参与权、表达权、诉求权,村民受到冷落;当村民没有受到足够的尊重,比如献计献策、讨论发展、谈论人事,没有找到"当家做主"的感觉,村民选择了"潜水"。有

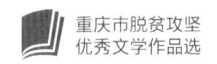

的激愤退出,有的长期旁观,有的保持沉默……

这是一方话语的平台,一方意识的阵地,维护和净化,村支两委责无旁贷。

去年初,陆续通报一些脱贫攻坚活动和工作信息,一些村民反应活跃,村干部也因势利导,大家注意力也集中在扶贫事项和乡村振兴方面来,主渠道主阵地的正能量作用发挥很好。每个月各类在家村民的主题活动,得到群里村民的高度关注和高度认可,基本形成了线上线下良性互动,村里村外相辅相成。

网络的正向力量推动着村里的工作,村里的事情也广泛地传播交流。有的村民心系乡亲,建言献策,共建家乡;有的村民广开财路,互相帮助,共谋发展。

时至今日,难忘印象。三颗石子投进碧绿的湖水,溅起激情的浪花,宛如家乡的阵阵清风拂过,荡起美丽的涟漪。

八月金秋,稻谷飘香。群里发布村2019—2049年乡村振兴人才培养计划,创办耕读节,设立奖学金。村民主动捐款,短短两天收到捐赠2万余元,全部奖励给24名各级各类新生,营造了全村勤耕苦读的浓厚氛围,进一步强化了扶贫扶智、铲除穷根的意识。

八公里的乐中示范路在家乡的土地上扩建,也在微信群里不断铺展,引得无数村民竞相关注。群里不时发布道路形象进度,也有五一、国庆、中秋和春节回来的游子上传照片。虽然有人吐槽"越修越烂",但更有人出来陈述道路施工和气候的关联,建设单位更是夜以继日抢工期,万无一失防抗疫情。宽敞平坦的柏油路,伴随着迟到的春天一同亮相,网上一片欢腾。

綦江最好乡村公路连接着村里村外,延伸在广大村民的心间,凝聚着磅礴的前行力量,通向小康幸福的未来。

当异常寒冷的冬天与艰难挺进的春天作殊死搏斗的时候,有村民在微信群里自发提出了捐款抗疫的建议,经村支两委倡议,网上群情激奋,踊跃捐款,充分体现了中坝人"胸怀全局,众志成城"的大局观和高品格。

前进的征途永远不可能一帆风顺。

捐资助学倡议发出之际,也曾有人别有用心发难,王朝平、蒋明科等年轻党员,第一时间站出来回应,引导村民正确认识,积极配合。不到一个小时,主阵地得到了牢牢把控,正确的舆论导向了正确的方向。

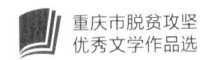

长满青苔的石头

这片古老的乡村,据考证,明末清初,湖广填四川时期已经有人开辟荒野,生息繁衍。斗转星移,光阴荏苒,时事变迁,至今四五百年。

当年坚不可摧的石头寨门,如今已成为朝晖夕阴流连的风景;蜿蜒山岭沟涧人来人往的石板路,现已蜷缩在荒草野丛,渐渐消失在人们的视线里,只能偶尔在老人褪色的记忆中浮现些轮廓、片段,或者动人的细节;还有那些充满着持久活力,闪耀着迷人光芒的石碾盘,而今也看不到忠实的老牛,听不到碾辊碾碎谷壳的细微脆响,苍翠的青苔和苍白的石花,隔却了时光的延伸……

但是,这些承载着昨日梦想和辉煌的石寨门、石碾子、石坝子、石板路,也许因为年代久远,也许由于记忆深刻,反而会历久弥新,散发悠远的气息,蕴含深沉的人文韵味,令人怀想联翩,让人着迷探寻。

中坝村与乐兴场,羊叉河沟涧相隔。站在涧边溪谷,抬头远望,一段蜿蜒盘旋的石板小路,一道雄奇险峻的古老寨门,吸引了我的目光。石板路大约四百米,下午的太阳照耀的路段格外显眼。儿时的大把时光曾经消磨在此的年轻村民王朝平和任天国,带着我寻访探幽。他们热切地回忆过去的故事,或摔下险峻的路崖,或差点淹死在河塘,我也仿佛回到老家的童年时光。

我们摸爬着下到羊叉河底,触摸清清流淌的溪水,移步浑圆湿滑的巨石,仔细观察横架沟壑的整块石板桥面,以及中流砥柱的整坨石头桥墩,为古人奇巧的设计和超乎人力的搭建而折腰。

顺着凹凸参差的褐色石板拾级而上,爬到庙门口。但见依附右边峻峭的石崖隙凹处,一座庄严的石庙靠壁屹立。

石崖上方有一米见方四个大字及题款,从右往左排列:山似太古,贺良弼题书。下方石庙约三米高大,神龛全由石材构建,仿佛天然生成,坚固沉稳,重檐高耸,双龙刻柱,彩绘鲜艳,华丽雍容。龛联:手里乾坤大,壶中日月长;共仰甘露。内供菩萨一尊,端坐莲台。庙宇构造精密,不为风霜雨雪侵扰,善男信女,尽可虔诚朝拜。

庙左石壁连排三方石刻,壁脚独立一方石刻,均为"修路碑记",记载时间为乾隆年间。

沿路上行二三十级光滑如玉的石阶,便至寨门。寨门依山构筑,门框牢固,保存完整。阳光斜射,洞穿其中,众人影投石墙,动静分明。俯看山外永城镇,直觉险关隘口紧锁,任你千百豪强猛攻。回望寨内,土地平坦,肥沃膏腴,林木丰茂,一派欣欣向荣。

一寨之安危,寨民之荣光,系于一门。这,就是从乐兴场进入中坝的第一要塞——万家寨。

大小石板坝子,遍布乡村,犹如大地皮肤上沧桑的褐色斑块。院落的地坝家家户户都有,残留在田畴地角难计其数。

中坝村(当时的石坪村)村小前面那块地坝,静静地铺在松岭梯土的高台上,太阳出来全天晒;杉树嘴缓缓展开的坡地上,周围庄稼郁郁葱葱,一块方形的青石坝子隐藏在密密匝匝的草丛中。尤其引人瞩目的是大屋基那一块石坝之王。隔着几湾水田,站在农家的阶沿可以看见,伫立于天台山环道,透过疏朗的房舍和竹木也能远观。

去年秋天为了拍摄石坝晒谷的情景,我往往驻足环道观察是否铺满了金灿灿的稻谷,经常在夕阳余晖下拍摄晒谷场的丰收景象和村民满足的笑脸,年底村民春晚筹备组,也曾兴致勃勃走过弯弯曲曲的石板田坎,实地踩点。地坝方圆成型,宽约千平方米;田野四围,房舍散布树林之间,尤其是峻峭的天台山,褶皱如玉屏矗立西方。夕阳灿烂时分,上演村民自己的乡村文艺秀,那真是绝佳的实景春晚。只可惜,从农家走到石板大坝,经过田坎不安全,演职人员准备和换场

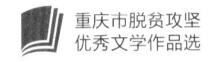

极不方便等等,只得回到村民服务中心农耕风格的院坝。

进村第一次走访贫困户,第一次和钟萍方、张毓兵"到此一游"地站立留影,就是在长满青苔、浸润春雨的石板大坝,背景是连绵起伏云雾升腾的天台山岭。希望这个田园大坝长留不毁,铺展富足的金秋,也可吸引游客露营听取一片蛙声,还可举办熊熊燃烧的篝火晚会,让乡村更加生气勃勃更加欢乐祥和更加时尚新潮。

让它像一方宝镜,幻化出多姿的风采;让它如一块磁铁,吸引远客分享乡村的美妙。

连接它四通八达的田间小路,清一色的石板铺就,与它相辅相成,相得益彰。走过古朴的石板田坎,我和农耕博物馆的宋先生,在森林防火守护员张正银的带领下,手持镰刀和木杖,披荆斩棘,探寻过深藏的山涧老路——先民去巴南仁流赶场的石板路。六百米砍草开路,费时一个多小时。沿途溪流淙淙,绿荫蔽日,想象往日人来人往的艰辛和喜乐,世外桃源般的生活多么令人向往。听说,百凤园的叶老板和老支书,请了村民砍路,企图重返新龙湾下的黄家沟。费时一天,也只砍通约三公里。荒芜的土地只有继续沉寂于茂密的丛林,清流款款的溪涧美景只能埋没在荆棘丛生的山谷。

但是,这些天生丽质的风景,暂时紧锁深闺,总有亮相人间的时候。

让我们走近农舍,探寻和欣赏农耕文明最赋予造型艺术和动感体验的石碾盘吧。

杉树嘴臧氏老宅竹林掩映之下,七零八落大如牛马的乱石之间,一个直径约一米八的刻石碾盘,无声无息地躺着,长满密密麻麻的绿色地衣。浑圆结实的碾磙好像生了根一样,不再无休止地滚动。天台山泉从旁流过,水声清越,给绿云一样的竹林增添了更多的幽静和禅意。可惜,房东和外来的开发人士没有达成默契,不然绿竹幽深的民宿,会让坍塌欲坠的老宅焕发青春,苔藓蒙蔽的石碾重新滚动起来,继续吟唱古老的乡间歌谣。

　　曾经做过村会议室和村小的周家老房子,昔日的荣光不再,依山傍水的气势犹存。房前浑厚巨大的磐石上,紧挨房屋阶沿雕凿的大碾盘,平顺的面盘,朴素的造型,精致的雕功,一如既往。枯老苍劲的李树根嵌石坎,坎壁一坨横着镶嵌的石头上当年拴牛的锁孔,完好无损,伸手把玩摩挲,令人爱不释手。

　　清清的水塘,宽大的老宅,圆圆的碾盘,开阔的视野,与通村大道近在咫尺,只要保护性开发,一栋赋予历史文化、刻录乡村记忆的民居,将再现勃勃生机,再创明日辉煌。

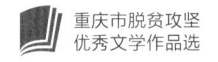

这风,这雨,这雾

芒种已经过去十天,端午节也即将来临。一般地方该是天清气朗,风和日丽了。海拔千米的中坝却依然风雨如磐,雨雾弥漫,厉风呼啸,气象万千,使人应接不暇,令人惊心动魄。

今天上午,当我一早从主城赶往中坝,刚行至盘旋的山腰公路,山巅云雾已铺天盖地,让我仿佛又回到了冬天。我只有把稳方向,放慢车速。因为必须在十点钟赶到村里参加贫困户的会,我不得不打上双闪应急灯,转弯的时候急促地按响喇叭。

午后仍然是浓雾弥漫,从高高的天台山上弥漫下来。看不见的劲风就像驱赶一群群灰黑的动物一般,一阵赶上一阵的,驱赶到空旷的原野和阴森的山谷沟壑。你看吧,这铺天盖地的雾啊,像滚滚的洪流,像成群结队的羊群,更像气吞山河的龙蛇奔腾,吞噬了整个山峦,掩盖了田野、道路、树木,甚至无所畏惧地闯进了院落,闯进了房间。所到之处,树木发出呼啦啦的声音,好像在一个劲地呻吟;房盖、门窗也经受不住这种冲撞和摧残,不停地发出恐惧和祈求的哀号。随着浓雾的横冲直撞,从深深的沟壑发出了一阵阵怪叫,如同鬼哭狼嚎般,也像无数的野狼在追逐,在混战,在厮杀。

在冬天的夜晚,尤其是夜深人静。这种风的怪叫声从谷底一直往上窜,窜到山腰,再窜到山峰,左冲右突,纠缠厮杀,无休无止,令人心惊胆战,让人觉得好像身处北方,独守茫茫的雪原,忍受呼啸的狂风。这种凌厉的魔风,好像要拔掉匍匐的树木,要驱散逃奔的牛羊,要摧毁哀号的房屋,要惊醒熟睡的人们,以显示它的威风,显示它的狰狞,显示它魔鬼般的能量。

这就是天台山呼啸的夜风。对一个胆大的人来说,这是一种刺激一种体验一种享受。它让你脱离平淡无奇,感受大自然的特别魅力。但是,对于一个胆小的人来说,这就是一种挑战一种威胁一种恐吓。让你紧缩在被窝里瑟瑟发抖。这是大自然给予人们一种听觉上的极致体验,一种心灵里的震撼体验。它用疯狂带给你快感,它用荒唐带给你愉悦。它就像堂吉诃德,骑着瘦马,挥舞长矛,与风车进行着荒诞而英勇的战斗。你可以想象,这冬天的夜风,把寒冷从深深的土地里拔出来,从浓密的森林里赶出来,在大自然黑暗的舞台,上演一场殊死搏斗的武戏。

天台山的雾,从冬天到春天这一段时间里,它们时隐时现,神出鬼没,主宰天地。大晴天的雾,蓬松松的,软绵绵的,铺天盖地而来,像天河倾泻而下的瀑布汹涌奔腾,勇往直前。我曾经在天台山的环道目睹了一场惊心动魄的雾的奔腾。我激动万分,举起相机记录了最精彩的瞬间。我看见,它从一千三百多米的高峰,从云天连接的高空直泻而下,犹如九天的腾龙,神州的江河,疆场的战马,汹涌澎湃,一直奔腾到平缓的原野,弥漫在幽深的沟壑,弥漫在遥远的地方。

好多天清晨,当我俯看刚刚醒来的山麓,遥望清新脱俗的悬崖。淡淡的晨雾从那高深绵长、形状各异的沟壑,悄然蒸腾升起。如龙似虎的腾挪、翻滚、弥漫,是那样的灵动,是那样的富有生气;好似洁白的莲花盛放,是那样的轻盈,那样的吉祥瑞气;在一片苍翠的地表,自由自在地、无拘无束地幻化,最后被明亮的阳光化为乌有。

今年初夏时节,多云转阴的天气。在天台山西山头,我又邂逅了一次气势磅礴、瑰丽多姿的雾的精彩。正当傍晚时分,当我抬起头来,遮天蔽日的灰黑的雾一阵袭来。把天空堵塞了,把山峦笼罩了。一瞬间,好像这个世界,根本就不存在一样。山峦隐遁了,树木隐没了,雀鸟无踪无影,周遭空蒙一片。只有自己,独自伫立在浓雾之中。这种雾,它带着一种湿润,带着一种水汽,袭击你,包裹你,好像要把

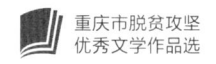

你吞食。它又是一种无形的精灵,从你的眼睛,从你的嘴巴,从你的耳朵,灌入你的肠胃,灌入你的胸腔。让你膨胀起来,让你飘浮起来,让你变得湿润,变得虚幻,变成一个泡沫的充气体。

你正在遐想联翩,它就笼罩在太阳正要落下去的山头,变成了一簇绚丽的玫瑰,继而形成了四射的光芒,就像天庭的聚光灯不由分说地照射着原野。原野上的房屋、梯田、树木,熠熠生辉。大自然随着太阳显影,雾的颜色越来越鲜艳。最后,渐渐地变为平淡,把肃穆、宁静、辽阔,留给世人。

这无边的雾,轻飘飘的,随风而来,也随风而去,这就是纯粹的雾气。它迷漫过原野,掩没过树木和房屋,只给这些地上的生物轻轻抚摸了一阵,没有留下一丁点儿痕迹。只是你感觉到,这些表面,似乎变得更凉了,它的颜色似乎蒙上了一层淡淡的惆怅。

如果是雨雾,如果是山雨欲来之前的雨雾。那不是往天上飘上去,升腾上去,而是横空出世,勇往前方,摧枯拉朽。一会儿像波浪一样汹涌澎湃,一会儿像一床厚厚的棉絮凌空铺展,所有的树木、生灵匍匐在地,浓雾很轻狂地飘摇而去。雨变密了,变响了,淋湿了你的头发,淋湿了你的衣服,蒸腾起一片水雾。这时候,你看见的不是蒙蒙的雾,而是密密麻麻的冬日寒雨;你听见的是潇潇春雨滴落在树叶树枝上的声音,或是急促的夏雨滴打在屋瓦楼面上的声音,滴落在地面上溅起水花的声音。

当你抬起头来,看着远方,远山能够看见了,树木也能看见了,河流也能看见了,田埂上跑着的村犬也能看见了,在树上叽叽喳喳鸣叫的鸟儿也能看见了,还有农家院落的鸡鸭鹅也能看见了。雨把迷蒙变幻成了清晰,把轻扬变成了凝重,让你脚踏实地感受这雨的洗礼;让你神清气爽享受清新的空气;让你看见明亮的天空,还有远山清朗的世界;让你看见大地,郁郁葱葱的苞谷向空中上蹿;让你看见连绵起伏的梯田里,绿油油的秧苗像绿色的波浪连绵不断;让你想象到夏天、蓝天、白云,想到了绚丽的朝阳和西天的晚霞;让你想到饭后的自由,闲适的散步和灯下的闲聊,徐徐的清风。

　　这,就是初夏的雨,润育充满希望的田野。淡淡的晨雾犹如神秘的面纱,遮掩着郁郁葱葱的大地,一阵清风掠过,锦绣山川展现眼前。

后记

兼职中坝书记员

作为一名近30年党龄的中国共产党党员，2019年春天，我受重庆市委组织部派遣到重庆市綦江区三角镇中坝村任驻村第一书记，负责脱贫攻坚工作。进村第一次贫困户见面座谈会上，我跟全村44户贫困家庭的父老乡亲说明了来意。我是主动报名来圆梦的：我是农民的儿子，是边远山区农民的儿子，是从贫困山区通过高考来到了大城市的农民的儿子。现在有机会回到农村工作，我要努力亲近父老乡亲，我会竭力回报父老乡亲，并且会用一段段文字和一幅幅照片，记录我和中坝村父老乡亲齐心协力战胜贫困的特殊历程。我是一个老党员，在脱贫攻坚的决战时刻，职责担当告诉我要挺身而出，要和村支两委带领大家一起在党成立一百周年的时候跨进小康社会，共圆中华民族伟大复兴的中国梦。

简陋的办公室门前，狭窄的水泥院坝，微微寒冷的春风，塑料凳子上坐着的父老乡亲，他们期盼的眼神和热烈的掌声，是接纳我安下心来两年农村工作的巨大精神动力。

为此，我感到很幸运。一是在2018年，我曾经十余次回到家乡秀山土家族苗族自治县隘口镇水点寨——重庆市十八个深度贫困县的少数民族贫困山村，以一个扶贫志愿者的名分开展着"志智双扶"。而现在到中坝村开展扶贫则是主动请缨获得了党组织的批准，被任命为"第一书记"，赋予了神圣的使命和职责。二是大学毕业刚刚参加工作不久，在家乡某县机关当秘书，一心想深入到养育自己读书跳出农门的父老乡亲身边，实现一个中文系大学生的作家梦想，不安心本职工作差点丢了饭碗。而今快要退休了，还有最后的机会奉命进村入户工作，真是幸运之至。进村入户的前一天，在扶贫干部报到座谈会上，綦江区委组织部部长关衷效热情洋溢地鼓励大家，用心用情用力，干好扶贫工作，记好工作日记。我暗暗告诫自己一定要当好扶贫书记，同时还要自告奋勇地做好兼职书记员：抓好中坝村的脱贫攻坚，讲好中坝村的扶贫故事。

一年多来，我和村支两委的干部一起，牢记习近平总书记关于扶贫工作的殷殷嘱托和视察重庆重要讲话精神，在当地党委政府的正确领导下，在派遣单位重庆市城市建设投资集团的鼎力支持下，在社会各界的真诚帮扶下，带领全村广大群众开展了前所未有的脱贫攻坚工作。到目前为止，全村"两不愁三保障"突出问题得到解决，脱贫攻坚决战决胜取得关键性战果，基本建成小康社会。

扶贫进入了我的生命，扶贫改变了我的生活。

在脱贫攻坚决战决胜近两年的时间里，我始终与身边的老百姓心连心肩并肩，同吃同住同劳动，一起战斗在脱贫奔小康的田间地头。同时，我使用相机和手机拍摄他们日夜奋战拼搏的"特定瞬间"，利用早晚休息时间记录他们脱贫奔小康的感人事迹，即使受伤住院治疗也没有停止过。

而正式开始写作这本书是正月十五元宵节。那天，我戴着口罩回村，专程去看望春节期间遭受火灾的黄永平和旷维玉。在黄家修

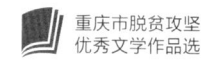

房现场差不多两个小时,户主和五六个乡亲开始给被火烧了的那间正房架檩盖瓦,女主人和两个妇女头顶灰蒙蒙的天空,脚踩破碎的瓦片和雨水淋湿的泥地,把腊肉猪蹄和豆花打主的年夜饭快要准备好了,我才执意离开。回家路上,乡亲们顶风冒雨重建家园的情景历历在目,他们身上散发出来的那种苦厄、隐忍、顽强、自救和自信,深深地打动着我,强烈地感染着我。

当晚就开始了第一篇《炊烟照常升起》的写作。到六月底,一气呵成写完全书,到九月底修改完成。一年的生活素材积累在手机里更积淀在心灵深处,写作时只需要形成篇章即可。可以说这本集子不是写出来的,而是干出来的,是村两委干部、驻村队员以及父老乡亲在脱贫攻坚第一线干出来的。同时,这本集子也是拼出来的。驻村期间,小女儿青春叛逆,缺乏关爱几近抑郁。自己小腿摔伤撕裂,带伤不下"火线";时忘服药,血压高达一百六十七,仍然听从内心感召,克服"家忧体患",拼搏在第一线克难攻坚,用"扑下身子"的实践书写扶贫的诗篇。

这本散文集能够形成,离不开綦江区有关领导和单位把中坝当成脱贫攻坚前沿高地"集中火力攻坚",离不开中坝父老乡亲"撸起袖子加油干",离不开我的派遣单位"坚强的扶贫后盾",离不开社会爱心机构和人士"争先恐后进村帮扶",离不开市扶贫办和市作家协会作为创作项目的大力扶持,离不开著名作家许大立的悉心指导。还有家人的理解付出——妻子说我是党员,我支持;大女儿多次协同爱心组织进村助父帮扶;小女儿在我获准下乡扶贫时给我一个拥抱:说去干你的大事业吧。对此,除了由衷的感恩,我别无言语。

谨以此书作为驻村第一书记给党组织和中坝父老乡亲交上的完整答卷,作为兼职书记员对中坝村两年脱贫攻坚的真实记录,也算自己深入贫困乡村进行文化扶贫和文学创作的探索实践。

一个个项目逐渐扫尾,一项项任务陆续完成,脱贫攻坚接近收官,几个特别熟悉的村民也猛然问我:龙书记,你们要回去了吗?我的心一下子紧张起来,惊诧、欣慰、不舍、忧虑,五味杂陈,难以言表。明年村支两委换届后将会怎样发展?每月的群众主题活动还能继续开展下去吗?杂草蓊郁的雷竹何时除草施肥?刚刚起头的农旅文旅产业如何继续推进?贫困户陈裕昌明年能如愿以偿喂上一头母猪吗?……

想到这儿,我心潮起伏,感慨万千,眼睛蒙上一层水雾……

仰望飘扬在村民服务中心苍松翠柏间的五星红旗,仰望连绵起伏的天台山,那纯净辽阔的蓝天上,一朵朵飘浮而至的白云幻化成一排深情的大字:中坝村,我梦绕情萦的故乡!

优美的歌声回响耳畔:

中坝是我家,
我家在中坝,
我们建设小康家
……

2020年9月9日

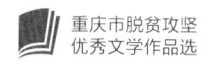

跋

追求富庶的文明

李明

我拿到《我把中坝当故乡：驻村扶贫纪实》一书的打印稿，读了前几篇，就被作者书中的真实、真心、真情所打动，禁不住掩卷长思起来……

纵观人类社会的发展史，既可以看作是人类从愚昧走向文明的历史，也可以说是人类不断同贫困进行斗争，由落后走向繁荣兴旺的历史。反贫困的目的是：减少贫困、减缓贫困和最终消除贫困。我们反贫困的具体行为过程就是——扶贫。

2019年春天，綦江区天台山春寒料峭，一个两鬓微霜的人，驾车来到中坝村。他颈项挎着照相机，手里拿着笔记本，信心满满走进村支两委，走进一千五百多父老乡亲的心田。他，就是中共重庆市委组织部派驻綦江区三角镇中坝村的第一书记，重庆市城投集团公租房公司党总支委员、副总经理龙俊才同志。

俊才同志出生在重庆市秀山土家族苗族自治县一个偏僻山村，祖籍隘口镇是重庆市18个深度贫困乡镇之一。

他是国家恢复高考后第三届大学生,也是当地当年唯一的一个大学生。也就是说,他基因里生长着对贫困痼疾的深切感悟,血管里流淌着对战胜贫困的渴望。作为一个57岁的老党员,自愿报名来到云雾弥漫的高山村落,就是想为圆中华民族伟大复兴的中国梦做出具体的贡献;作为一个贫困山区的农二代,也是圆一个回报贫困山区父老乡亲的感恩梦。

作为第一书记,他和村支两委、驻村工作队带领广大村民群众,撸起袖子向贫困宣战,挥洒汗水创造小康生活。腿勤入户走访,脑勤深入调研,先后确立了"观珍禽美景,乐亲子采摘,享文化野餐,吃生态乡宴,住清凉民宿"的发展思路,狠抓党建带动群众工作,"五子"着力促进脱贫攻坚,五措并举促进乡村振兴,让全村实现了"两不愁三保障",取得了脱贫攻坚的决战决胜。

怀揣梦想和情怀的俊才同志,忠实履行第一书记的职责义务,与父老乡亲同吃同住同劳动,同心同德同甘共苦。在做好第一书记的同时,又做了一个"兼职书记员"的工作,记录了中坝村奋力脱贫攻坚决战决胜的点点滴滴,讲述了身边的党员、干部和群众,以及社会爱心人士感人的扶贫故事,为中坝村艰辛的脱贫历程立此存照,为正在决战的脱贫攻坚和任重道远的乡村振兴提供了精神力量,在中国这场波澜壮阔的反贫困斗争中,塑造了"中坝实践典型",体现了一个共产党员的责任担当。

俊才同志是高级政工师、中国摄影家协会会员、重庆市作家协会会员、重庆市民族团结进步促进会理事,时刻没有忘记自己的社会责任。白天和乡亲们撸起袖子加油干脱贫攻坚,夜晚熬更守夜书写扶贫故事。

他在中坝的扶贫工作即将结束,奉献给大地的果实已经成熟,奉献给父老乡亲的创作成果即将付梓。我为《我把中坝当故乡:驻村扶贫纪实》这部作品写跋,为这些发生在綦江土地上散发着泥土芳香的

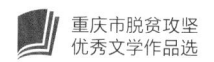

故事作推荐,我由衷地感到高兴,发自肺腑地表示祝贺。

俊才文字,一如其人,醇厚淳朴,纯净诚实,讲实理办实事,捋清了思路,表情达意就不必专事雕琢,意义传达自然重于韵味呈现,不被过分修辞和文采遮掩,与所做琐细而具体的精准扶贫事业正好契合。这,恰好是我所喜欢的风格。

最后我要说,作为国企,我们在中国这场举世瞩目的反贫困斗争的伟大决战中,出人、出钱、出物,扶贫、扶智、扶志,践行了国企的社会责任和担当,贡献了应有的力量。俊才同志因事迹突出,被评为重庆市乡村振兴贡献奖先进个人和脱贫攻坚奉献奖先进个人。这是他个人的荣誉,也是我们重庆城投集团的光荣。

天台山云雾升腾,犹如洁白的莲花绽放;中坝村的田园牧歌,歌吟着美好的小康,追求着人类富庶的文明!

(作者系重庆市城投集团党委书记、董事长)

2020年8月25日